张洁文集 ⑬ 附卷

爱,是不能忘记的

人民文学出版社

张洁画作 2006.7

张洁画作 2006.8

张洁画作 2006.8

张洁画作 2008.10

张洁画作 2012.12

张洁画作 2014.1

张洁文集

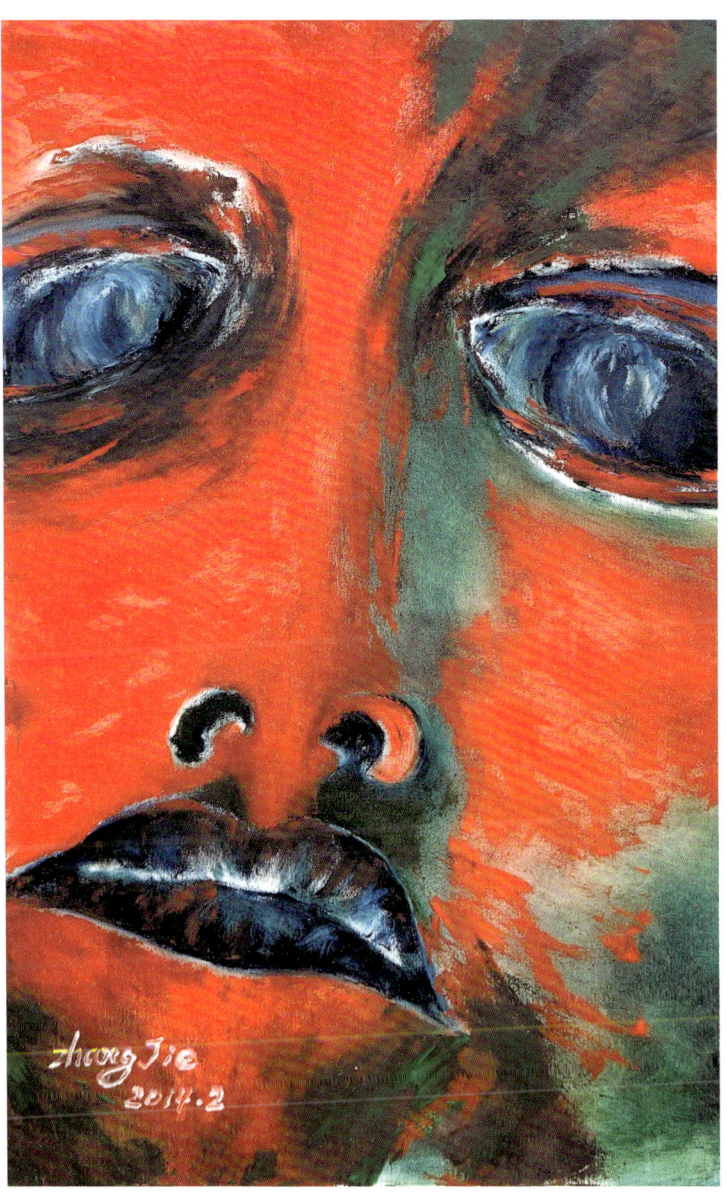

张洁画作 2014.2

张洁文集

张洁画作 2018.7

张洁文集

目 录

小 说

从森林里来的孩子 …………………………… 001
有一个青年 …………………………………… 018
非党群众 ……………………………………… 031
谁生活得更美好 ……………………………… 046
爱,是不能忘记的 …………………………… 059
场 ……………………………………………… 077
波希米亚花瓶 ………………………………… 100
七巧板 ………………………………………… 114
条件尚未成熟 ………………………………… 194
红蘑菇 ………………………………………… 215

散 文

耕耘播种的人们	271
梦	274
已经零散了的回忆	277
怀念关中	280
我为什么写《沉重的翅膀》?	284
五色的海	289
他不是一个难猜的谜	296
没有标题的声音	307
你未必知道的马蒂斯	310
有伏笔的人种	315
该你了	318
另类外语	321
张洁主要作品索引(1978—2019)	324
《张洁文集》编后记	337

说　明

　　本卷为《张洁文集》附卷，包括中短篇小说十篇、散文十二篇和张洁主要作品索引。

　　十多年前编定文集时，张洁用可称苛刻的标准"清理"了自己的作品，对创作早期的中短篇小说等，她的审视尤为严厉，很多都未入法眼。

　　我们认同张洁的做法，她难能可贵的自我评判精神尤其令人感动。同时认为，一部文集应该尽可能全面反映作家创作的脉络和成就，而张洁这样一位在中国重要历史时期出现的影响巨大的作家，她的创作是二十世纪八十年代中国文坛具有开创性的现象，早期作品更有其特殊价值。因此，文集作品检选，既需遵从作家本人的取舍，也应有更客观、广大的视角。

　　值《张洁文集》再版，我们向张洁的女儿唐棣女士再次表达了上述观点，建议精选张洁重要的、有代表性的、在文学史上已有定评而此前被她"抛弃"的作品编为附卷，使以精要为旨的《张洁文集》更其完满。唐棣女士欣然同意。

　　张洁晚年作画，渐入佳境。特选几幅，与读者共赏。

　　爱，是不能忘记的。记住爱，记住张洁。

编　者

2022 年 6 月

从森林里来的孩子

一

上路以前,伐木工人的儿子孙长宁把他喂养着的小鸟全都放走了。

这些鸟儿,是他亲密的伙伴,伴随过他的童年和少年。

它们不停地啁啾着,仿佛是对他倾诉着依依的怀恋。但是,孙长宁的心,已像那矫捷的燕子,直向云端,展翅飞旋。

远去的燕子啊,却又回过头来,俯向大地,在一片桦树林上久久盘旋,并且停落在一座墓前,絮絮地叮咛着亲密的伙伴:请你们常常到这墓前的白桦树上栖落,再像我一样为他唱着愉快的歌;每当春天来到,不要忘记衔泥啄土,为他修垒茔墓。愿他墓前的野花如星、草儿长青……

我多么愿意把他一同载走,向着太阳,向着晴空,为了这样一个美好的日子,他曾等待了许久,许久!可是,他早已化作大森林里的泥土,年年月月养育着绿色的小树。

啊,但愿死去的人可以复生,但愿他能够看见华主席重又给我们带来这光明、这温暖、这解放!

长眠在这白桦树下的那个人,他是谁?他为什么这样地牵萦着这个少年人的情怀呢?

那个人既不是亲属,也不是自小一块长大的伙伴……

六年前的一个夏天,他跟着给伐木队送鱼的人们,去看望想念中的爸爸,也去看望想念中的大森林!

在林区长大的孩子,怎能不爱森林?

夏季的夜晚是短的,黎明早早地来临。太阳还没有升起来以前,森林、一环一环的山峦,以及群山环绕着的一片片小小的平川,全都隐没在浓滞的雾色里。只有森林的顶端浮现在浓雾的上面。随着太阳的升起,越来越淡的雾色游移着、流动着,消失得无影无踪。沉思着的森林、平川上带似的小溪全都显现出来,远远近近,全是令人肃穆的、层次分明的、浓浓淡淡的、深深浅浅的绿色,绿色,还是绿色。

森林啊,森林,它是孙长宁的乐园:他的嘴巴被野生的浆果染红了,口袋被各种野果塞满了,额发被汗水打湿了,心被森林里的音乐陶醉了。

陈年的腐叶在他的脚下沙沙地响着;风儿在树叶间飒飒地吹着;蝴蝶飞着,甲虫和蜂子嘤嘤地哼着;啄木鸟笃笃地敲着。一只不知名的鸟儿叫了一声,又停了下来,从森林的深处传来了另一只鸟儿微弱的啼鸣,好像是在回答这只鸟儿的呼唤。接着,它们像对歌似的一声迭一声地叫了起来。引起了许许多多不知藏在什么地方的鸟儿的啼鸣,像有着许多声部的混声合唱。远处,时不时地响着伐木工人放倒树木的呼声:"顺山倒——""横山倒——"这声音像河水的波浪似的荡漾开去:"顺——山——倒——""横——山——倒——"悠远而辽阔。森林里,一片乐声……

有一天,他提着一个大篮子到森林里去为伙房采蘑菇。那一年的雨水真多,蘑菇长得也真好!他原想够了,够了,不再采了。可是一抬头,他又看见在前面一棵棵的大树底下,几个大得出奇的蘑菇,像戴着白帽子的胖小子,歪着可爱的小脑袋在瞧着他,吸引着他向森林的深处走去。

突然,他听见了一种奇怪的声音。它既不像鸟儿的啼鸣缭绕,也不像敲打着绿叶的一阵急雨;它既不像远处隐隐约约的伐木工人那拖长了的呼声,也不像风儿掀起的林涛。可是它又像这许许多多他自小就那么熟悉的大森林里的一切声响,朦胧而含混,像一个新鲜、愉快而美丽的梦。

他顺着这引路的声音找去,找哇,找哇,在一片已经伐倒了不少树木的林间空地上,坐着正在休息的伐木工人。和爸爸住在一个帐篷里的梁老师在吹着一根长长的闪闪发亮的东西。所有的人,没有一点声息地倾听着这飘荡在浑厚的林涛之上的、清澈而迷人的旋律。这旋律在他的面前展现了一个他从来未见到过的奇异的世界。在这以前,他从不知道,除了大森林,世界上还有这么美好的东西。

那是什么呢?它是童话里的那支魔笛吗?

孙长宁早已刨根问底地知道了他的底细。梁老师是从北京来。他为什么会到这遥远的森林里来呢?因为他是"黑线人物",因为他积极地搞了十七年的"文艺黑线专政"。他有罪,他是被送来劳动改造的。他有一种难以治愈的叫作"癌"的病症。

他曾问爸爸:"什么是'黑线人物'?"

"……"

"什么叫'文艺黑线专政'?"

"……"

"他是个坏蛋？"

"胡说八道什么，你知道什么叫坏蛋……眼下什么全都拧了个儿，好的成了坏的，坏的成了好的！"

"到底谁是好人，谁是坏蛋呢？"

"你问我，我问谁去？"爸爸生气了。孙长宁也糊涂了。他也不去想了。反正爸爸跟梁老师好，梁老师就不会是坏蛋。因为爸爸是好人，而好人是不会和坏蛋好的。这一点孙长宁很清楚。

"他怎么不回北京治那个病去呢？"

"他不愿意！"孙长宁又不懂了，还有得了重病不治，而活活等死的人？

"为什么？"

"什么为什么？他非得认罪，投降、出卖、陷害别人，人家才让他回去治病！"

"那……"孙长宁问不下去了。即使在孩子概念里，投降、叛徒也是最可耻的。

孙长宁对梁老师的最早的感情就是从这儿开始的——宁死也不当叛徒。

孙长宁从掌声和笑声中清醒过来。人们舒展、活动着四肢，重又开始劳动去了。只有他痴痴地站在梁老师的面前，既不走开，也不讲话。其实，他心里有许多话在翻腾着，可是他找不出一句话来表达这片笛声在他心里引起的共鸣，他的眼睛充满了复杂而古怪的神情：好像失去了什么，却又得到了什么。

这片在生活里偶然出现的笛声，使他丢掉了孩子的蒙昧。多么可爱的孩子的蒙昧！而自小在大自然里感受到的，那片混沌、模糊、不成形的音响，却找到了明晰的形象。在这许多热情、粗犷的听众里，却只对孙长宁成为一种必然。仿佛他久已等待着这片笛声。

梁老师被他的神情深深地触动了。问道:"你喜欢吗?"

他点点头。又何须说呢?

梁老师特地为他演奏起来。孙长宁的心重又被激动着,还是说不出一句话来。他苦恼了,皱着自己的眉头。突然,像是受到了什么启示,他噘起嘴唇,用口哨把梁老师吹过的乐曲中的几个小节重复了出来。他的脸立时放出光彩。这口哨比什么语言都更能表达他心里的感受。

发现孙长宁能那样准确无误地重复他吹过的几个小节,梁老师也兴奋了。他接着又吹出一个小小的乐段。仿佛在用石子试探着湖水的深浅。孙长宁依然准确无误地重复出来。梁老师激动得如同获得了意外的珍宝,赞叹地想道:这个孩子有着多么惊人的记忆和准确的音耳啊!凭着丰富的经验和洞察的眼力,他敏锐地意识到,这个孩子的身上,潜藏着一种还没有充分而明确地表现出来的才能!

他们的心,被同一种快乐和兴奋激发着,在这旋律的交流里,彼此发现着,了解着,热爱着。忘记了他们之间的年龄的差别,忘记了时间已经渐渐地过去。

孙长宁死活不肯回家了。还要上学呀!那又有什么关系!

伐木工人中流传着的许多对"抗联"的回忆,还有围猎熊瞎子的故事,这就是语文课;一根根伐倒的树木,这就是数学课;劳动里还有许多学校里学不到的知识。梁老师除了教他读、写、算,还教他吹那支魔笛。休息的时候,听梁老师为伐木工人们演奏长笛。演奏常常是即兴的东西,伐木工人们往往从那动人的旋律里听到他们自己平时随随便便哼唱过的家乡小调,他们好像在这笛声中遇见了自己熟识的朋友,快乐而亲昵。

好像磁石似的互相吸引着。这一老一少,形影不离。孙长宁像爸爸和叔叔伯伯们一样,照顾着有病的梁老师。一点也不肯让他劳累。固执地干涉着这个年龄比他大几倍的上了年纪的人。有时,为了使孙长宁欢喜,梁老师听任和迁就着他喜爱的这个孩子,仿佛他自己变成了一个比他还小的孩子,老孩子。但他常常隐瞒着自己的病情,却说:"我觉得好多了,适当的锻炼可以增强体质,帮助我战胜疾病!"他热爱劳动,并不是屈服于压力。

在共同的劳动中,梁老师进一步发现,大自然的优美和劳动的、创造的快乐,给了这个孩子丰富的想象能力。许多简单而纯朴的旋律,并不经过什么构思,却不断地、随意地从他的口哨里流泻出来。当然,要使这样的旋律变成真正的艺术,还需要他和孩子进行艰苦而持久的努力。他多么喜爱这个气质朴实的孩子,又多么珍惜这个孩子的才能啊!

他知道,生命留给他的时日已经不多了。他争分夺秒地把他留在世上的最后的时光全都用在孙长宁的身上。他相信乌云会散去,真理会胜利,真正的艺术将会流传下去。这个生长在遥远的林区里的孩子,一定会成为一个出色的音乐家,会的!

他从不迁就孙长宁的懒惰。为了一个小小的乐句,他会让他重复十几次,几十次。逼得孙长宁简直要扔掉那支可恶的长笛。因为它不肯听他的话,不是漏掉一个音节,就是错了节奏。

他对孙长宁说:"不错,你有天赋!可是天赋就像深藏在岩层底下的宝石,没有艰苦的发掘、精心的雕琢,它自己是不会发出光彩来的!"孙长宁重又拿起那支可恨而又可爱的长笛。唉,谁能理解这其中的快乐和苦恼呢?

他坚决打碎孙长宁的任何只从技巧着眼的企图:"这是浅薄!"他生气地敲着乐谱,"我要你表现的是艺术而不是单纯的技巧!你必须努力理解你要表现的是什么!理解,首先是理解！"

当他终于听到孙长宁能够完美地演奏完一个乐曲的时候，隐忍着癌症带给他的疼痛，他微笑了——那么美的微笑，使孙长宁久久不能忘记。

尽管伐木工人们常常从大森林里弄到珍贵的药材和补品，尽管许许多多的验方，从各个角落、各种渠道流向这偏远的森林，梁老师的病情还是越来越严重了。但他并不感到悲观和消沉，看着孙长宁的成长，他欣慰地想到：在生命的最后时刻，他做了这样一件有意义的事情。"四人帮"和疾病夺去的，只能是他的肉体，而他的精神却在这个少年人的精神里，活泼泼地、充满生机地、顽强地、奋发不息地继续下去。

离去的时候，他很清醒，皱着眉头，思索着应该留下的最重要的东西。他把自己的长笛和几年来在森林里谱写的乐谱一齐交给了孙长宁："我用它们工作、战斗了一生。现在，我把它们交给你。你要尽自己的一生，努力地用它服务于人民。音乐，是从劳动中产生的，应该让它回到劳动人民那里去。你已经学得不错了，可是离一个真正能表达劳动人民的思想感情，并且为他们所喜爱的艺术家，还相差很远！需要继续努力地学习，不要半途而废。可惜我已经不能和你共同来完成这个任务了……但是，总有一天，春天会来，花会盛开，鸟会啼鸣。等到那一天，你到北京去。那里，一定会有人帮助你继续完成这个任务。记住，不论将来自己达到了一个什么样的辉煌的顶点，决不能把自己的才能当成商品！懂吗？"

"懂！"孙长宁呜咽着。

"傻孩子，哭什么！我教给你的东西，你都记得吗？"他指的，不只是长笛。

"记得！"

梁老师宽慰地笑着,闭上了眼睛。

他就这样地去了。带着他的才华,带着他的冤屈,带着一个共产党员的坚贞,带着许许多多没有说完的话、没有做完的事!

当最后一锨泥土撒向墓穴的时候,森林里响起了风涛。孙长宁听见有人在旁边轻轻地说:"多好的一个人给糟踏了!"于是,他忘记了自己是一个"男子汉",抱着墓前的一棵白桦树,失声痛哭了。他已经不怕送葬的人们看见他的眼泪,又有谁能说这是软弱呢?

这就是长眠在白桦树下的,使孙长宁永远不能忘记的那个人。

二

孙长宁紧紧地靠着车窗坐着。整天整夜不能入睡。

他看着远处村落里的灯火,两三点两三点地在浓浓的黑夜里闪现,又缓缓地向后游移而去。他看着大地渐渐地从黑夜中醒来,在阳光的照耀下,森林、田野、山峦、河流、湖泊……显现着越来越绚丽的色彩和磅礴的生命力。这就是祖国,是梁老师力求在音乐中表现的亲爱的祖国啊……

他把手伸进口袋,紧紧地捏着那张去北京的火车票,不愿意撒手。仿佛那张车票就是他将要投身进去的,为它贡献出全部热情的生活的一个部分。

幻想像浪潮似的,还没有等这个浪头退下去,另一个浪头又涌了上来。在这交迭的幻景之上,是梁老师那双期待的眼睛。

怀着一颗天真而没有一点思虑的心,他来到了北京。除了因为渴望而引起的急切以外,想到的只是不容置疑的成功。

在音乐学院,他看见一间门上写有"招生委员会"字样的房间。他推门进去,一位年轻的、有着明媚的微笑的女同志问他:"你有什么事?"

他兴冲冲地答道:"我来报考音乐学院!"他无论如何也抑制不住那傻里傻气的微笑在自己的脸上绽开。

她却毫不介意地回答:"你来晚了,报名的时间早已过去了。"

啊!真的?!这句无情的话,来得那么突然,以致那傻里傻气的微笑还来不及退下,就凝固在脸上,使他那生动的脸变得那么难看。像每一个第一次和社会生活发生接触的人一样,因为突然遇到了那没有经验的心所意想不到的主观和客观的距离,他感到茫然失措。一种千里而来却失之交臂的遗憾之感几乎使他落泪。

他急迫地说:"我是从很远很远的地方赶来的!"

"可是初试都已经考完了。今天也已经是复试的最后一天了。"

"那么,就让我参加复试吧!"他又鼓起一线希望,毕竟还没有彻底地结束。

"那怎么行呢?参加复试的考生是从初试中选拔出来的,你没有参加过初试,怎么能参加复试呢?"

这么说,已经没有一点可以争取的余地了。他失神地站在那里。说不出一句话,也想不出一点挽回这种局面的办法。有谁能帮助自己呢?又有谁能了解自己的心情呢?这个人口那么多、地方那么大的城市,显得多么陌生啊!

看着他那失神的样子,那位女同志十分抱歉地加上了一句:"真是对不起,这是规定!"仿佛是受了他的感染,那明媚的微笑,从她那年轻的脸上退去了。

校园里，到处都是舒展的笑脸，为了迎接这个像节日似的、使人兴奋的日子，年轻的人们着意地把自己修饰过了。他们怎能不高兴呢？十二年来，多少年轻人的远大的抱负、美丽的幻想、热切的愿望，全被"四人帮"禁锢在枷锁之中。他们盼哪，盼哪，终于盼到了这一天：华主席一举粉碎了"四人帮"！解放了！解放了！他们的智慧、才能也像花朵似的开放了，五彩缤纷、交相辉映。

孙长宁漫游在这芳菲的百花园中，舍不得离去。

从许许多多的房间里，传来了钢琴、提琴、黑管、扬琴、琵琶……各种乐器的音响，在这各种乐器的轰响里，孙长宁那敏感的耳朵，一下子就捕捉到了从一间屋子里飘出来的长笛的柔声。仿佛听到了朋友的召唤，他向着那间屋子走去，没有人阻拦他。他不由得推开了房门，房门发出了很大的声响。有人责怪地"嘘"着这不合时宜的声音。他显眼地站在那间在冬天的寒冷中，温度显得过高的房间里，穿着老山羊皮袄，高筒的大头皮靴子，戴着长毛的大皮帽子，而这皮袄、靴子、帽子又都好像在捉弄他的不幸似的，崭新发亮。

房间一头的桌子后面，坐着几个主考和监考的教师。主考教授傅涛向擅自闯进考场的孙长宁严厉地瞪视着。

除了正在演奏的那位女青年，挨着墙边，还坐着六个考生。

她演奏的是孙长宁相当熟悉的《布劳地克幻想曲》。演奏得不错，有着特别而独到的地方。在这熟悉的旋律里，孙长宁渐渐地忘记了自己的不幸，忘记了周围的一切，陷入了沉思。当她演奏完毕，鞠了一躬，返回墙边的椅子上的时候，他甚至没有听见教授严厉的问话："你有什么事？"他茫然不解地望着房间里的人们，不明白他们为什么全都生气地转向他。

"喂,孩子,请你出去,这是考场!"

孙长宁舔着由于几天来的疲劳、没有睡眠、不正常的饮食而变得干裂的嘴唇,十分抱歉地说:"对不起,我也是来参加考试的!"

桌子后面的教师们骚动起来。他听得见他们的低声交谈。

"谁让他闯进来的呀?"

"怎么搞的?这又是从哪儿冒出来的?怎么能随便闯进考场来呢?"

"真是乱弹琴!"

教授耐着性子对他解释着:"报名的时间早已过了,现在连复试都要结束了!"

人们的淡漠使孙长宁那敏感的自尊心感到了极大的难堪。"如果只是为了考大学,我是应该回去了……"他喃喃着,脸红了,也就更不能说清自己的思绪。是的,他真想退出这个使他的脊背冒汗的房间。

"是呀,今年不行了,明年再说吧!打倒了'四人帮',再也不会有人压制有才能的孩子上学深造了。以后每年我们都会进行正常的招考啦!现在还是出去吧,不然就要影响我们的考试了!"

为什么还要赖在这里呢?走就是了,很简单,只要转过身去,扬起脑袋,拉开房门。可难道这次千里迢迢赶来考试,仅仅是自己的一种个人爱好吗?不,不是!他想起梁老师在弥留的时刻对他说过的那些话。不,不能走!这是梁老师留下来的任务,只能完成,不能退却。孙长宁明白自己的责任:必须把梁老师没有说完的话,没有做完的事,一生一世地、永不松懈地继续下去。不,他没有权利逃走。他叉开两腿,比以前更牢地钉在那里。

他那低垂着的、羞涩的眼睛抬起来了。那是一双像秋日的晴空一样明澄的眼睛，坚决而迅速地说起来："就是因为打倒了'四人帮'，我才从两千里地以外赶来的。不然，我还不来呢！老师们！还是请你们听一听吧，哪怕是只听一个曲子，也算我没有白跑两千里地！"说着，热泪忽然充满了他的眼眶。

傅涛教授不由得细细地打量着这个固执而古怪的孩子。孩子手里那个装长笛的盒子不知为什么引起了教授的注意。盒盖左上角的护皮脱落了……好像在哪里见过这个盒子似的，或许这个孩子有点来历？是不是应该让他试一试？

也不知是因为他显得那么疲惫，还是因为他所表现出来的严肃的、非达到目的不可的坚强意志，他的话引起了那七位考生的由衷的同情。

他们一齐为他力争。

"老师，让他演奏一个吧！"

"请允许吧！"

孙长宁那紧绷绷的心弦松弛了。他感动地想：不，这个城市并不陌生！

这七个考生，他们难道不知道在七名复试的考生中，只录取三名吗？知道！他们难道不知道再增加一个人，就会变成八名里头录取三名吗？知道，当然知道！就是这七个人，已经是难分高低上下，让教师们一个也舍不得丢下啊！一股热乎乎的激流，冲击着每一个教师的心！教师们不由得同意了这个顽强的孩子。还只能称他孩子，他大概只有十四岁吧？

孙长宁脱下了那件几个昼夜也未曾离身的大皮袄，摘下了大皮帽子。一缕柔软的、卷曲的额发立刻垂落到向两鬓平平地展开着的眉毛上，带着初出茅庐的年轻人的局促，向教师们询问地张望着，仿佛在问："我可以开始了吗？"教授点了点头。心里想:倒像一个行家似的!他又用舌头再次舔了舔自己干裂的嘴唇,开始羞怯地、仿佛怕惊吓了谁似的犹犹豫豫地吹着。教师中有人开始在坐椅上扭动起来,好像他们的怀疑得到了证实——根本就是一场胡闹。

可是,不一会儿,孙长宁自己就被乐曲中表现出来的东西感动了。他不再记得这是考场。仿佛他重又对着那无涯无际的森林在吹;对着山脚下那像童话中的木头小屋在吹,小屋顶上积着厚厚的雪,从凝结着冰花的小窗里透出了温暖的灯光。那儿,是他亲爱的故乡……

当明亮、质朴、优美得像散文诗似的旋律流泻出来的时候,教授被深深地感动了。尽管他一生不知道听过多少优美的作品和名家的演奏,但这个少年人的演奏仍然使他着迷。

他感到神奇,他几乎不再看见面前这个少年人的形体。仿佛这个少年已经随着什么东西升华,向着高空飞旋而去。这儿,从不轻易在人们面前打开的心扉敞开了。从敞开的心扉里,他看见了一个优美而高尚的灵魂。不,或许还不止于此,他还看见了那个没有在这个考场上出现的人,是他,培育了这样的一个灵魂。那人和这少年一同在倾诉着对光明的渴望、对真理的追求、对生活的热爱……是的,世界上有不相通的语言,而音乐却总是相通的。

不知为什么,他对这少年人渐渐地产生了一种歉疚。因为他差一点犯了一个不小的错误:轻慢地放过这样一个有才华的孩子,一个或许将会闻名于世界的音乐家。唉,人们是多么容易从主观出发啊!

很显然,这个少年人不是从城市里来的。可是,他又是从哪里受到了这样严格而正规的训练呢?他的表现手法严谨而细腻。一种似曾相识的感觉引起了教授的联想。他又想起了那个好像在哪见过似的装长笛的盒子。仿佛有一个飘飘渺渺、若有若无的声音在无边的旷野里呼唤着他。啊,为什么?为什么?在这个少年人的身上却浮现出另一个人的身影?那个人早已不在人世啦,可为什么忠诚的心却仍在固执地寻找着他的踪迹?像闪电一般迅速的思绪又把自己带到了哪里?这是考场啊!教授摇着脑袋,责怪着自己。

孙长宁轻轻地收住了音响。

傅涛教授却早已忘记了自己应尽的一个主考教师的责任。仿佛在参加一个精彩的音乐会似的,神情恍惚地说:"再演奏一个吧!"

孙长宁更自如地一个乐曲又一个乐曲地演奏下去。此时此刻,除了那片在春风里快乐地摇曳着嫩绿的枝条的、朴实无华的白桦林以外,他什么也看不见了。

这里好像已经不是考场。每个在场的人,不论是教师或考生,人人都回忆起了一些什么——一生里最美好的什么。

袅袅的余音在空气里萦绕着。远了,更远了,听不见了。

没有一个人愿意扰乱这些旋律在大家心里形成的感觉——干净的、纯洁的、向上的感觉。

还是孙长宁自己惶惑而不安地开始踏动着双脚,不明白人们为什么这么敛声敛息而又毫无表示。难道他没有很好地表现梁老师的作品里的精神?难道使他那么倾心热爱的作品竟不能打动这些人的心?他感到了深深的痛苦,他竟不能完成那许多年来激动着他的心弦的梦想——使梁老师在他那常青的、永生的作品里再生?

但那七个考生突然热烈地喊起来:

"老师,这才是真正的第一名!"

"没错,他第一,第一!"

"第一名是他的！他应该被录取！"

教师们看着那七双眼睛，这来自祖国四面八方的七双眼睛，突然变得那么相像，仿佛是七个孪生的兄弟姐妹：天真、诚挚、无私而年轻。多么可爱的年轻人哪！

孙长宁觉得好像一下子被人从深谷推上了山巅。他蒙了。他还没有意识到自己做了什么，只是呆头呆脑地听着大家发出的各种评论，好一会儿工夫他才反应过来。生怕人们会在欢腾里忘记，激动而大声地说："不，这不是我。这是那作品，只是那作品……"

教授立刻理解了这颗高尚的心："对，告诉我，这是谁写的？我怎么从来没有听到过？"

"我的老师！"

"他现在在哪儿？"

"他……他在森林里！"

"在森林里？！"那飘飘渺渺、若有若无的呼唤一下子变成了鲜明而生动的形象，站在教授的眼前。难道真的是他？难道这个少年是他的学生？竟然会有这样巧合的事么？心脏痛苦地缩紧了。悲愤和忧伤重又塞满了胸膛。

他紧张地盯视着孙长宁嘴角旁边的每一条肌肉的细微的牵动。生怕自己的听觉有所误差而漏过一个字眼，或是一声轻微的叹息。又生怕这个少年会像变魔术似的从他的眼前突然消失。

孙长宁重又拿起长笛，简单地说明着："这是我为老师写的！"

那支曲子粗糙而幼稚，变调部分也显得突奇。可是它饱含着愤怒的控诉和深情的怀念，仿佛要胀裂那支长笛，让人回肠荡气。两行又苦又涩的热泪，顺着孙长宁那黝黑的、圆浑的、孩子气的脸庞静静地滴落下来。使坐在一旁听他演奏的人们不禁黯然神伤,凄然泪下。

然后,他慢慢地把长笛放在教授面前的桌子上,又从背包里掏出厚厚的一沓乐谱。说道:"这是老师留下的!"

在乐谱的封面上,教授看到了工整而熟悉的笔迹,端正地写着:"梁启明!"

啊!果然是他!一时,不知是什么滋味充满了心头。好像再一次地和他相会,又再一次地和他分别。教授惨痛地想到那位最知己的朋友,同时代人里最有才华的一个,如今已是人亡物在,永不能相见的了。他抚摸着长笛和乐谱。这就是那个才华横溢、勤于事业、忠于理想的人留在世上的全部东西了。是全部吗?啊,远远不是,他抬起一双泪眼,宽慰地看着站在面前的这个少年,拉过他的手,把少年人那热泪纵横的脸贴近自己的心田。不,生命并没有在那片白桦树下结束,往事也没有成为陈迹,这就是他,这就是他的生命的继续……

夜晚,当孙长宁躺进教授家那松软的、散发着肥皂的清新气味的被窝里的时候,从浅绿色的窗帘的缝隙里,他看见天空中,灿烂的群星在闪烁。

蒙眬中,他觉得有人俯身向他,问道:"你觉得冷吗?"

他睁开惺忪的睡眼,一种温暖的感觉渗透了他的全身,他好像在这温暖中融化了。"不,我觉得很温暖!"

他又闭上了眼睛,留在他意识里的最后的概念是梁老师对他说过的一句话:"你要尽自己的一生,努力地用它服务于人民!"

不论是他,或是和他一样在做着甜梦的那些个考生,他们还都不知道,这时,在深夜的北京的上空,电波传送了以华主席为首的党中央的声音:中央鉴于报考音乐学院的考生中有大量突出的优秀人才,支持该院增加招生名额,争取早出人才,多出人才!

等待着他们的,是一个美丽而晴朗的早晨——一个让他们一生也不会忘记的早晨!

有一个青年

一

我真想爱上一个好姑娘。可为什么偏偏我就遇不上呢？千万不要以为我是那么的挑剔。我只是说，从我们常说的"爱情"里，我得到的东西，实在太少了。

我那些要好的哥们儿，在给我介绍对象的时候，总是先把我老子那块招牌亮出去：他爸爸是驻某国的大使！别看他们不说什么，可我准知道他们心里的想法：如果不亮出这块牌子，就凭我这副"尊容"，每月四十二块钱的工资，还有我那绝不讨人欢喜的鲁劲，我准找不着对象。

话又说回来，我还真不爱和那些漂亮的小妞们扯淡！一听见她们那种拿腔拿调、捏着鼻子说话的声音，就让人来气儿！好像她们全都得了感冒！这是从哪儿学来的呢？就连我妹妹，也是这么个酸劲。逢到她扭捏作态的时候，我总是毫不客气地大吼一声："少来这套，这儿没人爱听！"

然后，她就委曲地撇着嘴说："管得着吗！"

既然双亲大人全都远隔重洋,她也就没咒可念,只有狠狠地小声嘟囔着:"该!让你一辈子找不上对象才好呢!"

我明白,使好些个姑娘动心的,倒不是我老子那块招牌,而是那块招牌后面的东西:20寸的彩色电视机、凤头牌自行车、梅花牌的手表、立体声录音机、时髦的外国衣料……没错儿!既是如此,对不起,我全都把她们打发了!因为我知道,一旦我老子见了上帝,那些"爱情"立刻便会云消雾散,还会剩下我孤单单的一个人!

孤单?我才不怕呢!我有我的寄托!只要我的电焊机呲呲嗡嗡地一响,什么不痛快的事,也会在灼人的飞溅的电焊火花里烧光了。

焊钳在我的大手里,有节奏地摆动着……敲掉焊渣,一条条像是用片片的鱼鳞拼接出来的,闪着银光的,宽窄均匀的焊缝便显露出来。我焊过的焊缝成千上万,可是每一道新的焊缝,总还是让我的心里生出满腔的热爱。倒好像我焊接的不是一块钢板或一条钢管,而是焊接了欧美两块大陆!

二

华主席提出抓纲治国,三年大见成效之后,厂里对质量问题抓得挺紧。五月初,对我们管子车间的电焊工进行了考核。我那个班组二十多个人,考核结果,有十四个人不合格!现眼不现眼?我这个班组长的脸往哪儿搁?

下班之后,我说了:"哥们儿!今天咱们别净惦着打球、下棋……"我又瞧了小王一眼,"也别惦着会女朋友……"他瞪了我一眼,我装着没看见,接着说,"咱们得查查不合格的原因!"

我这么一说,大伙都挺赞同。可不是嘛!一站起来,都是五尺多高的大小伙子,谁愿意在质量面前直不起腰来嘛!

我们样样都查到了,电流、电压、焊条粗细……全都符合焊接规范!可为什么有漏焊、气孔、焊不透或是根本就没焊上的现象出现呢?真让人纳闷!

还是小王想到了,因为我们的焊钳是用手工操纵的,这就很难保证焊头和焊件的标准距离,而在我们常焊的,这种三个毫米薄的管子上,即使其他条件都符合规范,只要距离稍不标准,就难免不出问题。

我说:"这下,找到原因了。只要改变我们这种手工操纵焊钳的状况,眼前的局面,就可以彻底扭转!"

改变?这话说起来容易,没边没沿的,从哪儿摸起呀!

我听说国外早已有一种用于薄材的自动焊接设备,我决心去找找资料,碰碰它!

三

我开始到图书馆去,挺着个胸脯,够神气的!我想,借书看看,还有什么可为难的?

"同志,我借点书!"

管理人员问我:"您借哪方面的书?"

"电焊方面的!"

"您是借焊接工艺方面的,还是焊接材料方面的,还是焊接设备方面的……"

"……"

他看我挺为难,又说不出个所以然,便说:"您先去翻翻图书目录也行!"

上哪儿去查目录呢?

我不敢向别人打听！那么一来，人家准知道我是个一辈子也没进过图书馆的白痴！这事听起来，真有点难以让人相信，是不是？可不幸的是，这是千真万确的事实。

正当我十分尴尬的时候，旁边一位姑娘问我："你借中文的，还是外文的？"

我如同获得了救星："外文的！外文的！"

"在二楼！"

她还告诉我，查到想借的书后，先记下书的编号和书名，用工作证换一个阅览室的座位牌号，再填写两张借阅单，把座位号码、书号、书名等全都填上，一会儿工作人员就可以按这个座位号码叫我领书。

天哪！对我这个过于简单的头脑来说，这也未免太复杂啦！光这一套借阅办法，我看就得有个电子计算机来控制才行！

我真感激这位好心的姑娘，终于使我弄懂了这一套烦琐的借阅手续。

这以后，有好长一段时间，逢到星期五厂休，我都是在图书馆度过的。

我这才知道，我那点浅薄的英语常识太不够了。我真后悔，没有好好听我老子的话，学好外语。

要是有一个旁观者看见我翻阅外文资料时的情景，准会认为我正在受着可怕的熬煎！我总是在搜索枯肠地回忆着某一个动词的过去分词是怎样的？或是某一个介词在这个地方又该做如何的解释……我不知道这样啃下去，什么时候才能啃出一个眉目？

有一天，有那么一个句子，可把我折腾苦了。照我的脾气，我恨不得给那本书一拳头才解恨。当我抬起我那双疲倦而悻怒的眼睛的时候，我看见，桌子对面，有一双沉静而温柔的眼睛，正含笑地看着我。那是一双姑娘的眼睛,一双我并不陌生的眼睛。当我第一次走进这座知识宝库的时候,它们就曾亲切地关注过我。

一定是我那窸窸窣窣的声响搅扰了她,也或许是我那狼狈的样子实在可笑?

我无可奈何地、求救似的朝她笑笑,眼睛落在摊开在她面前的书页上。那好像是一本英文版的、高等学校的教材,材料力学之类的读物。我灵机一动:何不请教请教她呢?

她标准的伦敦音和清晰的讲解给了我深刻的印象。因为在我一向的偏见中,凡是姑娘,总是和什么尼龙花边、高跟皮鞋、巧克力奶糖……才有缘分。

我暗暗地对她产生了一种敬佩的心情。在这之前,我敢说,我从没有敬佩过一个姑娘。

我不好意思地笑着:"对你来说,这大概是很容易的,对我却很困难!"

她摇摇头,悄悄地,就像在说着一个不好意思被人知道的隐秘:"不,对我也是很难的,我只念完了初中……不过只有咬着牙撑上去,没有别的办法。"

我不由得想起有人说过的一些蠢话:爱情是从漂亮的脸蛋开始的。不,真正的爱情应该是从尊敬开始的。

不过,混蛋!这和爱情有什么关系!

四

以后,每进阅览室之前,我总是习惯地先把整个阅览室"扫描"一遍。尽管感到十分别扭,可我还是坐到离她很近的座位上去,根本不去理会管理员发给我的那个座位牌号。

可我到底别扭什么呢？

每当我抬起发酸的脖子、疲倦的眼睛，我会不由自主地朝她那边望去。在柔和的灯光下，睫毛在她的眼睑上投下了一道弧形的暗影，给她的面容添上了特别温柔的神情。长长的睫毛，像两把张开的折扇，随着一行行的文字掀动着、忽闪着。

是不是她感觉到了我那注视的目光？她有时也会抬起头来，或是对我莞尔一笑，或是对我漫不经心地点点头，然后又埋头读书去了。于是，我这一整天，高兴得就像在足球场上守住了两个险球。

我又有点可怜自己，为了这个一瞬间的盼顾，我好像已经等待了整整一个星期，或是一个世纪。

我常常请教她。我已经说不清楚这里面究竟有多少成分是一种借口，但总之，这使我的阅读能力大有长进，进度自然也加快了许多！

可我从来不敢请问她的尊姓大名，她在哪儿工作，她住在哪儿。

我不是一个天不怕、地不怕的人么？

不，我还是怕，怕她会对我的行为产生误解：她会不会以为我是一个赖皮赖脸的小流氓？

用不着隐讳，我还是在处心积虑地寻找一个了解这一切的机会。

八月上旬的一个星期五，一大清早，就闷热得让人透不过气来。到了中午，忽然乌云密布，电闪雷鸣，大雨倾盆。看样子，这雨，一直下到晚上也不会停了。

留神一看，她没有带伞也没有带雨衣！我立刻有了主意，冒着倾盆大雨，跑到西四，买了把雨伞。心里想：等到她离馆的时候，把这伞借给她。她准要还，我就可以找个借口，说我去取。

这么一来,她住哪儿,叫什么名字,不是全都可以知道了吗?

当我这么打着如意算盘的时候,没想到,到了五点多钟,雨却不知不觉地停了。

我只好拿着那把谁也不需要的雨伞,呆呆地望着她的背影走远了。

五

我喜欢骑快车。私下里多少也有点好卖弄自己骑车子的技术。别管车子多么多,人多么挤,只要能容得下一个车把,我就能钻过去。

有一次,在新街口丁字路口那里,我先是跟一条泥鳅似的,得意地在自行车和汽车缝里钻来钻去,然后从西往南"嗖"的一下就拐了过去。不用说,从后边来看,我这一拐,别提有多"帅"了。正当我这么自我欣赏着的时候,我听见身后"咔嚓"一声,一辆自行车摔倒了。我知道我拐弯的时候没打手势,又是这么冷不防的,准是后轱辘刮了人家的前轱辘,赶紧下车吧!谁知那小子一爬起来,不容分说,照我的脸上就是一巴掌:"你他妈的讲不讲道德!"

好小子!我能饶了你?"狗崽子!"我想我一张嘴,大概就来了这么一句。我也记不清了,在我那藏着无数脏话的仓库里,我顺口甩出了哪一句。我抡起拳头,准备给他一家伙。可是我的拳头不由地在空中停住了。倒不是我干不过那小子,就他那个份儿的,我这一拳头准让他趴那儿起不来。

我在围观的人群中,看见了我很熟悉的那双眼睛。那双眼睛,正惊恐地瞧着我。不,还不只是惊恐,而且是很不好意思的,就跟她看见了什么让人害臊的丑事!

我二话没说,骑上车子,飞快地跑了。我本能地意识到,再待下去,我准还会干出什么更可怕、更丢丑的事,也会在她面前失去更多的比分!

真倒霉!我已经不再感到脸上的疼痛,一种害怕的心情压倒了别的感觉。我怕她会对我的行为产生误解:她会不会以为我是个只会抡拳头的痞子呢?

入冬,一个外国艺术团来华访问演出,冯伯伯送来一张票。我对音乐那玩意儿从来不感兴趣。正巧妹妹上夜班,既是冯伯伯送来了,不去又不好,还是硬着头皮去了。路过西单,水果店里有挺好的招柑,一下子来了两斤。进了剧场,一坐下来我就掏出招柑。刚把皮扔在地下,后头一个小子发话了:"同志!请您别往地上扔,人家服务员打扫起来挺辛苦的。"

真是狗咬耗子多管闲事。我连头也没回,理都不理他,照扔。服务员是干什么的?我要不扔,他不就没事儿干了?

开演之后,那小子又在后头发话了:"请您把帽子摘下来好吗?这不但影响后头的观众,对演员也是不礼貌的!"

真他妈的找碴儿!跟我摽上了还是怎么的?我还是不理他。就是不摘,怎么着?可是后边的人一下子把我的帽子摘掉了。我"嚯"的一下转过身去,想给那小子一顿好瞧的,让他好管闲事!可是我又愣住了。我看见,我熟悉的那双眼睛,正调皮地对我笑着。她手里拿着的,正是我那顶帽子。她把帽子还给我,不知为什么,我竟没有接住,它滚到座位底下去了。我弯腰拾帽子的时候,招柑又滚了一地。我的椅子发出吱吱嘎嘎的声音,闹得周围的人全都嫌弃地瞪着我,因为我影响了他们!

我窘透了!岂止是窘,压倒我的是一种那么沉重的苦恼:她为什么那么亲密地靠着那个小子呢?

我甚至有点伤心地想道:妈的,那小子是那么漂亮,那么文明,那么有教养,相比之下,我简直就像一个没有开化的野蛮人!

我已经不知道舞台上那些人晃来晃去地在干些什么,我得时时压制住自己想要回头去看他们的那种欲望。而且我老是在想:我的脖子干净不干净?——总有两个礼拜没洗澡了,我的头发长不长?大概也有两个月没理了。我真懊悔,我一向是那么不注意清洁卫生。

我既不敢回过头去,也不敢乱动,我的身子老是保持住一个僵直的姿势,这太难受了。没等幕间休息,我就起身离开了剧场。

我难得慢慢地骑着车子,在华灯齐放的长安街上驶过。心里有一种说不出来的滋味在折腾着。难道我是在恋爱了么?不,这不叫恋爱,小说上有过这样的故事,这叫单恋。在恋爱的是她,还有那个漂亮的小子!

这是一九七七年十二月里的事!

六

从那以后,我再也没在图书馆里看见过她。我真的永远也看不见她了么?

我需要的资料,已经积累得差不多了。可我还是常常到图书馆去。除了书,还有什么吸引我的呢?

每次,我还是习惯地坐在我们第一次交谈过的桌子边。她曾经坐过的那个座位,是 159 号。每当我抬起发酸的脖子、疲倦的双眼,我仍然会不由得朝那个座位上望去。——她早已不在那里。代替她的,有时是一位老者,戴着深度的近视眼镜,喉咙里呲呲地响着,就像我的电焊机。他大概有挺厉害的气管炎吧?有时是一个年龄和我差不多的青年人,(我不再称人"小子",我那些"哥们儿"说我现在的谈吐、举止足可称得上是一个"绅士"。)有时还是一个美丽的姑娘。但不论是谁,也代替不了那个曾坐在这个座位上,教过我英语的,有着一双沉静而温柔的眼睛的姑娘……

这可真够惨的,是不是?

到哪里去找她呢?北京有八百万人口,那不跟从海底捞针一样么?况且,即使找到她,我又能说些什么呢?插进人家的爱情里去?那可不是男子汉大丈夫应该干的事!

七

我听见车间主任扯着他那难听而嘶哑的嗓子,向什么人介绍着:"他是我们厂里拔尖的电焊工,他在广泛地阅读和收集了国外焊接技术资料之后,搞了一个程序控制的全位置钨极氩弧焊的设备图纸,已经送到焊接研究所去了……"

咝咝——

嗡嗡——

让他啰嗦去吧,还没准成功不成功,他就吹出去了。要是砸锅了呢?不,不能失败,还得干下去,一直干成!那个姑娘不是说过?只有咬着牙撑上去,没有别的办法。

我拉起面罩,需要换一根焊条。我扫了一眼围在那堆焊好了的管子旁边的人群,从他们胸前的校徽上,我猜出那是一群来厂参观的大学生。当我正要拉下面罩的时候,啊!我看见了什么?一双沉静而温柔的眼睛,正含笑地望着我!我头一次对车间主任那嘶哑难听的声音感到了由衷的喜爱,我也头一次感到我在她的面前没有出丑。我快乐地朝她眨眨眼睛。她笑了,那么可爱的微笑。周围的一切,全都随着她的微笑变得那么明亮。

可是,当我的眼睛落在她胸前的校徽上的时候,我重又感到那次在剧场里感到过的苦恼。想起了那个漂亮的小伙子,然后,又加上了这块大学牌子。我的眼睛垂落下去,还有什么可多说的呢?

她的同学们继续朝前走去了,很快,她也会走远了。没准从此以后,真是再也不会看见她了。

我真怕,怕她听见我的心脏,咚、咚、咚地跳得那么响。

那是她在说话么?"我叫徐薇,如果……你还有什么要和我共同讨论的——比如说英文,就去找我吧!"

我是不是听错了?

八

当然,让我一下子下决心去找她,那是困难的。虽说我这辈子就没有怕过什么,也从不知道害怕是个什么滋味。可我为什么总是在她面前感到害怕呢?

后来我才理清楚,我之所以感到害怕,无非是唯恐自己干出什么不得体的事情,惹恼了她,从而失去她。

我试探性地寄出一封信,告诉她星期六我有三张戏票,如果她愿意的话,她可以约请她最好的朋友,一同来看。

我不安地在天桥剧场门口徘徊着。反反复复地想着那几个至少想了几十遍的问题:她会不会来?她一个人来,还是和他一块儿?

我想我当时那副"尊容"一定是够可怕的,因为剧场门口那些等退票或等人的人,全都奇怪地看着我。他们准会猜想:这个小伙子不是牙痛就是三叉神经痛,既是如此,就干脆回家歇着。何必用这副让人憎恶的面孔,来刺激人们的视觉神经呢?

我来来回回地低头踱着。一双小巧的脚停在我的面前,挡住了我的去路,我抬起眼睛,她正站在我的面前。

够了,我真忍受不了这种折磨,立刻就想搞个清楚:"他呢?"

"谁?"

"你的朋友!"

"什么朋友?"

"上次和你一同看演出的,你忘了?"

她哈哈大笑:"那是我哥哥!"

我也哈哈大笑,不用说,人们准会看到,不论是牙痛或是三叉神经痛,都已经不再折磨我!他们也大可不必为那副刺激他们视觉神经的面孔倒胃口了。

我又买了不少的橘子,不过我再也不随地乱扔果皮了。

我老是不能相信这是真的:她为什么会爱我呢?

她说:"你当时是那么笨拙,可又那么认真,那么努力!明华,因为你总是那么认真,又那么努力!"

是的,她说对了。

就连我对她的爱情,也是那么地认真,那么地努力。

她有多么可爱,又有多么聪明!她那双眼睛,不只是温柔的,也是敏锐的。她看得见,在我那粗鄙的、没有教养的行为后面,还有一颗追求向上的心。

尽管迟至今日,历史才给我们这一代人,这样一个在十几年前就应该给我们的机会,但我们仍然珍惜它,不放过它。当我们不得不和咿咿呀呀的小孩子一同向前迈步的时候,这种智力上的畸形发育,带给了我们许多的变态心理。而在我们粗鄙的、没有教养的、玩世不恭的行为下掩盖着的痛苦,是许多人都不容易理解和原谅的。

但是她看到了,也谅解了。这就是为什么和她在一起,我总是感到温暖的原因。

　　当然,现在就连那些与我们这个文明的时代极不相称的野蛮、落后、缺乏教养的所谓小毛病,我也都一一地改正了。我体会到做一个文明的、有教养的人有多么愉快,我的生活又显得多么干净啊!

　　我终于爱上了一个好姑娘,一个并不是因为我父亲的那块招牌,而是纯粹爱的我本人的好姑娘。

非党群众

一

上一任书记在介绍人事情况的时候,对老田头,只简单地说道:他工作挺认真,但是——他是个性情乖僻,和各方面的关系都处理得不太好的非党群众。

末了,他又十分谅解地补充道:"当然喽,这也许是因为他是一个老鳏夫的缘故。就像那些老寡妇、老处女一样,长期孤寂的生活,会养成许多怪僻。人们对这种处境的同情和容让,又成了这些怪僻的养料,以致使它发展得越来越严重,弄到和人难以相处的地步。"

这种心理分析,也许是相当精辟的。何明也深知自己在心理学方面是个十足的外行,可要让他在没有充分的感性认识之前,便接受一个什么观点,他又不大情愿。

看着他那将信将疑的态度,上一任书记哈哈一笑:"那么,你自己慢慢观察吧!"

虽说不久便发生了一件事情,可还是不能让何明得到什么明确的概念。

制作组组织讨论一个新剧目的舞台设计。会上,大家都觉得不错,没有什么太大的异议。讨论会结束的当儿,听取意见的设计人员也轻松地舒了一口气,合上记录本的时候,老田头表示有话要说。

一看他要发言,"嘎噔"一下,大伙儿那根松弛了的发条立时感到让人拧紧了。

有人看了看手表,离下班还有五分钟。心里嘀咕着这五分钟够不够老田头折腾的,担心着闹不好就得拖下去。可今天是星期六,下班以后还要去托儿所接孩子,上煤气站换煤气罐……这老头子真没眼力劲儿,一点也不体贴有家室人的苦处,偏偏要拣这个时候!

老田头不慌不忙,慢条斯理地说:"我对第一场北海公园那个洋灰椅子有意见。北海公园打开张那天起,就没有过洋灰椅子,全是一色铁架木头条的椅子。这儿得改改!"

看手表的人想:谢天谢地,老田头这次总算是大慈大悲,只提了这么个小意见,还不至于没完没了地拖下去。便说:"这不碍事,谁管你是洋灰椅子还是木条椅子,公园里有个椅子就得!"

老田头较起真儿来:"这叫什么话!您演的不是北京的戏,事情发生在北海公园吗?那就得让观众一瞧,说,没错儿,是那么回事儿才成!"

跟老田头学拉大幕的小刘说:"艺术是浪漫主义的,不一定非得是生活的原封照搬!"

大伙都觉得为了这么一个椅子,再重画一张设计图,把舞台上的道具全都相应地调整一番,真是值不当的。再说也快下班了,谁也不想为这点小事再引得老田头打开话匣子。于是大家便都闷着头不吱声。

老田头明白这种沉默意味着什么。他从自己无数次不愉快的经历里知道,因为他的固执,给许多人添加过不少的麻烦,弄得谁也不大喜欢他,甚至于尽力地躲避着他……唉,他这是何苦哟!

小组长赶紧就坡下驴了:"算了!算了!反正模型制作方案党委都同意了!"

听了这话,老田头仿佛大梦初醒,一下子泄了劲:"既然党委都同意了,还让我们讨论什么?这不是瞎掰嘛!"随后又来了句新词,"艺术上的探讨,也该有个民主啊!"

小组长一见要转话题,担心老田头又要节外生枝,便立即宣布散会——反正这个艺术民主又不是今天讨论的内容。

可是老田头却不懂得应该就此撒手,他拦住组长,认真而执拗地征询着他的意见,希望找到一个同情他的观点的人:"您说,这么做合适吗?"

老田头从不大吵大闹,他只是没完没了、不屈不挠、认真地恳求人们接受他认定了的道理。

可有时候,认真也是一种压力,一种威胁,一种干扰。它让人们不能漠不关心,不能敷衍,不能松松散散、自自在在地过日子哟!

小组长有点后悔,不该说出那句话,又让老田头粘上了,只好把他的注意力再扯到那个椅子上去,"好吧,你对椅子的意见,我们回头再找个时间研究、研究!"

这话,要是刚才说出来多好,老田头也许早就没事了。可现在,它已经不能让老田头感到安慰。

二

在食堂吃过晚餐———一碗汤面,一个打中午起卖到晚上还有得卖的包子。老田头走出了剧团,心绪不宁地站在马路牙子上。他感到六神无主,一时不知上哪里去才好。

已经是春天了。空气显得暖烘烘的,就连吹着的那股风也好像给烘暖了,就连汽车上的喇叭、自行车上的铃铛也都好像感到了舒展,响得格外热闹。人们手里拎着的,自行车后架子上夹着的丰盛的菜蔬,预示着每个周末那种富有人间烟火味儿的欢乐。

老田头渐渐地着迷了。倒不是这一切引起了他对二十年来从没享受过的有一个主妇等待在周末的餐桌旁的那种渴望,而是因为这一切在他的想象中全变成了道具,给一场情调欢愉的戏造成了颇为精当的舞台效果。他的心情与其说是好了一些,还不如说是注意力暂时得到了转移。

人有一种善于使自己平衡的本能。当意识处于茫然状态的时候,器官便会发挥一种自然调节的机能,也许这就是人们所谓的"下意识"。

老田头的双脚便这样毫无差错地把他带到了北海公园。

他在公园里心神不宁地想要寻找一张空椅子。椅子全让一对对的情侣占满了。他那副急切的、紧皱着眉头的面孔和星期六傍晚的北海公园的情调简直格格不入。谁要是看见了他那副因为找不到空椅子而变得十分懊丧的面孔,准会以为他原本急着要去的不是药房就是急诊室,结果却不知为什么跑错了地方。

他从公园的前门跑到后门,跑遍了每个犄角旮旯。当他终于找到一张空椅子的时候,他重重地朝椅子上坐了下去,仿佛在向人宣告他打算在这个椅子上牢牢地坐够一个晚上,谁也别想在闭园之前让他从这张椅子——铁架木头条的椅子——上站起来。

他那六神无主的心感到了安慰。额头上的汗珠也渐渐地退了下去。他闭着眼睛靠在椅背上,用手慢慢地抚摸着椅子上的铁扶手,想起下午关于椅子的没有什么结果的讨论。于是,他觉得他好像亏待了这个没有生命、没有灵性的椅子。老田头一辈子也没有体会过父爱是怎么一回事,可这会儿,他却感到这椅子就像是他的一个哑巴孩子。他的心里突然被一片自责自谴弄得惶惑不安,好像他没有为这个不会说话的哑巴孩子尽到做父亲的责任。

一对年轻的恋人走了过来,他看得出他们想在这椅子上坐坐,他也看得出来他这个大杀风景的老头子一个人占着好端端的一张椅子,碍了他们的事。老田头忘记了自己誓把椅子坐到闭园的"宣告",从椅子上站了起来。

他边走边回头看着那张椅子和椅子上的那对青年。他想:谁能说这椅子不重要呢?就是将来他们结了婚、养了孩子,他们也还会想起北海公园的这张椅子,清清楚楚地记得上面的每一根木条,甚至是每一颗钉子,怎么能用水泥椅子去代替他们坐过的这张椅子呢?

三

何明和老田头的第一次交道,便是从这张椅子开始的。

星期天,一大清早,老伴儿把半夜就爬起来炖着的鸡汤鸡块装在广口的暖水瓶里,一个劲儿地催促着何明趁早给在医院生孩子的闺女送去,省得待会儿来个客人不好脱身。

"咚！咚！咚！"有人敲门了,好像敲门的人猜透了老伴儿扒拉着的那个小算盘,成心让她不如意似的。

老伴无可奈何地叹了口气,朝何明埋怨地瞪着眼睛:"让你快走你不走,瞧瞧！去不成了吧！"没想到,敲门来访的就是那个和各方面关系搞得都不太好的老田头。

老田头根本就没看出来何明要出门的那个架势。

烟茶招呼过后,老田头连句寒暄话也没说,开门见山地就把头天下午制作组的讨论会上,那个没有结果的椅子问题以及艺术民主的问题说了一番。前前后后,不过二十分钟,老田头就把话说完了。还没等给他沏的那杯茶泡出味来,便起身告辞了。

何明很想知道,究竟是什么原因,使得这个乖僻的老头子——照上一任书记的说法——对这么一个简单的道具这样地较真儿呢？他想趁此机会和老田头聊聊。他谈到了准备恢复上演的"文化大革命"前的几个剧目,引得老田头来了情绪。

老田头简直就像剧团里的活档案,记得那些剧目头一次上演的日期,上演过的场次,几乎背得出那些戏里最精彩的台词,记得哪位演员是在哪场戏里崭露的头角……凡是没有或是不能载入史册里的,那些个犄角旮旯的东西他都记得。

老田头分明因为这些回忆而感到兴奋:"一晃二十来年过去了！我想想——这个戏头一场是五八年六月十三号上演的！您知道,赵萍就是从这出戏露的头角。那时候,她还没结婚呢！"

"这次还是她演这个角色！"

"好倒是好,可她也有她的毛病。不信您听,她老是喜欢把腔调拖得太长,改不了啦！这就妨碍她的戏路喽！"

他还诌得出几句斯坦尼斯拉夫斯基的体系,说得出同一个角色,不同的演员在表演上、处理上的不同。要是不了解内情的人,光听着老田头对剧团里那些个演员们的中肯的评价,还以为老田头准是个挺有造诣的艺术家呢。

从戏自然而然地又谈到舞台制作、道具、拉大幕这些事情上去。这些事,是老田头天天干着的本行,要他不说是不可能的。如同一个母亲看到别人的孩子的同时,总会联想起自己的儿子。他说到《日出》里陈白露穿的旗袍和《雷雨》里繁漪穿的旗袍有什么不同,还说到《茶馆》里松二爷的鸟笼子……

在这些谈话里,老田头不但一点也不显得乖僻,而且还让人感到相当的随和,简直就是一个特别容易动情的,对任何一件小事都显得十分热衷的老孩子。

何明很有兴趣地问他:"你干舞台制作这行多少年了?"

"三十多年吧。"

"很喜欢话剧艺术?"

"哪儿的话,我压根儿就没长着那个脑袋。当初,还不是为了混口饭吃!"老田头讪讪地笑着。因为自己并不热爱话剧艺术而感到十分不好意思。

生命有时真像一颗种子,在命运的旋风里飞扬,说不定会在哪块土地上降落,然后生根、发芽。

老田头之所以干了舞台制作这一行,只不过是生活对他的选择。在那个时代,像他那样的人,哪有权利选择生活?

老田头是颗种子,但却不是一颗多情的种子,虽说围着舞台转了三十多年,别管有多少惊天动地、悲欢离合的故事在舞台上演出,老田头却从来没有动过什么感情。好像他所有的感官全都罩上了一层合金钢的盔甲。这真有点不能让人理解,天下竟有这么缺情寡意的人。

听了老田头的这些个议论,何明有点纳闷,这样一个人,又并不热爱话剧艺术,何以会若许年来执着地追求着艺术形式的完美呢?

两个人聊得十分痛快,一直聊到中午。广口暖瓶里的鸡块和鸡汤完全用来招待了老田头。何明一想到他那疼闺女的老伴没准会肝疼得发颤,便暗暗地好笑。那么,只有劳她的大驾,明天早上再去东单菜市场排队就是。

他原以为,通过这次交往,和老田头深交下去大概不成问题。谁知以后再见面,老田头竟像不大认识他这个人,而且还有点回避他的样子。他检点自己,是不是那次谈话有什么不大妥当的地方,给老田头留下了不好的印象?不,没有。那又是为什么呢?他终于咂摸出,很可能是因为那个洋灰椅子没有改动,以致老田头认准了他是一个说话不算数的骗子,或是一个夸夸其谈的官僚。

其实,他倒真是征求过制作组的同志们的意见,只不过大家都认为这是一件无关紧要的小事,改不改都无所谓的,犯不着为它多花费心思,到了儿没改。

四

四个月以前,剧团到郊区农村巡回演出,老田头在装吊杆的时候,一个失脚从大梁上跌了下来,摔断了腰椎骨。虽说没落下什么明显的残疾,手脚总还是显得不利落。不管老田头本心意愿如何,他还是退休了。

办好手续之后,何明特意找老田头聊聊,看看他还有什么意见和要求。

老田头从他那万宝囊似的大口袋里,掏出一个笔记本。那个笔记本又厚又大,像它的主人一样严肃而庄重。

老田头戴上花镜,郑重其事地用食指捋着一行行的字迹。

那根粗糙、干瘪、多皱的指头,捋着捋着,便按住了一个地方。老田头从镜片上面扫了何明一眼,看看他是否准备留意地听。

何明朝他按着的那个地方瞧去,那些字,简直不能算是写出来的,只能说是像农村老太太描花样似的描出来的。一笔一画之间相隔甚远,每一个字都像一个摊开手脚躺在那里睡觉的、没有骨架的懒汉。真的,老田头是个没有多少文化的工人,先不说那些字记载的内容是不是具有什么重要的价值,单是描完这么厚的一个笔记本子,就不简单。它虽然不能和什么伟大的发明创造相提并论,但那个驱动力绝对是同样感人。

老田头清清嗓子,结结巴巴地念了一句:"第一,洋灰椅子能不能改成木条椅子?"

何明无论如何也没有想到,隔了这么长的时间,在这样一个时候,老田头郑重其事地提出来的第一个问题还是那个椅子。天下真有这么固执的人!这种较真儿的劲头简直到了令人好笑的地步。但不知为什么,他笑不出来,他等着老田头继续说下去,因为那一页上还描着不少的字迹。

老田头为什么不说话了?何明抬起眼睛,他看见,老田头正直愣愣地盯着他。

也许何明觉得这个小问题没有立刻解决的必要,也许他想再和制作组的同志们打个招呼,也许他想等老田头说完之后,一并答复。总之,他没有立刻对老田头的期望和等待做个明确的表态。

老田头的神色黯淡下来,显出了何明很熟悉的那种忧郁的神情。他沉默地收拾起那个笔记本子。

何明忙说:"请继续说下去吧!"

老田头淡淡地说:"没了!"

"没了?"

"没了！"

他瞧着老田头那佝偻的、远去的背影，那背影给人一种受了冷遇，甚至是受了欺骗的感觉，从而显出更加孤苦的样子。那副样子，在何明心里引起了一种模糊的不安。可这又能怪谁呢？好任性的老头子！

幸好，不久便是国庆节，趁着节日慰问的机会，何明去看看老田头有没有什么困难，需要不需要组织上的什么帮助。

谈话不大投机，又常常出现冷场。老田头纳闷，何明老坐着不走算怎么回事？何明暗笑，老田头旧怨未忘，难道真让他坐冷板凳不成？他环顾四周，希望找到一点能够引起老田头兴趣的话题。他看见老田头屋里的铁丝上晾着几条胶卷，便问："自己冲的？"

老田头慢腾腾地答道："自己冲的。"

何明顺手从夹子上取下一条瞧瞧，上面全是些翻拍的建筑物的图片。他好奇地问："这是什么？"

老田头不情愿地回答着："前些日子，从别处借来一本《世界剧场资料》，这书现在买不到了，只好把上面的图片和说明复制下来。"

何明像被什么东西蜇了一下，浑身上下立刻有一种热辣辣的感觉。老田头的这些胶卷和这些话，不知为什么让他一下子想起上一任书记对他说过的那些个话。是啊，他倒是没有随随便便地接受别人的观点，可事实上他也没有多往前迈进一步！对于这个性情乖僻，和各方面关系都处理得不太好的非党群众，他又多知道了些什么？比如现在，他就不能清楚地解释，这个只管装台、卸台、制作布景、拉大幕的退休工人是出于什么样的思想基础，去积累这些剧场资料的。

但不管怎么样，何明还是敏锐地感到他终于在无意之中摸到了遮挡在老田头心上的那块大幕——也仅仅是摸到而已,也仅仅是无意之中。一种惭愧的感觉袭上了他的心头。对着这个已经从剧院的生活里走出去的孤老头子,何明感到了一种不可推卸的责任,一种想要弥补由于自己的忽略而造成的隔阂的强烈愿望。

当他顺手把胶卷夹回到一个夹子上去的时候,老田头不大高兴地把那胶卷挪到另一个夹子上去。何明琢磨了好久,方才明白他没有把胶卷夹回到原来的夹子上去。他不禁哑然失笑。真是一个古怪的老头子,夹在哪个夹子上还不是一样吗?

这回,老田头让何明一个人唱了半天的独角戏。

末了,当老田头送他去汽车站的时候,看着天边一抹通红的晚霞,才说了一句绝非应酬的话:"这要搁到舞台上,打出这片彩霞可真不易!"

何明有点明白了,老田头最需要的是什么。也许他并不一定非退休不可,是不是可以在资料室给他安排一个合适的工作?

五

剧团准备在春节期间上演"文化大革命"前演出过的一个剧目,但是困难很多。当时的老导演惨遭"四人帮"的迫害,已经含冤去世,就连排演时的那些资料也都失散了。大家自然而然地想到了老田头,一来这个戏当时是他拉大幕,跟了一百多场;二来大家都知道,他不像一般人拉大幕,只记住每场戏的最后一句台词,"哗啦"一下闭上幕就算了事。他总是要来剧本,反复征询导演的意见和要求,一遍又一遍地跟着导演看排戏,甚至记录下与拉幕毫无直接关系的那些要求……老田头一定会提供许多宝贵的线索。

当何明把大家的希望说给他听的时候,老田头那总像是受了委屈的神情一下子消散了,就像谁用毛巾抹去了涂在他脸上的一层化装油彩。他立刻登高爬低,翻箱倒柜。满屋子里飞扬着尘土,弄得何明不停地打着喷嚏。

老田头的"家当"五花八门。最使老田头得意的,是他自己绘制的许多舞台的平面图、立体图。有北京各大剧场的(包括颐和园大戏台),也有老田头光临过的外省市的。图上详尽地注明了舞台的高度、长度、宽度,还标出了挂灯的记号,做出了装吊杆的计划。

何明不能立刻领略它们到底有什么妙处:"弄这些做什么呢?"

老田头一笑,说:"说不定哪个年月咱们剧团用得上这个舞台呢!比方说,去外地巡回演出……"

何明怀疑地瞧着那些满是尘土、不知猴年马月才能用得上一次的图纸。老田头仿佛猜透了他的心思,便宽慰地说:"总有用得上的时候!"

好像花费了许多心思绘制了这些图纸的是何明而不是他自己。

此外,还有许多纸张已经发黄、变脆的美术杂志,放大的风景照片(看得出是自拍自放的),文艺刊物,本剧院或其他剧院上演过的剧目的说明书,以及那些剧目上演时报刊上登载过的广告、剧评、演出实况的报道……并且分门别类,装订成册。

看着这一堆堆的东西,何明才知道老田头每个月七十多块钱的工资为什么还总是显得十分拮据。难怪人们说老田头老伴活着的时候,总是为了财政问题和老田头吵闹不休。

何明不能断定,老田头花掉的这些心血,究竟有多少是徒劳的。反正其中有不少是资料室里都有的,比他手头的更为齐全,装订得也更为规整,老田头完全可以在资料室里借到他需要的任何一种。他料定老田头自己也未必不知道。但是,他在这些五花八门的、残缺不全的资料里,看到了老田头对生活的一种追求。这个满是尘土的小角落,便是老田头的大千世界。何明对这些并不稀罕的资料以及这些资料的主人,陡然地增添了许多特殊的情感。他突然想起,应该告诉老田头他最关心的那件大事,是的,大事!"老田,你知道,那洋灰椅子改成铁架木条的了!"

笑容在老田头的脸上推出更多的皱纹。那密密的,一条挨一条的皱纹简直像一朵绽开的菊花。

当然,至此何明也并不一定觉得那椅子的变动是什么大不了的、非得如此不可的事情。问题是老田头的这个要求却牵涉到一个挺不小的做事情的道理。

这次,是老田头一个人唱了独角戏。倒不是何明不愿意搭档,而是老田头的老毛病又犯了:一旦打开了话匣子,便容不得别人插嘴或打岔喽!

晚上,何明余兴未尽地邀老田头回剧团看戏。他们坐在台下,准备正经八百地当一次本剧团的观众。

头一场,大幕噌、噌、噌,一蹦一跳地拉开了。老田头摇着脑袋说:"不用猜,准是小刘拉大幕!"

何明说:"给你说着丁!"

那大幕跟小刘走路一模一样,一蹿一蹿地,脚底下就像安了个弹簧。

老田头感慨地说:"别小看拉幕,这也是'艺术'啊!"他想起了小刘最爱说的这两个字,"别以为挡上观众,换上布景就算完事!那得和戏配合得合适才叫好。您比如'文姬归汉'那场戏,就得拉出文姬上路的这个感觉。怎么才能配合得合适？这里头学问大了。您得先吃透戏，要是换了剧场，您还得注意台口不同的距离，因为幕绳长短不一样啦，您再按原来的办法拉就不行。还有，天晴绳子就松，阴天下雨绳子就'绷劲'……"

要不是别的观众"嘘"了他几声，那个话匣子不知什么时候才能关上。

何明笑着劝慰他："今天，你就安心地看场戏，当个观众吧！"

老田头终于安安静静地坐在那里看戏了。何明心里感到一点安慰。他想：要是常邀老田头看看戏，多少也会给老田头那单调的生活添上一点色彩。

一个人力车夫上场了。老田头开始长吁短叹，他准是触景生情，想起自己在旧社会拉洋车的遭遇来了。

老田头忘乎所以地冒了一句："这个就差！"

"什么？"

"您瞧，拉洋车穿的那个'号坎'上，写的是'人力车伕'。早先我拉洋车的时候，'号坎'上就是'人力车'仨字儿。有'伕'！这就不对劲！"

何明长久地瞪视着老田头那张让这个'伕'字弄得十分烦恼的脸。明白了老田头这一辈子多半不能成为一个正经八百的观众。难怪舞台上那些惊天动地、悲欢离合的故事不能让他动情，却原来舞台对于他不过是一个尽职尽责的工作岗位而已。

第三场，不闭大幕，黑灯换景。老田头立刻显得不安起来。何明知道，这一招顶难。

果不其然，一亮灯，台口上那道纱幕的吊杆，上不上、下不下地和观众见了面。台下立刻响起一片议论和哄笑。虽说那哄笑并不含有什么恶意,可让何明感到了十分的难堪。当然,更不用说老田头。

那根吊杆好像被观众的哄笑吓傻了,上上下下地折腾了好一阵子,不知道自己该上还是该下,最后总算是醒过梦来,逃也似的往大梁上'噌'地一跳。观众哄笑得更厉害了。

老田头在这哄笑声中耸着肩膀,缩着脑袋,仿佛有根鞭子即刻要从后面打到他身上来。这时,何明还看见,有两颗很大的、混浊的、像水银一样沉甸甸的泪珠从老田头的眼角滚了出来。那两颗泪珠,艰难地爬过他脸上的那许多皱纹,如同爬过一道道的高山和峡谷。没等流到腮边,就被那干燥得像撒哈拉大沙漠似的皮肤吸干了。

老田头突然站起来说:"我到后头瞧瞧去,一会儿就回来!"

不,直到散场他也没回来。没准他又在后台粘上了谁,一直闹得人家感到自己好像做了弊又当场被人抓住似的难受才会收场。也许他拉上了大幕?因为大幕不再噌、噌、噌地一蹦一跳……

是啊,老田头绝不是一个十全十美的完人,他所有的想法和要求也不一定完全合理,待人处事也不一定没有偏执的地方……但这些,都不能妨碍何明对这乖僻的孤老头子产生感情。

他想到,在老田头那再单调不过的生活里,那颗简单的心却怀有着一个广大而丰富的世界,享受着许多人追求不到的满足和快乐,甚至……还享受着苦恼。他想到,许多人常喜欢说的那个"但是",以及对"但是"后面的那些东西所持有的偏颇。

他还想,要是我们的周围,有更多的人,还能看到那"但是"后面的"但是",该有多好啊!

谁生活得更美好

1176号汽车上新换了一个售票员。

售票员姑娘生得那么纤巧，那么单薄，像个不经折腾的玻璃人。每当她吃力地在人缝里挤来挤去卖票的时候，施亚男不由得担心会不会把她挤碎了。而吴欢就会想：少卖一张票又怎么样？汽车公司绝不会因为这几分钱发财或是倒闭，何必这么小家子气？

她的嘴角有点上翘，总像是在微笑。长在她那瘦削而苍白的脸上的那双眼睛，显得深邃而动人，好像它的焦点总没有落在眼前的人或物上，而是落在更远一点的什么地方，给人一种若有所思的、梦幻般的感觉。

当那双若有所思的、梦幻般的眼睛文静地瞧着你，彬彬有礼地询问你去哪里，要不要买票的时候，人们不由得就会想起久已被人遗忘的教养和礼貌。不管刮多大的风，下多大的雨，她从不偷懒、马虎，总是下车收票，还用她那细瘦的胳膊，用力地推着乘客的后背，帮着他们挤上汽车。

售票员繁重的工作显然使她有些力不胜任。就是在这还离不开棉衣的初春天气，她那可爱的小鼻子尖上也会凝着细小的汗珠,一缕额发也会凑热闹似的从发卡上滑落下来,遮住她的眉毛,挡住她的眼睛。假如不是因为和她素不相识,也许有人会温存地帮她把这缕额发撩上去。

在她面前,小伙子们不知为什么感到拘束。只有吴欢,像往常一样,向他的同伴刻薄地品评着刚从后门上车的一个小青年:"瞧那个'土鳖',身上那件西装准是刚从委托商店买来的!"

几个小伙子笑了,并且有点感谢吴欢把他们从那种拘束的感觉里解脱出来。

施亚男朝售票员姑娘瞟了一眼。她什么也没有听见,正在专心地数着毛票,给乘客找着零钱。她戴着的那双尼龙手套显出饱经沧桑的样子,食指和拇指间的两侧都已经磨破了,露出了她那纤细的手指。

要是他没有看错,好像吴欢也很快地、几乎让人察觉不出来地瞟了售票员姑娘一眼。

厂子里的青年们各有各的"小集体"。这种结合,是生活自然筛选的结果。施亚男他们这个"集体",绝不同于那些"土鳖"。他们从不跟在姑娘的后头吹口哨、起哄,或是怪声叫好,也不会用那些不伦不类的穿戴把自己打扮得非常寒碜。比起那帮"小市民",他们的趣味似乎高雅多了。

有谁能像吴欢那样经常捧着一本斯宾诺莎的书?不过人们并不知道,他之所以读那些书,多半是因为它晦涩、难懂。光凭这晦涩、难懂,就会让人感到他趣味高雅,思想深奥。别管我们这个纷纭的地球上发生了什么,也休想让他愤怒地慷慨陈词。或是改变一下他那有板有眼的生活秩序,让他夜不成寐、茶饭无味,或是惹得他洒下一滴同情的泪。要是施亚男为电影或小说中主人公的命运长吁短叹,几乎忍不住自己的眼泪,他便会打着哈欠，不以为然地耸耸肩膀，说："何必动真的呢？"就连越南侵略柬埔寨，他也不过是三年早知道地说上一句："我早就估计到了！"也就没有下文了。

说到人生，说到人间的烟火味儿，吴欢总是表现出深恶痛绝的样子，鄙夷不屑地挖苦一通，样样事情他都看着不顺眼，好像他还没出生以前，这个世界就欠了他什么。

施亚男在吴欢面前，常感到自己粗鄙、庸俗，因为他不能像吴欢那样，做一个清心寡欲、悲观厌世的道学家。他是那么喜爱光线、色彩、音响……一切有情致的生活琐事。哪怕是春节举行的环城赛跑，邮局门前买《广播节目报》的长队，甚至发生在这拥挤不堪的公共汽车上的小插曲……他还不喜欢吴欢那录音磁带上香港歌星梦菲菲演唱的什么《蓝耳环》《出人头地》之类的流行歌曲，每唱一个字，就像狠狠地咬下一口艮萝卜。可是他从不好意思流露出来，因为那准会让吴欢觉得他"嫩"，嘲笑他还够不上一个男子汉。

男子汉？男子汉！为什么今天吴欢交给他那封信的时候，他的脸竟像进了油锅的大虾，"唰"的一下子来了个"大烧盘"？

他觉着别扭透了。脸红什么哟！这一脸红，吴欢会想到哪儿去呢？

看着他那绯红的脸，吴欢淡淡地问："谁来的？"

施亚男就连一句搪塞的话都想不出来。

"情书？我怎么不知道你什么时候有了女朋友？"

施亚男不置可否地笑了笑。姑且让他以为是情书吧，那也比让他知道真正的底细更好。要是吴欢知道了他背地里偷偷地写诗，他会怎样地取笑他哟！

等到只剩下施亚男一个人的时候，他才掏出那个中式信封，长久地瞧着那遒劲的笔迹和信封下面的落款。仿佛他所崇拜的这位作者就站在他的面前一样,他感到欢悦、惶惑,甚至还有点不知所措。他并不认识这位作者,不过是在报刊上读到过他写的诗。那些诗,像一阵清新的风,拂动了张在他心上的那些弦。弦上颤动起一片微弱的和弦。唯恐这和弦会随风消散,他匆忙地记录下来,寄给了这位作者。他没有想到,他那封唐突的、充满孩子气的冲动的信,竟然得到了作者诚挚的回答:随便什么时候他都可以去找他一同探讨诗歌的创作问题。但是,一想到真要把他那蹩脚的诗文放到这位有才华的作者面前,他便感到了一种赤身裸体似的羞愧,失去了求教的勇气。

车上忽然显得拥挤起来。一位老大妈要买一张到西单商场的票,售票员姑娘正在默想着该卖多少钱一张的票,旁边一个快嘴的小痞子说道:"一毛一张!"

买票的人太多了,售票员姑娘没来得及细想,正准备撕下一张一角钱的车票,吴欢低声说道:"不是一毛,是五分!"她眨巴着眼睛想了想,立刻涨红了脸,她害臊了:因为忙乱,差点卖错票。她感激地瞧了瞧吴欢,嘴角往上翘得更厉害了。

快嘴的小痞子怪模怪样地笑着,吴欢往他跟前凑了凑,对方一看见吴欢那运动员似的体魄,立刻收敛了脸上的那副怪相。

施亚男不得不佩服吴欢,一切对他都显得那么容易,就连取得一个姑娘的好感也是那么轻而易举。

可是,吴欢为什么又朝大伙得意地、甚至是卖弄地一笑呢?施亚男想起了平时吴欢那种讲究"门第"的根深蒂固的观念。于是,吴欢的笑容,在施亚男的心上引起了一种近乎忧郁的感觉。

日子一天天地过去。售票员姑娘和他们全都熟悉了。要是他们当中有谁没赶上这趟车,虽然她并不说些什么,可她的眼睛里就会流露出一种十分关切的神情,好像在问:"怎么没见那个穿皮夹克的小伙子呢?他是不是病了?"虽说如此,到了查票的时候,却是不肯含糊,认真得有点死心眼儿。吴欢似乎有意拿她的死心眼寻开心,从来不肯老老实实地拿出他的月票,一定要她问上几句:"同志,您的票呢?"吴欢这才慢吞吞地去摸口袋。他或是把工作证拉到衣袋边上虚晃一枪,或是挥挥钱包搪塞一下,总是这么来来回回折腾一通,才会把月票掏出来。

可是,等到他来了兴趣,又会变得像个天使,帮她维持车内的秩序,帮她给坐在远处的乘客传递车票和车钱,留神着下车的人是不是都有车票……这一切他都做得那么自然,那么随便,使那些想为售票员姑娘做些什么却又羞于失去男性尊严的小伙子们自叹不如。不过这种骑士般的行为让施亚男看来总有一种做游戏的味道,或是使他想起戏剧学校表演系的学生所做的小品。

为了要乘她当班的这趟车,吴欢甚至改变了总是迟到的习惯,特意早早地等在总站。下班之后也不像过去那么急于回到舒适的家,而是站在风地里,在汽车站上空空地放过一辆又一辆公共汽车,直到1176号汽车来了才肯上车。慢慢地,大伙全都和他开起玩笑来,除了施亚男,谁都以为他已经掉进了情网,照一般人那样地爱上她了。这些玩笑,不但不让施亚男觉得好笑,反而在他的心里激起一种无名的恼怒,好像他们全都污辱了那位可尊敬的、和善的、诚恳的售票员姑娘。

吴欢嬉笑地问他:"你怎么了?"

"没什么。你——当真要和她怎么样吗?"

"什么怎么样?不怎么样!"然后又像大人捉弄孩子似的问道,"你希望我怎么样呢?"

施亚男一直记得,小的时候,有一年夏天,爸爸带他到海滨去休假。海水涨潮又落潮,一颗特别美丽的贝被潮水偶然地遗忘在海滩上,它也许曾经期待着另一次潮水再把它带回大海,可是没有等到,就被贪玩的他捡走了。离开了大海的滋养,美丽的贝很快地便失去了生命。那种扼杀了一个美丽的生命的犯罪感,曾长久地留在施亚男的心上。要不是一个偶然的机会昭示了他,施亚男真不知道这种忧郁会在他的心里纠缠多久。

当施亚男从美术馆里的一幅画前走开,准备从远处欣赏一下整幅画面的情调时,一个姑娘挡住了他的视线。他移动了几步,换了一个角度,他的眼睛掠过了她的侧面,他认出那正是售票员姑娘。说不出是因为什么原因的驱使,整整一个下午,他悄悄地跟在她的身后。显然,她喜欢那些朴素的牧歌式的田园风光:银色的月光下像梦幻似的田野,浓密的树荫下低头吃草的小牛犊,轻拂在流水上的垂柳,雨水洗净后的天空,随着轻风飞向蓝天的蒲公英的冠毛……可以看出,那些画面给了她说不尽的美的享受。要是有哪位画家画下她这副神态,准会是张挺美的画。施亚男意识到,不论是吴欢,还是别的什么人,是绝对破坏不了这幅画面上的情调的。

她走了。施亚男把她喜爱的那些画面看了又看,他没有想到这个外表那么平常的卖票的姑娘,竟然会有这么高的美的鉴赏力。他想起每天早上发车,她咬着最后几口油饼踏上汽车的时候,从吴欢的脸上不知不觉地流露出来的那种怜悯的笑容。凭那笑容,施亚男心想:吴欢在家里大概刚刚吃过涂着黄油的面包,喝完加了可可的牛奶或者别的什么,可是他因此就会比吃油饼的姑娘变得更加高贵、优雅吗?

下午,吴欢显得有点神不守舍,他不知道自己昨天发出的那个信号,售票员姑娘会做出什么样的反应。他不信那个姑娘不会被他所引动。不是吗？生活为他开放着一连串通行无阻的绿灯。

他想起施亚男曾经问过他的那句傻话："你——当真要和她怎么样吗？"

怎么样呢？要说他爱那个售票员姑娘，还不如说是一种不可遏制的想要征服她的欲望。凭什么她对他像对一切人一样：亲切、友好而礼貌，就像对她每天搀着上下车、给找座位的那个在丰盛胡同上车又在西单下车的跛足的男孩子？凭什么从第一天起，她就没有留心到他想要引她注意的那种努力呢？生活不是对他应允了比别人多得多的权利吗？

下汽车的时候，吴欢匆匆地对施亚男说："你先走吧，我昨天大概把书忘在车上了，我得去找找！"

看着施亚男换了汽车，吴欢三步并作两步折回1176号汽车。售票员姑娘正在打扫车厢。她猛一抬头，发现吴欢正热辣辣地瞧着她。

"你昨天在车上捡没捡到一本书？"

"什么书？"她例行公事地问着，好像早就知道会有这么一出戏似的。

"《红楼梦》第一卷！"

"写名字了吗？"

"有印章：吴欢！"

"啊，有的！"她走到汽车前头，从挂在一个钩子上的书包里拿出那本书，还给了吴欢，然后又接着扫起地板来。

吴欢急忙翻开那本书，那封没有抬头、没有封口的信，仍然夹在书里。他思忖着：她究竟看过这封信没有？如果她没看过，她为什么不把书交到失物招领处去呢？那就是说她看过。她特意留下了这本书，就是等着他来询问的！既是这样，为什么她不把信收起来呢?

"同志——"

"您还有什么事?"

"你怎么没把这书交到失物招领处去?"

"我想也许有人会到这里来领取。"

"你难道没注意?这里面夹着一封给你的信!"

她的眼睛不像别的姑娘在遇到这种事情的时候总是扭捏或羞涩地躲闪开去,而是直视着吴欢的脸,平时总是那么和善而文静的面孔变得十分严峻,但是,语调却相当和缓:"您不觉得这很荒唐吗?就算是您不肯尊重自己,那也是不应该的,更何况是不尊重别人。您记着,什么时候也不要使自己变丑呀!您瞧,我也许说多了,不过请您理解,我的愿望是好的!"

吴欢到底比那些"土鳖"高雅,他甚至还像从前一样帮助售票员姑娘,但是,这做作出来的热情,并不能掩盖他那烦躁而郁闷的情绪。有谁招了他惹了他呢?没有,倒是他想招惹她,却又在她面前遇到了从未有过的失败。所有的经验全像碰在一堵弹力很好的橡皮墙上:他虽然可以不费什么周折地占有许多许多,却占有不了她的尊严、她的渴慕,甚至她的目光。这让他感到那样的难以忍受。他不明白那使她得以抗拒他的东西是什么,到底应该怎样做才能显得比她高出一筹。他决意要挽回这种竟然使他感到自己不行的局面。他想,哪怕是激怒她,也是他的一个胜利,毕竟他还可以在她那里占有一样东西:她的激怒!

简直就像有个魔鬼在他的心里施了什么法术,他忘记了自己平时处处留心保持着的"风度"。

月初,通常是售票员姑娘查票查得比较紧的日子。可吴欢下车就走,根本不理睬售票员姑娘请他出示月票的要求。她急匆匆地赶上去:"您的月票呢?"

吴欢挑衅似的说:"没有!"

施亚男沉不住气了:"谁说没有,你不是买月票了嘛!"

吴欢并不理他,甚至连看都没看他一眼,只是咄咄逼人地盯着售票员姑娘。

她立刻明白了他心里翻腾着的那些东西。于是,她比平时多说了几句,像是在宽慰他,又像是在申明她那一如既往的态度:"怎么会没有呢?您拿出来瞧瞧不就得了吗?下车查票,都是应该这么做的!"

可是这番友善的愿望却遭到了吴欢的拒绝,他仍然固执地说:"没有就是没有!"

售票员姑娘严肃地说:"那就只好请您补票了!"

"多少钱?"

"五角。"她不得不对"有意不买车票"的吴欢进行罚款。吴欢从口袋里稀里哗啦地掏出一大把钢镚儿。他一定早就有意地准备好了这场恶作剧。

她没有接住。不管有意还是无意,反正,小钱撒了一地。

施亚男平生头一次产生了想要揍人的欲望。他真想按着吴欢的脖子让他从地上拾起那些小钱。

一位戴着深度近视眼镜的老人,拄着拐杖颤巍巍地走过来,站在吴欢的面前,像是在宣读一篇科学论文,庄重地对他说:"小伙子,我可惜,可惜你的心,怎么不像你的脸那么漂亮!"

而那张漂亮的脸,神经质地抽动着,带着鄙夷的微笑,冷冷地看着售票员姑娘认真地一枚一枚数着小钱。就像旧社会里,那些有钱的施主看着那些告帮的穷人。施亚男不知道吴欢是从哪里捡来了这种肮脏的意识,使他感到由衷的厌恶,也使他对售票员姑娘产生了由衷的尊敬:如果不是为了职守,她有什么义务要看这份脸色,受这种侮辱呢?

售票员姑娘从那把钢镚上抬起头:"喏,还多出七分!"说着,她便把多出的钱递给吴欢。

"我不要了!"

"那是您自己的事情!"她把七分钱钢镚放在马路牙上,便转身上车了。

他想做的,他全做了。可为什么却没有感到发泄后的痛快和满足,反而浑身上下,从头到脚都感到了一种难以言表的疲惫和空虚?

尽管吴欢不动声色,施亚男却看得出来,在这场角斗中,他被那娇小的姑娘击败了。

"这是何苦呢?"施亚男问吴欢。

吴欢振作起自己的精神,说:"花这么几角钱,瞧她表演一下小市民的趣味不是挺合算的嘛!"

"小市民?"要是在以前,施亚男说什么也不愿伤了他和吴欢之间的和气,可现在,一股怒气从他的心里升腾起来,他已经顾不上那许多了,"我看没准咱们才是小市民!别看我们平时温文尔雅地坐在沙发上谈谈哲学、音乐,弹弹吉他,听听录音磁带,甚至不屑于吃小摊上的油饼……可这一切不过都是一种装饰,是极力掩盖我们身上那股浓厚的小市民气息的装饰!我们自以为高雅的那一套,其实都是陈腐得不得了的东西……"他看见了吴欢的神情,立刻停住了自己滔滔不绝的话头。要是吴欢看见太阳突然变成了月亮,月亮突然变成了太阳,也不过会显出如此这般的神情吧?!

在这以前,施亚男一直以为他们的关系是建立在一块非常牢固的基础上。原来这一切都不过是一场误会。他们不过是站在一条结着厚冰的河上,等到春天一来,和暖的风儿刮了起来,低头一看,那坚厚的冰河已经融化,他们却站在两块并不连在一起的冰块上,融化了的河水还会把他们冲得越来越远……

天色暗下来了。他们无言地沿着停车场的环形广场走去。谁也不想说什么了。他们知道,语言、情感都已随着他们之间那条不结实的纽带断裂了,失去了。

施亚男猛然站住,他再也不羞于自己的"嫩"了。他把想要用在拳头上的力量全都压进了这最简单的几个字:"太可耻了!"

然后立即返回停车场去。他想对售票员姑娘说——说什么呢?

吴欢说过,女性是一种脆弱的生物,而漂亮的女性尤其如此。

施亚男看见,她还坐在那辆空荡荡的、等着再次发车的车厢里,在暮色里低垂着她的头。他想她一定在哭泣,他甚至听见了她轻轻的抽泣声。要不是怕她误会他是一个趁火打劫、想要得到她的垂青的无赖,他准会替她擦干眼泪,对她说:"还有很多人尊重售票员那平凡而高尚的劳动……"

一辆汽车悄然驶过,车灯照亮了她的脸。施亚男这才看清,她不但没有哭,而且正沉湎在什么想象之中。从她的脸上的神情可以看出来,她的思绪正在遥远而又美丽的地方漫游着……施亚男明白了,人的意志和坚强在于自身内心的平衡。脆弱的生物不是她,而是吴欢,也许还有他自己!他悄悄地离开了。

他在淅沥的雨声里信步走着。一面听着雨滴扑扑簌簌地敲打着阔大的白杨树叶,一面想着人们从生活这同一源泉里攫取了怎样不同的东西。他的心里忽然升起了一种热切的愿望,想要把这迟迟才意识到的东西说给那位可尊敬的写诗的朋友。

星期天傍晚,施亚男顺着一排排简易楼房走着。他难得有机会到这种住宅区来。这里因为没有完善的排水渠道,楼与楼之间的泥土地上积着一汪汪的洗菜或者洗衣的脏水,几个小男孩扯着嗓子正在对骂……而住在这样一个环境里的那位作者却总是看到光明,写出了那样清新、深邃、充满生活情趣而又富于哲理的诗篇,这是多么了不起的、可贵的气质!

他很快就找到了那个要找的门牌号码。

门开了。他不明白为什么那个售票员姑娘竟然出现在他的面前。

她笑着招呼他:"是您?您好!您找谁?"

他结结巴巴地说:"我找田野同志!"

"我就是!"

不论施亚男的想象力多么丰富,多么浪漫,他还是不能很快地把心中想象的诗人形象和这个姑娘的形象捏在一块。他原以为他是一个上了年纪的专业作家,却没想到竟是这样一个年轻的业余作者。

"您有什么事吗?"

施亚男不知道他当时为什么撒了那么笨拙的一个谎:"我是施亚男的朋友,正巧到这附近办点事。他让我给您捎个信,过些日子想来拜望您,不知您什么时候有空?"

她那聪慧的眼睛里充满了谅解和体贴:"下个星期我上早班,晚上都在家,请他随便哪一天来都行!您不进来坐会儿吗?"

施亚男更慌了:"啊,不,不……以后有空再来,再见!"

"再见!"

"哗"的一声,有人从楼上倒下一杯残茶,端端正正地淋在了他的头上,他不但没敢抬头瞧一瞧那位泼茶的人,甚至也没顾上揩一揩顺头往下流着的水珠,逃也似的离去了。

一直跑到家里他才意识到自己的愚蠢,她不会不知道他就是施亚男,难道吴欢没有在汽车上招呼过他的名字!

他再也没有勇气搭乘1176号汽车了。不知为什么,他总觉得吴欢的那些表现,仿佛也都有他一份似的。别管工厂离家多么远,他决心以后骑车去上班。

天天,他都能看见1176号汽车从他的身旁驶过。逢到这时,他便在心里默默地说:可尊敬的朋友,等到我离你更近一点的时候,我一定去看望你。而现在,我还不能。

爱,是不能忘记的

我和我们这个共和国同年。三十岁,对于一个共和国来说,那是太年轻了。而对一个姑娘来说,却有嫁不出去的危险。

不过,眼下我倒有一个正儿八经的求婚者。看见过希腊伟大的雕塑家米伦所创造的"掷铁饼者"那座雕塑么?乔林的身躯几乎就是那尊雕塑的翻版。

即使在冬天,臃肿的棉衣也不能掩盖住他身上那些线条优美的轮廓。他的面孔黝黑,鼻子、嘴巴的线条都很粗犷。宽阔的前额下,是一双长长的眼睛。

光看这张脸和这个身躯,大多数的姑娘都会喜欢他。

可是,倒是我自己拿不准主意要不要嫁给他。因为我闹不清楚我究竟爱他的什么,而他又爱我的什么。

我知道,已经有人在背地里说长道短:"凭她那些条件,还想找个什么样的?"

在他们的想象中,我不过是一头劣种的牲畜,却变着法儿想要混个肯出大价钱的冤大头。这引起他们的气恼,好像我真的干了什么伤天害理的、冒犯了众人的事情。

自然,我不能对他们过于苛求。在商品生产还存在的社里,婚姻,也像许多问题一样,难免不带着商品交换的烙印。

我和乔林相处将近两年了,可直到现在我还摸不透他那缄默的习惯到底是因为不爱讲话,还是因为讲不出来什么。逢到我起意要对他来点智力测验,一定逼着他说出对某事或某物的看法时,他也只能说出托儿所里常用的那种词:"好!"或"不好!"就这么两档,再也不能换换别的花样儿了。

当我问起"乔林,你为什么爱我"的时候,他认真地思索了好一阵子。对他来说,那段时间实在够长了。凭着他那宽阔的额头上难得出现的皱纹,我知道,他那美丽的脑壳里面的组织细胞,一定在进行着紧张的思维活动。我不由得对他生出一种怜悯和一种歉意,好像我用这个问题刁难了他。

然后,他抬起那双儿童般的、清澈的眸子对我说:"因为你好!"

我的心被一种深刻的寂寞填满了:"谢谢你,乔林!"

我不由得想:当他成为我的丈夫,我也成为他的妻子的时候,我们能不能把妻子和丈夫的责任和义务承担到底呢?也许能够。因为法律和道义已经紧紧地把我们拴在一起。而如果我们仅仅是遵从着法律和道义来承担彼此的责任和义务,那又是多么悲哀啊!那么,有没有比法律和道义更牢固、更坚实的东西把我们联系在一起呢?

逢到我这样想着的时候,我总是有一种古怪的感觉,好像我不是一个准备出嫁的姑娘,而是一个研究社会学的老学究。

也许我不必想这么许多,我们可以照大多数的家庭那样生活下去:生儿育女,厮守在一起,绝对地保持着法律所规定的忠诚……虽说人类社会已经进入了二十世纪七十年代,可在这点上,倒也不妨像几千年来人们所做过的那样,把婚姻当成一种传宗接代的工具,一种交换、买卖,而婚姻和爱情也可以是分离着的。既然许多人都是这么过来的,为什么我就偏偏不可以照这样过下去呢?

不,我还是下不了决心。我想起小的时候,我总是没缘没故地整夜啼哭,不仅闹得自己睡不安生,也闹得全家睡不安生。我那没有什么文化却相当有见地的老保姆说我"贼风入耳"了。我想这带有预言性的结论大概很有一点科学性,因为直到如今我还依然如故,总好拿些不成问题的问题不但搅扰得自己不得安宁,也搅扰得别人不得安宁。所谓"禀性难移"吧!

我呢,还会想到我的母亲,如果她还活着,她会对我的这些想法,对乔林,对我要不要答应他的求婚说些什么?

我之所以习惯地想到她,绝不因为她是一个严酷的母亲,即使已经不在人世也依然用她的阴魂主宰着我的命运。不,她甚至不是一个母亲,而是推心置腹的朋友。我想,这多半就是我那么爱她,一想到她已经离我远去便悲从中来的原因吧!

她从不教训我,她只是用她那没有什么女性温存的低沉的嗓音,柔和地对我谈她一生中的过失或成功,让我从这过失或成功里找到我自己需要的东西。不过,她成功的时候似乎很少,一生里总是伴着许许多多的失败。

在她最后的那些日子里,她总是用那双细细的、灵秀的眼睛长久地跟随着我,仿佛在估量着我有没有独立生活下去的能力,又好像有什么重要的话要叮嘱我,可又拿不准主意该不该对我说。准是我那没心没肺,凡事都不人有所谓的派头让她感到了悬心。她忽然冒出了一句:"珊珊,要是你吃不准自己究竟要的是什么,我看你就是独身生活下去,也比糊里糊涂地嫁出去要好得多!"

照别人看来,作为一个母亲对女儿讲这样的话,似乎不近情理。而在我看来,那句话里包含着以往生活里的痛苦经验,真是一句至理名言。我倒不觉得她这样叮咛我是看轻我或是低估了我对生活的认识。她爱我,希望我生活得没有烦恼,是不是?

"妈妈,我不想嫁人!"我这么说,绝不是因为害臊或是忸怩作态。说真的,我真不知道一个姑娘什么时候需要做出害臊或忸怩的姿态,一切在一般人看来应该对孩子隐讳的事情,母亲早已从正面让我认识了它。

"要是遇见合适的,还是应该结婚。我说的是合适的!"

"恐怕没有什么合适的!"

"有还是有,不过难一点——因为世界是这么大,我担心的是你会不会遇上就是了!"她并不关心我嫁得出去还是嫁不出去,她关心的倒是婚姻的实质。

"其实,您一个人过得不是挺好吗?"

"谁说我过得挺好?"

"我这么觉得。"

"我是不得不如此……"她停住了说话,沉思起来。一种淡淡的、忧郁的神情来到了她的脸上。她那忧郁的、满是皱纹的脸,让我想起我早年夹在书页里的那些已经枯萎了的花。

"为什么不得不如此呢?"

"你的为什么太多了。"她在回避我。她心里一定藏着什么不愿意让我知道的心事。我知道,她不告诉我,并不是因为她耻于向我披露,而多半是怕我不能准确地估量那事情的深浅而扭曲了它,也多半是因为人人都有一点珍藏起来的、留给自己的东西。想到这里,我有点不自在。这不自在的感觉迫使我没有礼貌、没有教养地追问下去:"是不是您还爱着爸爸?"

"不,我从没有爱过他。"

"他爱您吗?"

"不,他也不爱我!"

"那你们当初为什么结婚呢？"

她停了停，准是想找出更准确的字眼来说明这令人费解和反常的现象。

然后显出无限悔恨的样子对我说："人在年轻的时候，并不一定了解自己追求的、需要的是什么，甚至别人的起哄也会促成一桩婚姻。等到你再长大一些、更成熟一些的时候，你才会明白你真正需要的是什么。可那时，你已经干了许多悔恨得让你感到锥心的蠢事。你巴不得付出任何代价，只求重新生活一遍才好，那你就会变得比较聪明了。人说'知足者常乐'，我却享受不到这样的快乐。"说着，她自嘲地笑了笑，"我只能是一个痛苦的理想主义者。"

莫非我那"贼风入耳"的毛病是从她那里来的？大约我们的细胞中主管"贼风入耳"这种遗传性状的是一个特别尽职尽责的基因。

"您为什么不再结婚呢？"

她不大情愿地说："我怕自己还是吃不准自己到底要什么。"她明明还是不肯对我说真话。

我不记得我的父亲。他和母亲在我很小的时候便分手了。我只记得母亲曾经很害羞地对我说过他是一个相当漂亮的、公子哥儿似的人物。我明白她准是因为自己也曾追求过那种浅薄而无聊的东西感到害臊。她对我说过："晚上睡不着觉的时候，我常常迫使自己硬着头皮去回忆年轻时代所做过的那些蠢事、错事！为的是使自己清醒。固然，这是很不愉快的，我常会羞愧地用被单蒙上自己的脸，好像黑暗里也有许多人在盯着我瞧似的。不过这种不愉快的感觉里倒也有一种赎罪似的快乐。"

我真对她不再结婚感到遗憾。她是一个很有趣味的人，如果她和一个她爱着的人结婚，一定会组织起一个十分有趣味的家庭。虽然她生得并不漂亮,可是优雅、淡泊,像一幅淡墨的山水画。文章写得也比较美,和她很熟悉的一位作家喜欢开这样的玩笑:"光看你的作品,人家就会爱上你的!"

母亲便会接着说:"要是他知道他爱的竟是一个满脸皱纹、满头白发的老太婆,他准会吓跑了。"

到了这种年龄,她绝不会是还不知道自己到底要什么。这分明是一句遁词。我之所以这么说,是因为她有一些能引我生出许多疑问的怪毛病。

比如,不论她上哪儿出差,她必得带上那二十七本一套的、一九五〇年到一九五五年出版的契诃夫小说选集中的一本。并且叮咛着我:"千万别动我这套书。你要看,就看我给你买的那一套。"这话明明是多余的,我有自己的一套,干吗要去动她的那套呢?况且这话早已三令五申地不知说过多少遍了。可她还是怕有个万一的时候。她爱那套书爱得简直像魔怔了一般。

我们家有两套契诃夫小说选集。这也许说明对契诃夫的爱好是我们家的家风,但也许更多的是为了招架我和别的喜欢契诃夫的人。逢到有人想要借阅的时候,她便拿了我房间里的那套给人。有一次,她不在家的时候,一位很熟的朋友拿了她那套里的一本。她知道了之后,急得如同火烧了眉毛,立刻拿了我的一本去换了回来。

从我记事的那天起,那套书便放在她的书橱里了。别管我多么钦佩伟大的契诃夫,我也不能明白,那套书就那么百看、千看、万看不厌,二十多年来有什么必要天天非得读它一读?

有时,她写东西写累了,便会端着一杯浓茶,坐在书橱对面,瞧着那套契诃夫小说选集出神。要是这个时候我突然走进了她的房间,她便会显得慌乱不安,不是把茶水泼了自己一身,便是像初恋的女孩子头一次和情人约会便让人撞见似的羞红了脸。

我便想：她是不是爱上了契诃夫？要是契诃夫还活着，没准真会发生这样的事。

当她神志不清，就要离开这个世界的时候，她对我说的最后一句话是："那套书——"她已经没有力气说出"那套契诃夫小说选集"这样一个长句子。不过我明白她指的就是那一套。"……还有，写着，'爱，是不能忘记的'……笔记本，和我，一同火葬。"

她最后叮咛我的这句话，有些，我为她做了。比如那套书。有些，我没有为她做……比如那些题着"爱，是不能忘记的"笔记本子。我舍不得。我常想，要是能够出版，那一定是她写过的那些作品里最动人的一篇。不过它当然是不能出版的。

起先，我以为那不过是她为了写东西而积累的一些素材。因为它既不像小说，也不像札记；既不像书信，也不像日记。只是当我从头到尾把它们读了一遍的时候，渐渐地，那些只言片语与我那支离破碎的回忆交织成了一个形状模糊的东西。经过久久的思索，我终于明白，我手里捧着的，并不是没有生命、没有血肉的文字，而是一颗人的、充满了爱情和痛苦的心，我还看见那颗心怎样在这爱情和痛苦里挣扎、熬煎。二十多年啦，那个人占有着她全部的情感，可是她却得不到他。她只有把这些笔记本当作是他的替身，在这上面和他倾心交谈。每时，每天，每月，每年。

难怪她从没有对任何一个够意思的求婚者动过心，难怪她对那些善意的愿望或是恶意的闲话总是淡然地一笑付之。原来她的心已经填得那么满，任什么别的东西都装不进去了。我想起"曾经沧海难为水，除却巫山不是云"的诗句，想到我们当中有人多半不会这样去爱，而且也没有人会照这个样子爱我的时候，我便感到一种说不出来的惆怅。

我知道了三十年代他在上海做地下工作的时候,一位老工人为了掩护他而被捕牺牲,撇下了无依无靠的妻子和女儿。他,出于道义、责任、阶级情谊和对死者的感念,毫不犹豫地娶了那位姑娘。逢到他看见那些由于"爱情"而结合的夫妇又因为"爱情"而生出无限的烦恼,他便会想:"谢天谢地,我虽然不是因为爱情而结婚,可是我们生活得和睦、融洽,就像一个人的左膀右臂。"几十年风里来,雨里去,他们可以说是患难夫妻。

他一定是她那机关里的一位同志。我会不会见过他呢?从到过我家的客人里,我看不出任何迹象,他究竟是谁呢?

大约一九六二年的春天,我和母亲去听音乐会。剧场离我们家不太远,我们没有乘车。

一辆黑色的小轿车悄无声息地停在人行道旁边。从车上走下来一个满头白发、穿着一套黑色毛呢中山装的、上了年纪的男人。那头白发生得堂皇而又气派!他给人一种严谨的、一丝不苟的、脱俗的、明澄得像水晶一样的印象。特别是他的眼睛,十分冷峻地闪着寒光,当他急速地瞥向什么东西的时候,会让人联想起闪电或是舞动着的剑影。要使这样一对冰冷的眼睛充满柔情,那必定得是特别强大的爱情,而且得为了一个确实值得爱的女人才行。

他走过来,对母亲说:"您好!钟雨同志,好久不见了。"

"您好!"母亲牵着我的那只手突然变得冰凉,而且轻轻地颤抖着。

他们面对面地站着,脸上带着凄厉的,甚至是严峻的神情,谁也不看着谁。母亲瞧着路旁那些还没有抽出嫩芽的灌木丛。他呢,却看着我:"已经长成大姑娘了。真好,太好了,和妈妈长得一样。"

他没有和母亲握手,却和我握了握手。而那手和母亲的手一样,也是冰冷的,也是轻轻地颤抖着的。我好像变成了一路电流的导体,立刻感到了震动和压抑。我很快地从他的手里抽出我的手,说道:"不好,一点也不好!"

他惊讶地问我:"为什么不好?"或许我以为他故作惊讶。因为凡是孩子们说了什么直率得可爱的话的时候,大人们都会显出这副神态的。

我看了看妈妈的面孔。是,我真像她。

这让我有些失望:"因为她不漂亮!"

他笑了起来,幽默地说:"真可惜,竟然有个孩子嫌自己的妈妈不漂亮。记得吧?一九五三年你妈妈刚调到北京,带你来机关报到的那一天?她把你这个小淘气留在了走廊外面,你到处串楼梯、扒门缝,在我房间的门上夹疼了手指头。你哇啦哇啦地哭着,我抱着你去找妈妈?"

"不,我不记得了。"我不大高兴,他竟然提起我穿开裆裤时代的事情。

"啊,还是上了年纪的人不容易忘记。"他突然转身向我的母亲说,"您最近写的那部小说我读过了。我要坦率地说,有一点您写得不准确。您不该在作品里非难那位女主人公……要知道,一个人对另一个人产生感情原没有什么可以非议的地方,她并没有伤害另一个人的生活……其实,那男主人公对她也会有感情的。不过为了另一个人的快乐,他们不得不割舍自己的爱情……"

这时,有一个交通民警走到停放小汽车的地方,大声地训斥着司机车停的不是地方。司机为难地解释着。他停住了说话,回头朝那边望了望,匆匆地说了声"再见",便大步走到汽车旁边,向那民警说:"对不起,这不怪司机,是我……"

我看着这上了年纪的人,也俯首帖耳地听着民警的训斥,觉得很是有趣。

当我把顽皮的笑脸转向母亲的时候,我看见她是怎样的窘迫呀!就像小学校里一个一年级的小女孩,恓恓惶惶地站在那严厉的校长面前一样,好像那民警训斥的是她。

汽车开走了,留下了一道轻烟。很快地,就连这道轻烟也随风消散了,好像什么都没有发生过,而我,不知道为什么却没有很快地忘记。

现在回想起来,他准是以他那强大的精神力量引动了母亲的心。那强大的精神力量来自他那成熟而坚定的政治头脑,他在动荡的革命时代的出生入死的经历,他活跃的思维、工作的魄力、文学艺术上的素养……而且——说起来奇怪,他和母亲一样喜欢双簧管。对了,她准是崇拜他。她说过,要是她不崇拜那个人,那爱情准连一天也维持不了。

至于他爱不爱我的母亲,我就猜不透了。要是他不爱她,为什么笔记本里会有这样一段记载呢?

"这礼物太厚重了。不过您怎么知道我喜好契诃夫呢?"

"你说过的!"

"我不记得了。"

"我记得。"

原来那套契诃夫小说选集是他送给母亲的。对于她,那几乎就是爱情的信物。

没准,他这个不相信爱情的人,到了头发都白了的时候才意识到他心里也有那种可以称为爱情的东西存在。这可真够凄惨的。

关于他,能够回到我的记忆里来的就是这么一小点。

她那么迷恋他,却又得不到他的心情有多么苦呀!为了看一眼他乘的那辆小车以及从汽车的后窗里看一眼他的后脑勺,她怎样煞费苦心地计算过他上下班可能经过那条马路的时间;每当他在台上作报告,她坐在台下,隔着距离、烟雾、昏暗的灯光、攒动的人头,看着他那模糊不清的面孔,她便觉得心里好像有什么东西凝固了,泪水会不由得充满她的眼眶。为了把自己的泪水瞒住别人,她使劲地咽下它们。逢到他咳嗽得讲不下去,她就会揪心地想到为什么没人阻止他吸烟?担心他又会犯了气管炎。她不明白为什么他离她那么近而又那么遥远?

他呢,为了看她一眼,天天,从小车的小窗里,眼巴巴地瞧着自行车道上流水一样的自行车,闹得眼花缭乱,担心着她那辆自行车的闸灵不灵,会不会出车祸。逢到万一有个不开会的夜晚,他会不乘小车,自己费了许多周折来到我们家的附近,不过是为了从我们家的大院门口走这么一趟。他在百忙中也不会忘记注意着各种报刊,为的是看一看有没有我母亲发表的作品。他不能明白,为什么生活偏偏是这样安排着的?

可是,临到他们难得在机关大院里碰了面,他们又在竭力地躲避着对方,匆匆地点个头便赶紧地走开去。即使这样,也足以使我母亲失魂落魄,失去听觉、视觉和思维的能力,世界立刻会变成一片空白……如果那时她遇见一个叫老王的同志,她一定会叫人家老郭,对人家说些连她自己也听不懂的话。

她一定死死地挣扎过,因为她写道——我们曾经相约:让我们互相忘记。可是我欺骗了你,我没有忘记。我想,你也同样没有忘记。我们不过是在互相欺骗着,把我们的苦楚深深地隐藏着。

不过我并不是有意要欺骗你,我曾经多么努力地去实行它。有多少次我有意地滞留在远离北京的地方,把希望寄托在时间和空间上,我甚至觉得我似乎忘记了。可是等到我出差回来,火车离北京越来越近的时候,我简直承受不了冲击得使我头晕眼花的心跳。我是怎样急切地站在月台上张望,好像有什么人在等着我似的。不,当然不会有。我明白了,什么也没有忘记,一切都还留在原来的地方。年复一年,就跟一棵大树一样,它的根却越来越深地扎下去,想要拔掉这生了根的东西实在太困难了,我无能为力。

每当一天过去,我总是觉得忘记了什么重要的事情,或是夜里突然从梦中惊醒:发生了什么事情?不,什么也没有发生,我清清楚楚地意识到:没有你!于是什么都显得是有缺陷的、不完满的,而且是没有任何东西可以弥补的。我们已经到了这一生快要完结的时候了,为什么还要像小孩子一样地忘情?为什么生活总是让人经过艰辛的跋涉之后才把你追求了一生的梦想展现在你的眼前?而这梦想因为当初闭着眼睛走路,不但在岔道上错过了,而且这中间还隔着许多不可逾越的沟壑。

对了,每每母亲从外地出差回来,她从不让我去车站接她,她一定愿意自己孤零零地站在月台上,享受他去接她的那种幻觉。她,头发都白了的、可怜的妈妈,简直就像个痴情的女孩子。

那些文字并没有多少是叙述他们的爱情的,而多半记载的都是她生活里的一些琐事:她的文章为什么失败,她对自己的才能感到了惶惑和猜疑;珊珊(就是我)为什么淘气,该不该罚她;因为心神恍惚她看错了戏票上的时间,错过了一场多么好的话剧;她出去散步,忘了带伞,淋得像个落汤鸡……

她的精神明明日日夜夜都和他在一起,就像一对恩爱的夫妻。其实,把他们这一辈子接触过的时间累计起来计算,也不会超过二十四小时。而这二十四小时,大约比有些人一生享受到的东西还深、还多。莎士比亚笔下的朱丽叶说过:"我不能清算我财富的一半。"大约,她也不能清算她的财富的一半。

似乎他在"文化大革命"中死于非命。也许因为当时那种特定的历史条件,这一段的文字记载相当含糊和隐晦。我奇怪我那因为写文章而受着那么厉害的冲击的母亲,是用什么办法把这习惯坚持下来的?从这隐晦的文字里,我还是可以猜得出,他大约是对那位红极一世、权极一时的"理论权威"的理论提出了疑问,并且不知对谁说过:"这简直就是右派言论。"从母亲那沾满泪痕的纸页上可以看出,他被整得相当惨,不过那老头子似乎十分坚强,从没有对这位有大来头的人物低过头,直到死的时候,留下来的最后一句话还是:"就是到了马克思那里,这个官司也非得打下去不可!"

这件事一定发生在一九六九年的冬天。因为在那个冬天里,才刚近五十岁的母亲一下子头发全白了。而且,她的手臂上还缠上了一道黑纱。那时,她的处境也很难。为了这条黑纱,她挨了好一顿批斗,说她坚持"四旧",并且让她交代这是为了谁。

"妈妈,这是为了谁?"我惊恐地问她。

"为一个亲人!"然后怕我受惊似的解释着,"一个你不熟悉的亲人!"

"我要不要戴呢?"她做了一个许久都没有对我做过的动作,用手拍了拍我的脸颊,就像我小的时候她常做的那样。她好久都没有显出过这温柔的样子了。我常觉得,随着她的年龄和阅历的增长,特别是那儿年她所受过的折磨,那种温柔的东西似乎离她越来越远了,也或许是被她越藏越深了,以致常常让我感到她像个男人。

她恍惚而悲凉地笑了笑,说:"不,你不用戴。"

她那双又干又涩的眼睛显得没有一点水分,好像已经把眼泪哭干了。我很想安慰她,或做点什么使她高兴的事。她却说:

"去吧！"

我当时不知为什么生出了一种恐怖的感觉，我觉得我那亲爱的母亲似乎有一半已经随着什么离我而去了。我不由得叫了一声："妈妈！"

我的心情一定被我那敏感的妈妈一览无余地看透了。她温和地对我说："别怕，去吧！让我自己待一会儿。"

我没有错，因为她的确这样写着——

你去了。似乎我灵性里的一部分也随你而去了。

我甚至不能知道你的下落，更谈不上最后看你一眼。我也没有权利去向他们质询，因为我既不是你的亲眷又不是生前友好……我们便这样地分离了。我恨不能为你承担那非人的折磨，而应该让你活下去！为了等到昭雪的那一天，为了你将重新为这个社会工作，为了爱你的那些个人们，你都应该活着啊！

我从不相信你是什么"三反分子"，你是被杀害的、最优秀中间的一个。假如不是这样，我怎么会爱你呢？我已经不怕说出这三个字。

纷纷扬扬的大雪不停地降落着。天哪，连上帝也是这样的虚伪，它用一片洁白覆盖了你的鲜血和这谋杀的丑恶。

我从没有拿我自己的存在当成一回事。可现在，我无时不在想，我的一言一行会不会惹得你严厉地皱起你那双浓密的眉毛？我想到我要好好地活着，好好地生活，像你那样，为我们这个社会——它不会总像现在这样，惩罚的利剑已经悬在那帮狗男女的头上——真正做一点工作。

我独自一人，走在我们唯一一次曾经一同走过的那条柏油小路上，听着我一个人的脚步声在沉寂的夜色里响着，响着……我每每在这小路上徘徊、流连，哪一次也没有像现在这样使我肝肠寸断。那时,你虽然也不在我身边,但我知道,你还在这个世界上,我便觉得你在伴随着我,而今,你的的确确不在了,我真不能相信!

我走到了小路的尽头,又折回去,重新开始,再走一遍。

我弯过那道栅栏,习惯地回头望去,好像你还在那里,向我挥手告别。

我们曾淡淡地、心不在焉地微笑着,像两个没有什么深交的人,为的是尽力地掩饰我们心里那镂骨铭心的爱情。那是一个没有一点诗意的初春的夜晚,依然在刮着冷峭的风。我们默默地走着,彼此离得很远。你因为长年害着气管炎,微微地喘息着。我心疼你,想要走得慢一点。可不知为什么却不能。

我们走得飞快,好像有什么重要的事情在等着我们去做,我们非得赶快走完这段路不可。我们多么珍惜这一生中唯一的一次"散步",可我们分明害怕,怕我们把持不住自己,会说出那可怕的、折磨了我们许多年的那三个字:"我爱你"。除了我们自己,大概这个世界上没有一个活着的人会相信我们连手也没有握过一次! 更不要说到其他!

不,妈妈,我相信,再没有人能像我那样眼见过你敞开的灵魂。

啊,那条柏油小路,我真不知道它是那样充满了辛酸的回忆的一条小路。

我想,我们切不可忽略世界上任何一个最不起眼的小角落,谁知道呢?那些意想不到的小角落会沉默地缄藏着多少隐秘的痛苦和欢乐呢?

当她写东西写得疲倦了的时候,她还会沿着我们窗后的那条柏油小路慢慢地踱来踱去。有时是彻夜不眠后的清晨,有时甚至是月黑风高的夜晚,哪怕是在冬天,哪怕峭厉的风像发狂的野兽似的吼叫,卷着沙石噼里啪啦地敲打着窗棂……那时,我只以为那不过是她的一种怪僻,却不知她是去和他的灵魂相会。

她还喜欢站在窗前,瞅着窗外的那条柏油小路出神。有一次,她显出那样奇特的神情,以致我以为柏油小路上走来了我们最熟悉的、最欢迎的客人。

我连忙凑到窗前,在深秋的傍晚,只有冷风卷着枯黄的落叶,飘过那空荡荡的小路的路面。

好像他还活着一样,用文字和他倾心交谈的习惯并没有因为他的去世而中断。直到她自己拿不起来笔的那一天。在最后一页上,她对他说了最后的话——

我是一个信仰唯物主义的人。现在我却希冀着天国,倘若真有所谓天国,我知道,你一定在那里等待着我。我就要到那里去和你相会,我们将永远在一起,再也不会分离。再也不必怕影响另一个人的生活而割舍我们自己。亲爱的,等着我,我就要来了——

我真不知道,妈妈,在她行将就木的这一天,还会爱得那么沉重。像她自己所说的,那是镂骨铭心的。我觉得那简直不是爱,而是一种疾痛,或是比死亡更强大的一种力量。假如世界上真有所谓不朽的爱,这也就是极限了。

她分明至死都感到幸福:她真正地爱过。她没有半点遗憾。

如今,他们的皱纹和白发早已从碳水化合物变成了其他的什么元素。可我知道,不管他们变成什么,他们仍然在相爱。尽管没有什么人间的法律和道义把他们拴在一起,尽管他们连一次手也没有握过,他们却完完全全地占有着对方。那是什么都不能分离的。哪怕千百年过去,只要有一朵白云追逐着另一朵白云,一棵青草傍依着另一棵青草,一层浪花拍着另一层浪花,一阵轻风紧跟着另一阵轻风,相信我,那一定就是他们。

每每我看着那些题着"爱,是不能忘记的"笔记本,我就不能抑制住自己的眼泪。我哭,我不止一次地痛哭,仿佛遭了这凄凉而悲惨的爱情的是我自己。这要不是大悲剧就是大笑话。别管它多么美、多么动人,我可不愿意重复它!

英国大作家哈代说过:"呼唤人的和被呼唤的很少能互相答应。"我已经不能从普通意义上的道德观念去谴责他们应该或是不应该相爱。我要谴责的却是:为什么他们不互相等待着那个呼唤着自己的灵魂?

如果我们都能够互相等待,而不糊里糊涂地结婚,我们会免去多少这样的悲剧哟!

到了共产主义,还会不会发生这种婚姻和爱情分离着的事情呢?既然世界这么大,互相呼唤的人也就可能有互相不能答应的时候,那么说,这样的事情还会发生?可是,那是多么悲哀啊!可也许到了那时,便有了解脱这悲哀的办法!

我为什么要钻牛角尖呢?

说到底,这悲哀也许该由我们自己负责。谁知道呢?也说不定还得由过去的生活所遗留下来的那种旧意识负责。因为一个人要是老不结婚,就会变成对这种意识的一种挑战。有人就会说你的神经出了毛病,或是你有什么见不得人的隐私,或是你政治上出了什么问题,或是你刁钻古怪,看不起凡人,不尊重千百年来的社会习惯,你准是个离经叛道的邪人。总之,他们会想出种种庸俗无聊的坏意儿来糟蹋你。于是,你只好屈从这种意识的压力,草草地结婚了事。把那不堪忍受的婚姻和爱情分离着的镣铐套到自己的脖子上去,来日又会为这不能摆脱的镣铐而受苦终身。

我真想大声疾呼:"别管人家的闲事吧,让我们耐心地等待着,等着那呼唤我们的人,即使等不到也不要糊里糊涂地结婚!不要担心这么一来独身生活会成为一种可怕的灾难。要知道,这兴许正是社会生活在文化、教养、趣味等方面进化的一种表现!"

场

早上一走进办公室,老沈便从他那像载满杂货的驳船一样的桌子后面,抬起他蓬乱的脑袋,对我说:"经济部主任找你。"

那语气,那神态,都透着一丝幸灾乐祸的模样。不过我并不在意。六个月来,我已经逐渐地习惯了他那捉摸不定、阴阳怪气、倏忽即变的情绪。

我点点头,在他对面的桌子前坐下。

我的办公桌和他的办公桌,截然不同地形成了鲜明的对比。

装文件的小筐,放在桌子的右首,里面的文件放置得整整齐齐;墨水缸里,分别盛着红、蓝墨水,擦得清清爽爽,没有一点滴滴答答的墨水迹留在上面;蘸水笔,横放在墨水缸的凹槽里,笔尖擦得干干净净,完全像一个新装上去的;书桌左面,搪瓷水杯下面,垫着一块从工艺美术商店里买来的草垫,图案和颜色都很别致;桌面上没有一点灰尘。光看这张桌子,就知道我多么看重我的工作,我打算正儿八经,认认真真地在这里干一辈子。

他呢,任什么都显出一种得过且过的样子。茶杯上锈满了厚厚一层茶渍,就像他那口被香烟熏得又黄又黑的牙齿。别管是牙膏、牙粉,就是拿去污粉使劲儿地蹭,也别想蹭白了。我相信,那茶杯打某年某月开始启用的那天起,一直到现在,他一次也没有擦洗过。他的办公桌上,摊满了翻开的笔记本,涂满了没头没尾的文字的稿纸,过期的报纸、杂志,只剩了一个瓶底儿的北京牌蓝黑墨水,烟灰缸里插满了屁股朝天的烟头和火柴梗。每次大扫除的时候,我都能从他桌子上清理出几个用光了的烟盒或火柴盒。他老是阻拦我:"别,别,别收拾,反正还得摊开用。"

而且每次大扫除,他总是发脾气。因为我是个女同志,还因为我干得那么起劲儿,闹得他也不得不动手,不能在一边看着不干……他一面乒乒乓乓地摔打着椅子、茶杯、暖瓶,一面恶狠狠地把我从窗台上拉下来,用一块和他那件上衣的颜色差不多的抹布抹窗子。经他一抹,窗户反倒更花哨了。我站在窗户下,小心翼翼地提醒他,抹布该涮一涮了。玻璃上,这里或那里,还有一道一道、横七竖八的水渍泥痕。我知道,他准会急扯白脸地把抹布甩过来,让我投投干净。可是要我不说是不行的,那玻璃让我看见了,心里别扭、难受。

窗上的玻璃,终于在他"擦也白擦,反正还是要脏的"理论中擦干净了。

我爱听他神吹。在他那漫不经心的闲谈中,可以得到不少的教益。高兴的时候,他会头头是道地向我分析我极为关心,而又一时摸不清脉络的大题目。而那件事,又几乎总是按着他分析的那个样子发展的。那时,我会由衷地称赞他:"老沈,你真行。"他会站在办公桌前,得意地搓着手指头。然后在桌上那堆乱七八糟的东西里,扒拉出一块地方,摆上一沓稿纸,好像要立刻坐下来,干一番大事业的样子。但往往,只是坐上一阵,呆呆地吸上几支烟,那块干净的地方,随之又让乱七八糟的东西占满。这时我就会为他生出惋惜,总觉得只要他愿意,他会干出大事情来的。可是,让他干什么呢?我也说不清楚。

他也有整整一天,一句话也不说的时候。那时烟会吸得格外多,熏得我眼睛发酸,就是回到宿舍,好像还能嗅见那股烟味儿。要是我在那时,不识相地问他什么,他准会把我冲到南墙上去,并不因为我是个女人而对我有丝毫的客气。

虽然他是这样一个疙里疙瘩的人,可这疙里疙瘩里,却有一种招人喜欢的劲头。

"什么事情呢?"我问。

"无可奉告。"他大概又犯了精神忧郁症。

经济部主任招呼我坐下,递给我两份重工业部纪律检查组的简报。一份中说,中央八十三号文件下达后,重工业部党组非常重视,部长赵俊杰同志在在京单位的党员代表会议上做了报告,表示要坚决贯彻八十三号文件精神,并且对自己住房超过文件规定的标准,做了检查。报告做得慷慨激昂,有声有色,代表们报以热烈的掌声云云。第二份说,重工业部全体党员,认真学习《准则》,讨论热烈。重工业部纪律检查组副组长钱启昌同志,给全体党员做了报告。报告中列举了违反《准则》的十二条表现。特别指出机关中还存在着封建主义、家长作风的表现,如王凯副局长,经常训人,应该在学习中联系实际,改正错误。全体党员,热烈拥护云云。

我看完简报,凝神静气地等着部主任的吩咐。他垂着双目,不知在想什么。额头上的皱纹又深又密,而且每一条皱纹里,都包藏着难言的愁苦。

对于上了年纪的人,我总是不大理解。他们为什么总要自讨苦吃?比方,为什么生活的担子,在他们的肩上,显得格外沉重?为什么把一切事情看得更加复杂?为什么要花那么大的力气,把一切疑虑深深地藏到什么角落里去……他们怎么能不累呢?

我在椅子上稍稍地转动了一下。他抬起头来,额上的皱纹,仿佛经过短暂的休息,恢复了精力,重新活动起来。他用一种四平八稳的调子对我说:"现在正是贯彻八十三号文件和《准则》的时候,前几天我们已经发表了几篇揭发性的文章,也发了评论。像前进工厂花了六万元,给工厂领导人修了三套住宅这种严重的特殊化行为,群众反应很强烈。现在需要登一两篇执行八十三号文件和《准则》执行得好的典型,不要在社会上造成一种印象,认为老干部,都搞特殊化。重工业部这两份材料不错,请你去采访一次,写个三五百字的消息。"

这件事有点出乎我的意料。因为重工业部一直是由老沈联系的单位,他和那里上上下下的人都很熟,什么老张老李,凡有什么事的时候,都能通个消息。为什么不让老沈去呢?而且主任从不分配我单独采访的任务,老是要我"一起去听听,多学学老记者的工作方法"。所以,自从我六个月以前被分配到这个新闻单位以来,一直是作为一个见习记者,跟在别人后面参加采访。说是采访,其实只是旁听而已。

主任显然没有把我当作一个科班出身的新闻系的毕业生,而是当作了小跑堂的。比方说,谁谁结婚,就让我去为大家凑的份子选购贺礼,或是给哪个长期休养的病号去送工资。别看这心思没写在他的脑门上,可我看得一清二楚。为这,我怨恨他。

这次为什么对我大撒手了?也许因为这条报道,是一个正面的报道,一个不会发生什么矛盾的题目。眼下这种题目虽然不容易讨好,可也不会出什么毛病。

三五百字?三五百字也好,总比一个字不让我写强。

我对他老是不信任我,瞧我不起的怨恨,就这么轻而易举地勾销了。我甚至觉得他那个酒糟鼻子并不那么红,完全够不上酒糟鼻子的份儿。

但我竭力不露出我的兴奋,希望在他面前显得老成一点。

然而当天晚上,我竟一夜也没睡着。无论如何,这是我一生中第一次独立采访,第一篇独立去写的报道。

要是把我脑子里想的东西都记录下来,准是一篇属于意识流派的小说——

为什么老沈说"祝你旗开得胜"这句话的时候,眼睛里闪着一种狡黠而诡秘的光?

他的毛衣应该重新织一织了,袖口的烂线头,嘀里嘟噜地吊着。

采访提纲是不是还有什么漏洞?不会,改过五遍了。

那报道应该这样开始……但最后一定要落实到四个现代化的光明前途上去。

坐电车还是坐汽车去?怎么走才会少绕弯路?但不论坐什么车,那份挤劲真让人受不了。

应该赶快买辆自行车,那就可以免去挤车之苦。何况从此以后,我的事业就要开始了,少不了经常往外跑。但买自行车需要"购车票",谁能帮我走个"后门"呢?

…………

不过那篇小说的主题是,我一定会把这则报道写好。这不是狂妄。这点能力,相信我还是有的。人应该有自知之明,既不能狂妄,也不能妄自菲薄。

重工业部到底是有数的几个大部之一,远远就能看见它那六层高的大楼。那大楼器宇轩昂,透着一种威严和自信。在这样一栋大楼面前,我觉得自己简直如同草芥。我还是头一次到这样一个高级领导机关里来。前几个月见习性质的采访,都是在基层工厂,至多到过几个公司。

院子里正在施工,看来,原有的办公楼已经不够用了,正在盖新的办公楼房。

是啊,房子。

一切都在膨胀:人口,热情,数字,房子。

我留神地记住我看到的一切,我觉得,我会从每一个细节上,找到与我将要写的那篇报道有关的东西。

楼梯上、走廊里,人来人往,一派繁忙的景象。我一想到工业现代化的战役就是由这些人指挥的,心里便升起肃然的敬意。他们的脸上,似乎都写着一个凛凛然的"忙"字。我开始感到惶恐,生怕有人会站下来,严厉地问我:"为什么你工作六个月了,还没有写出一条消息?不好,这不好。"我也生怕有人会以为,我是到这里来闲逛的。我还开始感到惭愧:每天早上,我不该为了等吃新炸出来的油饼,在小吃店里白白地耗去不少的时间。我也不该在坐下来学外文之前,晃晃悠悠地吃点榆皮豆或是冲杯麦乳精。唉,我不该馋。

我只顾看人,只顾惶恐,只顾惭愧,脚底下没注意,绊在了台阶上。我踉跄地向前扑去,差点跌倒在楼梯上。

纪律检查组在四层楼的一个角落里。很清静,人不多,不像楼下那么乱。给人一种严肃、静穆的感觉。我觉得这儿的气氛同纪律检查组这个词儿挺相称,在我的想象中,纪律检查组就应该是这个样儿。

组里的同志把我送到专职副组长钱启昌同志那儿——组长是部长自己兼着的。

钱启昌同志是个老同志,大约七十岁上下。我拿出那两份简报,说明了来意。

他说:"你们这样采访很好嘛。新闻报道最要紧的就是要实事求是嘛。实践是检验真理的标准嘛。房子的事就是这样嘛。公布标准以前的事谁也不知道嘛。公布标准以后,再按标准办就是了嘛。有些人就是片面性嘛。你们这样一登,是非就清楚了嘛。呃——具体情况我也不太清楚,可以去找办公厅郑主任谈谈。"

一共是八个"嘛"字。

我走神了。我暗暗生自己的气,在进行这样一件严肃的工作时,怎么又犯了当学生时的老毛病:喜欢在课堂上数老师话里的小尾巴。

我赶紧收神敛意,认真地听下去。可他,不知怎么就谈到"文化大革命"中自己挨打的事情上去了。但不管这些话的内容,是不是和我将要写到的报道有关,我还是一字不差地记录下来。谁知道呢?说不定就有用得着的地方。哪怕是一两句呢。

他好像困了,眼睛有点迷迷糊糊的样子。也难怪,这样大的年纪,还在工作,真不容易。我赶紧告辞,到郑主任那里去。

郑主任说:"你先请坐,我已经找了房管处的刘处长来一块谈。"

刚刚坐下,就进来一个很精神的小个子,派头很大,一看就知道是个有权有势,惯于吆五喝六的人物。他一进门就大声地说:"怎么又来啦,没完没了。花几万元钱,有什么大不了的!"

显然他把我同另一件什么事弄混了。

郑主任赶紧说:"你胡说什么,这是报社的记者徐同志。他们要报道一下我们执行八十三号文件的情况,你把经过好好说说。"

刘处长上上下下地打量着我,眼睛里流露出不屑。也许是因为我那毕恭毕敬、畏畏缩缩的见习小记者的派头——我觉得他一定一眼就看穿了我不过是个见习小记者。也许是因为我那件褪了色的蓝布褂子,泄露了我不过是刚从学校出来的、毫无社会经验的小毛孩子。我鼓起勇气,振作起来,硬着头皮,迎着他那简直能把人剥掉一层皮的目光。那时,我真恨不得我那双眼睛,变成两盏炫目的聚光灯。

他大大咧咧地坐在沙发上,说:"赵部长现在住的房子,是地震时震坏的,需要翻修。事务局批准给的钱。"说着,起身出去了。一会儿拿来一张批文给我看,确实写着一九七六年地震后,该楼有明显裂痕,事务局同意翻修三百六十平方米,单方造价一百六十元,拨给资金五万七千六百元云云。我抄了下来。

刘处长又给我看了一个向上级报告的底稿,上面说:"……一九七七年五月拆房后,发现基础为炉灰层,需要加深。而施工单位系新成立,工资管理费用高于市建筑公司百分之三十,实际开支九万八千五百元。房屋修好后,赵部长坚持不搬,说让给别人住。后趁赵部长出国时,同赵部长爱人联系,说服她先搬过去,以便调整其他用户。这是我们的责任。一九七九年二月二十三日。"

"看了这两个文件,你该清楚了吧。"刘处长说。那口气里透着绝对的不耐烦。那话里还包含着这样的意思:"你没有必要再啰嗦了。"

我理解他的心情。这些话,他一定不知说了多少遍,也一定说腻了。再说我也得锻炼自己,不能怕碰钉子,既然想当新闻记者,就得有这个本事,说不定将来会遇见比这更尴尬的局面。

我又抄了那个文件,谢了他。

我问郑主任:"能不能见见赵部长呢?"

"我给你联系一下。"说着,他拨了电话。然后告诉我:"部长开会去了,你把电话留下,有机会我们就通知你。"

话虽这么说,可我信心不大。要知道,部长是个很大的人物,哪能随便想见就见呢?

我问老沈:"见部长很难吧,是不是要等很久?"

他带着揶揄的口气对我说:"但这次他会很快地接待你。"

"为什么?"

"因为你的热诚感动了上帝呗。"

我冲他大叫一声:"别逗了。"

见我急了眼,他又正色地说:"别着急,会接待你的。"

可我还是定不下心来,我对自己的工作所抱的热情和希望太大了。

我很快地就接到了通知,我的担心是多余的。

老沈又恢复了他那揶揄的口气:"天下本无事,庸人自扰之——"还拉着怪声怪气的长腔。

部长办公室是一个套间,像人们在五十年代的苏联电影里常看到的那个样子。外间,有长长的会议桌,桌旁整齐地排列着软椅。对着窗子的墙上,是一张和墙面一样大的地图。那张地图,给这房间添上一种纵观全局、指挥若定的气魄。

林秘书对我说:"部长在等你。"

我忽然慌乱起来。但部长是个非常客气、和蔼的人,忙着给我倒茶,还问我吸不吸烟。

他把那杯茶送到我的面前,我忙欠起身子道谢,放在笔记本上的圆珠笔被我碰到地上,滚到他的沙发底下去了。

他挪开沙发,替我捡起圆珠笔。我冒汗了,他带着豁达的长者才有的宽宏和体谅,微笑着把笔递给我。好像没有发现我的窘迫,我很快地恢复了常态。我从心眼儿里感谢他,他不可能看不出我的张皇失措,不过他知道,只有这样才会减轻我心理上的负担。

他问我是哪个学校毕业的,工作上有没有困难,还说:"国家的未来、希望,全在你们年轻人的身上。"

关于房子,他说:"欢迎你们批评,有些事我也不清楚……总归是我的责任就是啰。你可以找郑主任谈谈。"

"找过啦。"

"哦?"他沉吟了一会儿,"那——再找张副部长谈谈?"

我真想跟他多聊聊。他引起我的好感。可是秘书不停地送来一份又一份等他签发的文件,电话铃也几乎没有间断过。这些,都给我一种应该告辞的紧迫感。

他把我一直送到走廊上。在走廊上,还连声地说:"要多提意见。我们官僚主义很多,欢迎社会的监督,欢迎经常联系。"

我不由得生出感慨,心想:要是我们所有的干部,都像赵部长这样,该有多好啊。

张副部长,原来是位女部长。据我所知,在政府各部门里,女部长是不多的。加上我自己是个女人,不免仔细地打量她。

她完全不像我想象中的女革命家的样子:剪着短短的头发,身材高高大大,腰板挺宽挺直,说话嗓音很大,也许还会像男人一样地吸烟……不,她生得文雅,秀气,皮肤白皙。说起话来,声音软软的,很柔美。头发在脑后挽了一个髻子,衣着的式样也很考究,剪裁得也很合体……对了,女人就应该是这个样子。社会越发展,人就越应该过一种文明的生活。

我自惭形秽地看着我那藏着污垢的长指甲,想着回去以后,立刻把它洗干净,剪短。我不由得把我那双穿着三十八码懒汉鞋,而又毫无顾忌地伸向地当间儿的大脚,悄悄地往椅子底下缩去。

"你来的事,郑主任跟我说了。文件你也看过了,就是这么个经过。房子嘛,不管谁住,总是要修的。赵部长本来就没说他要住,他也没管这些事。搬家是他出国的时候,郑主任给搬的。搬出来,他的房子才好安排别人住。他下了飞机还不知道搬了家呢。"说着,轻声地笑了起来,那笑声显得很年轻。

我轻松地吁了一口气。看来也就是这个情况,不会再有什么新鲜的内容了。我的采访任务,可以到此结束。

临走的时候,张副部长亲切地和我握别:"以后你有什么事,可以直接来找我。"

我太兴奋了。第一次采访就这么顺利。核实了情况,还见到了主任、局长、部长。他们那么亲切地接待了我,对我又都那么客气,还为今后的工作建立了联系。

我立即动手写采访稿,极力想要把它写得尽善尽美,文稿上哪怕有一处涂改的痕迹,我都重新写过。可是真要命,我越是留神,越是注意,倒越是写错或是写漏。这几乎已经成了我的毛病,要是我对那件事过分地认真,放上百分之百的注意力,我准干不好。要是我吊儿郎当,不大在意地干,倒能干好了。

我烦躁,起急。慢慢地,我的桌子变得和老沈的桌子差不多了,像条满载着杂货的驳船。

老沈看着我脚下那一大堆撕碎了的废稿纸,不赞成地摇着头:"何至于花这么大的力气。"

快下班的时候,我终于把采访稿写完了,并且誊清了。我没有写三五百字,而是写了一千多字。经济部主任也没提什么意见,只给我修改了几个地方,签了字,说:"先打清样,什么时候发,再说吧!"

那一夜我睡得真香,还做了许多许多的梦。我梦见了主任、处长、部长。他们一个个都对我笑着,笑着。嘻嘻嘻,哈哈哈……我还梦见了许许多多的文件。左一个,右一个。上面盖着红通通的官印。我抄、抄、抄,抄得满头大汗,手指头发疼。

小样很快就排出来了。我校对之后,打了清样。按照惯例,为了避免报道在事实上有出入,我们总是把清样送给有关单位,请他们再核对一次,提出意见。一般地说,如果是些计划完成情况,或是会议通讯什么的,有关单位总是改动不大。如果是批评个什么,或是表扬个谁,那就很难说了。有时候改动很大,有时候翻来覆去地字斟句酌,其复杂程度,绝不亚于一九七二年和尼克松总统签署中美联合公报。听老沈说,有一次为了报道一件打击报复事件,某公司经理还打电话给主编提出抗议。写稿的记者偏偏又是个犟牛,坚持说主要事实不错,不能动。折腾了好几个礼拜,最后用清样形式内部发稿才算了事。

我的稿子是根据简报的线索,又是几个主管、经手人提供的材料,部长又亲自谈了话,我认为不会有什么出入。所以拿着清样再到重工业部的时候,心里很轻松。

重工业部那栋大楼,不再像我第一次看见它的时候那么吓人。我终于可以面对楼梯上、走廊上那些匆匆忙忙的人,仿佛我兜里揣的那份清样,是一张进入这威严的,甚至还有点神圣的境地的通行证、身份证。

当我从三楼一个门口挂着"协作处"的牌子的房间经过时,正好和里面出来的一个人打了个照面。

"傻妞!"

我愣住了。无论如何也想象不到在这样一栋楼里,竟有人叫我小时候的外号。

我定睛朝那人瞧去。原来是从前的邻居。

"二——宝。"我一时想不起他的大名了。我们总有十多年不见了,他初中毕业后参了军,以后我又搬了家,就不知道他的消息了。

我有点难以相信,他竟在这样一个部门工作:"你——在这儿工作?"

他并没注意到我语气里少许的羡慕和惊讶,随随便便地应着:"参军后我在部队当文书。后来转业,到这里当了资料保管员,已经四年了。你怎么会到这里来?"

我不无得意地说:"我是来工作的呀。"

"噢!"他高高地扬起了眉毛,"进去坐一下好吗?"

我当然愿意。他不是还不知道我来此做何公干吗?小的时候,他很有点看我不起。"傻妞"这外号,就是他给我起的。我极力想要给他一个今非昔比的印象。

房间里热闹得很,看得出许多人是从外地来的。他们争论着,恳求着,抗议着。好几个人连座位也没有,站着讲话。二宝好不容易给我找了一把椅子,让我坐下,他自己斜靠在桌子上和我讲话。不错,几年不见,他倒真有长进,懂得给姑娘找椅子坐了。

当他知道我是来干什么之后,很有兴趣地问我:"可以看看你的稿子么?"

我正巴不得他说这句话。而且我注意到,他脸上完全没有小时候那种奚落我的神情。

可为什么他看完之后,什么也不说呢?

周围几个人,显然听到了我们的谈话,也好奇地凑过来,轮流地看我的稿子。

这时从门外进来一个五十多岁的男人,头发剪得短短的,衣服随随便便地披在身上,脸上有种久经沧桑的、严峻的神情。凭他进门时,在一些人中引起的轻微的骚动,我猜想他一定是个什么头头。看见我们几个人挤在一起,便微微地皱着眉头,走了过来。一个看过我那篇稿子的人,在他耳边说了些什么。他伸出手,拿过稿子看了看,然后脸上显出一种讥讽的微笑。他为什么这样对待我的文稿呢?

他转向我,问了一句:"这稿子是你写的吗?"

"是的。"

他用怜悯的眼神,注意地看了看我,点点头,走开了。

他那讥讽的微笑和怜悯的眼神激怒了我。谁都知道,哪怕是一只猫儿,也会为它生出的第一只小猫斗争一番的。而我还没来得及说出一句话,这个人就转身而去了。我站起来,走出房间。二宝送我出来,显然他已经看出我不高兴。

"别生气,他就是这么个人,对谁都是这样。"

"他是谁?"

"王凯,我们的副局长,才来的。"

王凯。我想起来了,就是简报上提到的、那个封建主义家长作风的人。

"真官僚。"

"什么?"二宝显得很惊讶,"你不了解他。"

"看他那样子就是个官僚,比部长的架子还大。"

二宝说:"刚见第一面,就给人下这样的结论,未免太草率了,傻妞。"这话他是笑着说的,可我听出来里面带着谴责和不平。

我不愿再说什么。和二宝互相留了地址和电话号码,就上部长办公室去了。

林秘书接待了我,他还是那么和蔼和谦和。他说:"清样不要看了吧,我们欢迎一切批评性的意见。"

他拉开抽屉,拿出一个图案很美的茶叶盒子,一面给我泡茶,一面说:"这是部长的花茶,尝尝,味道不错的。"他咂摸着嘴巴,好像在品味着部长的花茶。我觉得即使不亲口去尝,也能从他那微微向上翘着的小手指头上、从他那惬意的语气里、从他咂着的嘴巴上,感觉到那茶叶的芬芳。毫无疑问,那一定是世界上顶好的茶叶。

我赶紧声明:"不是什么批评,最好还是请部长看一下,有什么不对的地方,请在清样上面修改。"林秘书答应着:"好吧。既然你这样坚持,还是尊重你的意见,一定请部长看看。有什么情况,再和你联系。"

受到别人的尊重,总是让人高兴的事,我差不多把在二宝那里遇到的不快忘记了。

第二天我就接到了林秘书的电话。他在电话里告诉我:"稿子部长看过了,没什么意见。"

"真的!"我高兴得紧紧地抱着电话筒,仿佛怕带来这消息的电话筒会从我的手里跑掉。我也恨不得那是个传真电话,能把林秘书的笑脸如实地传达给我。

"他要我转告报社,谢谢舆论界对他的鼓舞和鞭策。部长还批评了我——"

"批评了你?"我惊诧起来。

"呃——是批评我为什么不用他的汽车送你回去。"

"哪里,部长太客气了,何至于让你用小车送我。"

我感动极了。连这样的小事,部长都亲自想到了。

我高声地说着感谢的话。

"好,希望以后多联系,祝你工作顺利。"

"再见。"我余兴未尽地放下电话筒。一转身,看见老沈掩嘴而笑。

难道我说了什么可笑的话么?

清样送上去两个星期还没有见报,我去问部主任。他说:"在编辑会议上,我提过这篇稿子,总编把稿子要去看了,还没有发回来。"接着,他安慰我,"别着急,我看没什么问题,可能在等其他的稿子凑一个版面。"

能把话说到这个份儿上,我再也不能更多地要求什么了。其实人大都是善良的,是复杂的、变幻得太快的生活,把人弄得不得不谨慎了。

我心里有了一种泄气的、再也不好意思见重工业部的人的感觉。我觉得我白白地把那些整天忙着大事的大人物,毫无缘由、毫无结果地折腾了一通,就不了了之了。我的激动、兴奋、抱负,都是十分可笑的。

于是每天早上,我又开始去小吃店,等着买新炸出来的油饼。而且那一天,竟然还遇见了二宝。

"咦,你也爱吃刚炸出来的?"

"哦!"他不明白我为什么对这样天经地义的一件小事大惊小怪。

"等在这儿要花时间的。"

"当然。"他并没有为这耗费了的光阴,显出丝毫的惋惜和不安。

我随即感到心安理得。看来那栋威严的大楼里的人,也和凡人一样,有着他们各自的嗜好,或是隐私,或是苦恼。

"你那篇稿子怎么还没见报?"

他戳到了我的痛处。我绕开他的问题:"你那些同事看了之后都有什么意见?那天被那个王凯搅了一下,也没来得及问你。"

他转过头去:"没什么。"

"总得说点什么吧。"我心里暗暗地希望,从他那里得到几句赞扬的话,也许可以使我从沮丧的心情里振作起来。

该死,新炸好的油饼正巧端出来了。他说:"你占座,我去买油饼。"

有好一阵,他专心致志地对付他盘子里的油饼。我不好紧盯着再问,那显着我太没有分量了。

临分手的时候,他才说了一句:"我觉得你顶好不要报道这些事。那会减少很多麻烦。"

这句话有点让我摸不着头脑。"为什么呢?我是根据你们部的简报写的,还同你们的纪律检查组谈过。又同办公厅、房管处核对过事实。还看了机关事务管理局的批文、你们部长在党员代表大会上的讲话稿,甚至还同你们部长亲自谈过话,有什么地方不对呢?而且又不是什么批评,只不过是肯定一下领导干部对八十三号文件的态度,有什么不能报道的呢?"

他仰面朝天大笑,闹得过路人都回过头来看他。"傻妞,你还是个傻妞。我不是这个意思。"

"那你又是什么意思呢?"

他不回答我,推了自行车就要走,我抓住他的自行车把,说:"不行,你得老实告诉我,究竟什么地方不对头?"他那吞吞吐吐的样子,更引起我的疑惑。

"好吧,老实告诉你,机关里对赵部长的房子议论很多。但,谁也说不清楚内幕。听办公厅下面的同志说,房子是按外交公寓的标准设计的,比原来批准的造价翻了几番,光围墙就花了几万元。一家人家,卫生间就修了六个,三个是澡盆,三个是淋浴。哦——原来是五个,后来,根据刘处长的意见,又给部长在楼上修了一个专用厕所,怕部长撒尿不方便。你瞧这马屁拍得够意思吧。刘处长还让施工单位把部长的书房和卧室里,已经上好油漆的墙面打掉,重新镶上护墙板,又多花了不少钱。这哪儿是翻修,愣是盖了一栋新楼!上上下下一共几十间,使用面积六百多平方米。这套房子每月房租是多少?三十六元零九分。这样的便宜,你和我是找不到的。"

我像被谁兜头打了一棍,简直蒙了。

"不可能吧,房子修好之后,赵部长根本不同意搬进去住。"

"这话准是办公厅和房管处的头头告诉你的吧?没错,那都是串通好了的。修房子的时候,连保姆都由刘处长陪着去检查过。保姆说厨房有油烟气,赵部长最不爱嗅油烟味儿,因此又重修了两间厨房。什么出国搬家呀,都是安排好的。没事就算了,有事儿互相兜着点儿,在原则上检讨几句,具体事不承认就完了。此中奥妙,是只可体会而不可言传的。再说一件事,也许你心里就有数了。就拿给办公厅张主任修房子这件事来说——张主任就是你见过的张副部长,她原来也是办公厅主任。那年部长说要给张主任准备房子,张主任看了几处都说不合适,后来终于看准了王凯的房子。那时王凯还关着,是个没有平反的三反分子。房管处刘处长带了几个人,骂骂咧咧地把人家家属赶了出来,东西全都扔到当街上去。他们怕走了之后,王凯的家属再搬进去,门锁了还不算,还拿凉水往门上泼。十冬腊月,不一会就上冻了,把门冻得死死的。你说,这叫什么事儿?咳?前前后后,又花了几万元钱把王凯的房子修了一遍。张主任住进去不久,就升了副部长,主管办公厅的工作。然后,张副部长就开始给部长张罗着修房子啦。据说,不久刘处长也要提升办公厅主任啦。"

"怎么好互相串通呢？这种事,怎么说得出口呢?"我的胃里,有一种痉挛的感觉,也许刚才狼吞虎咽,吃得太快了。

"用不着明说。这是一种默契,一种本能,一种特异功能。那些事,谁该说什么,怎么说,不会错的。所以你查也查不出漏洞来。傻妞,你上当了。"

"不！不!"我不肯相信这是真的,"这是不可能的。"

"好吧,你爱信不信,我要上班去了。"他骑上自行车走了。看着他那宽宽的背影,被淹没在人流里。我忽然也有被淹没的感觉。

让一个人死心塌地地承认自己受了欺骗,是一件多么不容易、不痛快的事啊。那意味着自己的无能,失败。一个人相信什么,是因为他追求那个。如果有人告诉你,你追求的,不过是一堆臭狗屎,那是什么滋味啊。唉,年龄的增长,并不意味着成人,使人成长的是阅历和挫折。

我想我走进办公室的时候,一定像一只试航回来,折了翅膀、掉了螺旋桨的航模。因为老沈立刻倒了杯水给我端过来,并且一言不发地在我的身旁坐下。这在他,都是少有的事。

我一口气向他倒出了我刚刚听到的一切。

当他终于闹清,使我那样痛苦的并不是疾病,便立刻站起身来,回到他那只驳船上去。玩世不恭的表情重又回到他的脸上。

他那漠然的态度刺激着我。我说:"我一定要弄清这一切。如果这一切都是真的,我要收回以前那篇稿子,重写一篇反映事情真相的稿子。"

他却说:"别那么使劲敲桌子,你瞧,水都从茶杯里溅出来了。"

我不管那个,"咚"的一声,又狠狠地捶了一下桌子:"我非弄清楚不可。"

"你要干什么？你想弄清什么？你能弄清什么？"他像数落小孩子一样数落着我。

"房子——"我还没有说下去，他就打断我。

"房子问题不是已经结束了么？表了态，写了报告，还有什么可说的。何况房子总要修吧，不修就要坏吧，再说，你怎么知道房子到底花了多少钱呢？你又怎么能查清楚呢？如果你连用了多少钱都不知道，你能说明什么问题呢？"

"那么升官的事呢？"

"什么升官？提拔干部不是正常的工作吗？手续不是都完备吗？你怎么能证明这个问题同房子有联系呢？"

是呀，他说的都对，我一时什么也答不上来，反而觉得自己理亏起来。只好喃喃地说："难道堂堂一个部的工作就是这样干的么？"

"工作怎么啦？重工业部的工作不是不错吗？按部就班，四时八节，该干什么不是都干了吗？该传达的传达，该讨论的讨论，年初开会，年终总结。什么简报啊，反映啊，都及时地送出去了。机构正常地运转着，早晚两遍经，按时三炷香，像钟表一样准确。该拥护的拥护了，该表态的表态了，就像该打十二点的时候绝不会打六点一样。什么批林啊，批邓啊，批天安门事件啊，批'四人帮'啊，哪回不是闻风而动？什么时候都是紧跟形势。该贴大字报的时候，每个司局不是都分配任务了吗？该取消大字报的时候，不是做了慷慨动人的报告吗？该抓谣言的时候，不是抓了、关了吗？'四五'之后，让抓去天安门的人，不是也准备了一个吗？只要一声令下，就可以抛出去。最近提出反对封建主义，不是也准备了一个家长作风的人，随时可以拿出去吗？"

他的话说得又快又利落，而且越说越来劲儿。好像重工业部的事儿，全在他兜里装着，他正一件件地往外掏。那口袋像魔术师的口袋,好像永远也掏不完。只是我弄不清他是在向我显摆,还是在替重工业部开脱。但他最后提到的这件事,我还是知道的。

"你是说王凯吧,这个人就是成问题。"

"成什么问题?"他咄咄逼人地问我。

"封建家长作风呀,官僚主义呀。"

"你根本不了解他。"他斩钉截铁地说。

"那么你了解?"我怯怯地问。

"了解一些,"他的眉毛拧得挺紧,"一个老是倒霉的人。那些年,时兴部长助理的时候,和赵部长,都是重工业部的部长助理。五九年庐山会议时,他对彭德怀事件说了些不同意见,定了个右倾机会主义,下放到工厂。'文化大革命'中老账重翻,再加上他不赞成喊'万岁',就被定为'恶攻',关了几年——"

我插嘴:"恶攻?"这个词儿听起来让人脊背发冷。我真想像小时候听人讲鬼故事那样,把脊背紧紧地靠着墙。

他接着说:"是呀,定了个'恶攻'。'万岁'这个口号你们年轻人大概不太当回事儿,外国人也不懂中国的奥妙,以为它和俄国人的'乌拉'或美国人的'嘿啦'一样,是表示欢呼的意思。其实在中国,'万岁'是皇帝的象征,只有皇帝才能用。你看旧戏,不是有'九千岁'呀,'八千岁'呀,顺着排嘛。太平天国的时候,杨秀清本来是'九千岁',因为逼着洪秀全封他'万岁',把命都送了。王凯提出,共产党也这么办,不合适。所以定了个'恶攻'……'恶攻'其实是中国历史上的丑恶现象。有皇帝的时候,叫作'大不敬',是十恶不赦的首条,要灭族的——话说远了,'四人帮'被粉碎以后,虽然给他修改了结论,因为是'恶攻',所以结论上总是留着个大尾巴,三中全会以后才复查平反。可是,他却像命中注定要做祭坛上的羔羊。"他的语调渐渐地低沉下来,然后,好像被蛇咬了一口似的,又突然提高了声调,没头没脑地接着说下去,"社会上传说什么他们批'四人帮'不积极啦,平反不积极啦,全是不懂事的话。风向还没看准,怎么能快呢?那时候'四人帮'刚被打倒,'帮四人'不是还有几个在台上吗?你批得那么积极,万一风不那么硬了怎么办?再说批深、揭深了,把什么事都抖搂出来又怎么办?"

他说这番话时的样子,简直让我感到他就是那个魔鬼,梅菲斯多菲尔斯。说不定一会儿就会把我掐死,我觉得毛发耸然,恨不得找个地方藏起来。

看见我那害怕的样子,他笑了起来。也许,那不过是和一般人一样的笑,但我感到,那和狞笑差不了多少。

"听了这些,你觉得可怕,是不是?这是因为你见到的,听到的太少了。小姑娘,等你见得多了,就习以为常了。"

我已经傻了,真正地傻了。他好像把从尸体上解剖下来的,带着臭味儿和刺激得令人无法呼吸的福尔马林味儿的器官,端到我的面前来了。我真想背过脸去,不听,不看。

但是,他仿佛有意折磨我,不肯放过我:"平反,怎么能那么简单呢,那些'恶攻'的案子,怎么能随便平反呢?要是六七年以后,又来一次'文化大革命'呢?总得留点余地吧。有错拿的,没有错放的。错拿了不外乎查无实据,错放了呢,就是个人的责任了。现在当然又不一样了,什么时候说什么话嘛。小徐呀小徐,你懂了吗?人家当官儿的年头,比你的年龄还大呢。你想弄清什么?就是在一百年前,也会加个'通达时务,举措得宜'的考语,起码得一个花翎吧。识时务者为俊杰,人家当初名字就起得对头哟。"

不,我什么也没弄懂。我只想哭,我觉得人人都在愚弄我,要笑我,我被这种愚弄伤害了。

晚上,我躺在宿舍里,怀着沉重的心情回忆着这一切。不知为什么想起念中学的时候,物理老师讲到的什么南极啊,北极啊,阳极啊,阴极啊。又是什么磁场啊,电场啊。那些"场"呀什么的,看又看不见,摸又摸不着,讲了半天我也没弄懂。后来老师拿来一块磁石,放在桌子上,上面又放了一张白纸,纸上撒了些铁末子。他轻轻地敲了敲白纸,铁末子都顺从地排成一根根弧形的线,哪粒铁末子都得顺着南北极的磁力线排列,谁也跳不出去。

"这就是场。眼睛虽然看不见,但是存在着。"老师解释说。

同时他又拿了一块磁石放在白纸下面,离第一块磁石不远的地方。这时铁末子的排列情形变了,磁场变得复杂起来。但仔细去看,依然可以看出,几个磁场顺着南北极,互相交叉着,勾结着。铁末子仍然按照南北极的磁力线排列着,谁也跳不出那个"场"去。要是有那么一粒铁末子不太听话,应该朝南的时候不朝南,应该朝北的时候不朝北呢?那么,在它还弄不清是怎么回事的时候,就会"噗"的一声,给弹到宇宙空间里去了。

物理老师说:"场就是一种力。"大概就是这个意思。

老师把白纸拿走了,桌上仍然是两块磁石,什么场啊,线啊,还是看不见,摸不着。唉,我这个劣等生。

我想着想着,不知怎么就睡着了。蒙蒙眬眬的好像听见老沈在说:"你想弄清什么?你能弄清什么?"

半夜里,我醒了,怎么也睡不着。我想:明天还是要找经济部主任谈谈。

1980年10月于樱桃沟清泉茶座

波希米亚花瓶

　　他并没有回头,只是从那极淡的香草味儿——他一直不明白,她身上为什么总有这种味道,她并不用香水——和那游移的脚步声,他知道她走了进来。

　　还只是远远地站在他的背后,他的后脑勺上、脖子上便立刻有了被她抚摸着的感觉。

　　据说有人已经在研究生物电……

　　脚步轻轻地,正在走过来。就要像往常那样,蹲在他的轮椅旁,一声不响地、探究地、恳求地望着他。

　　他的腿上,即使隔着毛巾被,也感到了她的脸庞的温热。

　　哦,她那柔软的,像紫铜一样闪光的栗色头发。

　　他闭上了眼睛。

　　到什么时候才能了结,这折磨?

　　在他,那是无日无夜的挣扎;在她,那是无休无止的障碍赛跑。越过,再越过……为了追回昔日的生活。

　　但愿这是他打向自己最后的一拳,狠狠地,毫不手软地。

　　花瓶的碎片向四外迸射,粉碎了,不可收拾了。

他甚至感到她的瞳仁,像突然受到了强光的刺激一样,迅速地缩小了。好像刚才爆炸了一颗原子弹。

希望她对他的感情,也随着这颗炸弹炸得粉碎。

果真如此简单?

他看见她的面孔涨红了,然后变得惨白。也许她不该穿这件黑衣服,那使她显得更瘦。她太不会照顾自己。应该告诉阿姨,去稻香村买她爱吃的果汁牛肉干和熏鱼。过去,他从不曾忘记。

而且这衣服还让人想到丧事和棺材。

等他死了再穿也不晚。

他曾说:"等我死了,你要赶快嫁人,不然我死也不能瞑目的。"他原指望他能更多地疼她,爱她,保护她……但最终却是害了她。他早已开始发愁,将来她一个人怎么办,就是他躺进青草覆盖着的坟墓,也会在棺材里叹息的。要是他能预测,在哪一条山路上,有什么在等着他该有多好!他甚至巴望着现在就能有一个比他还疼她的人来代替他。

现在,她走了。没有眼泪,也没有愤怒。甚至连关门的时候,都没有发出一点声响。这冷漠意味着理智和永久。

他的眼睛模糊了,突然觉得自己老了许多许多。

屋角的沙发上,放着她织了一半的毛衣。咖啡色的。她喜欢咖啡色,和她头发的颜色很相称。

前不久她还在问:"腋下应该收几针?该死,我忘了。"像个小老太太似的拍着自己的脑门儿。

"五针。"

她曾要他帮她记住一切。一切他都不会忘记,就连夜晚,她在他臂弯里嘟嘟囔囔说过的那些含混不清的梦话。

他摇动手柄,将轮椅移动过去。

一件永远织不完的毛衣,织了拆,拆了织。而且每拆一次,都一脸严肃地告诉他:"我学了一种新花样。"

她永远看不懂一本剪裁的书、烹调的书,或是编织的书。这不过是为了他。他喜欢听她的织针轻轻地碰在一起的嗒嗒声,感觉到她总是在自己的身旁,哪怕是在读文件,看报纸,会朋友。

每个人的一生都像一本书,而他们,已经离结尾不远了,或者说是他。

她说过:"我一天也不要离开你,留给我们的时间不多了。不论你失去我,或我失去你,那都是十分可怕的。"

而事实上,他总是出差,出差。他给她的时间是那么少。

现在,他可以永远地陪伴她了,但他已经不能同她一起去西山看红叶,在雨地里散步,或是去为她买一瓶洗发精……

可怕是一个什么样的概念?她总是和别人那样的不同。她为什么不说,那是痛苦和悲哀的?也许可怕比痛苦、比悲哀更深切。它是失去了一半的自我,是不复存在的自我,是绝对的虚无。

哦,虚无!

他的心,向一片黑暗的,无底的虚无里沉落,沉落。一种无法诉说的,揪心的疼痛把他吞没。

人世间,再也没有比自己把自己那颗滋润的、被柔情膨胀得已经没有了边际的心,生生地变硬、挤干、收缩、冷却,更为残忍的事了。

而他,不正是希望她离开的么?

当时,他正在想什么?

小司机吹着口哨,把车子开得飞快。口哨的节奏,像呼呼的山风,像沙沙地转动着的车轮,像眼前掠过的目不暇给的景物。

吹的是一支什么歌？也许那旋律是动人的，但他已无法辨听。身心都是疲倦的，他需要休息！休息！

几号出来的？忘了！他的脑袋已经变成一块铅锭。

弥天的大火，烧了一天一夜。指挥灭火，调查事故的现场和起因，召开全厂职工大会，稳定职工情绪，抚慰伤亡职工的家属……北京，还有一个会议的总结报告在等着他。他必须很快地飞回去。梧桐说过："不许你坐飞机。"

他想起她每每说这句话时，嘟着嘴唇的样子。

在那僻野的山路上，在那颠簸的汽车里，梧桐，向他的怀抱里偎依。他的眼前生动地浮现出她的一颦一笑。他的心，因为思念缩紧了。糟糕，好像只有在他精神放松的时候，她才会回到他的怀里。他的心里，升起一片歉疚。

他没法和她相比。生活对于他，是一篇条理清楚、逻辑严密、论点明确的政论文，而对她，永远是一首抒情诗。或忧郁的，或痴迷的……

山坳里，落日的余晖自有一种凄凉和寂寞的意味。

车窗外，漫山坡上，一片蔓生着的野蔷薇，在秋日的黄昏里静悄悄地开放。

这一切情调都像她。

她爱花。

要是采一大捧放在那只波希米亚花瓶里，她一定会抬起那双动情的眼睛说："谢谢，亲爱的……"还会吊在他的脖子上，用她那永远像孩子一样柔软的嘴唇，寻找他的嘴唇。

访问捷克斯洛伐克的时候，他把所有的津贴用来买了那只波希米亚花瓶，让那些热衷于手表、衣料的人大为不解。

波希米亚玻璃，以它的纯净、极少杂质而闻名于全世界。像他爱她的那颗心。纯净的，没有杂质的，然而是深沉的。过了六十岁的男人,大概都是这样爱的吧?

那是他送给她的结婚礼物。有人送这样的礼物给自己的新娘么?他永远知道该给她什么。

她跪在沙发上,旋转着手里的花瓶,宝石样的磨花,在灯光下闪烁。数不清的光束,在每一块打磨过的平面上抖动着,在她的瞳仁上,映出异样撩人的情调,他被淹没在那片流动着、闪烁着的眼波里。

她曾说:"奥赛罗送那手帕给苔丝黛蒙娜……"

难道他会像奥赛罗那样掐死她么?他疼她还疼不及呢!

那可爱的,糊涂的,没有人守护着便随时会掉进漩涡里的妻啊!因为这个,他总觉得她不曾长大,他总觉得应该更多地给她!

为她,仅仅是为她一道喜悦的目光,为她下嘴唇的右边,那个抿嘴笑的时候才会出现的小酒窝,他这个一生都在不停地工作、开会、思索,发命令里度过的人,也研究起植物栽培学。而且,像他一生所干的每一件事一样地努力和认真。小院子里,开始长出绿草和四季更替开放的花朵。每当他从枝头剪下那些将开未开的蓓蕾,插进那只波希米亚花瓶,再把花瓶放在她一眼就能够看得见的地方,他的心里,颤动着怎样的温柔啊,那是他顶快乐的时光。春天,当他坐在廊子里的藤椅上,看她躺在小院里的那片绿草上看书,或是闭着眼睛假寐,他的心里又泛起一种怎样的感动啊。他感谢梧桐把这感觉给了他。而她却说,在没有他以前,她像一个断了线的风筝,任八方的风撕扯着她,在没抓没挠的空间里沉浮。那是一种对自己的命运的无能为力的,没着没落的失重感。

《圣经》上说,女人是由男人的肋骨做成的。荒谬!但他不知道,在别的夫妇之间,在这样的年龄之后,有这样难分难舍的依恋么?

过去了,那是他们最后一个温存的夜晚,像一个留也留不住的好梦。

那天晚上,急促的电话铃把他从梦中惊醒。他尽力轻轻地从梧桐的头下,抽出自己的肩膀。

还像刚结婚的时候一样,没有一个夜晚,她不是枕在他的肩窝上。

当初,他说过,差二十二岁,不是玩的,他老了,完全不能和她过年轻夫妇的那种生活,而她,用脑袋抵着他的胸口,固执地说:"我并不要别的,我只是要把头枕在你的肩窝上。"

"你是广寒宫里的人么?"他当然不信,世上会有这样特异的女人。

"你不懂。"

他的确不懂。

但是,果真如此。她不过是枕着他左边的肩窝,甜蜜地,如愿以偿地。她对他的要求竟是那样少。她快活么?幸福么?他曾不止一次地问她。她笑,还是那句话:"你不懂!"

女人常常像一个谜。

但她还是被他惊醒。强睁着一双蒙眬的睡眼,不知发生了什么事情,瞌睡懵懂地朝他温柔地笑着,又任性地用胳膊围住了他的颈子。他拉开她围着他的手臂,轻轻地放回被筒里去。初秋的夜晚,已经显得清冷,会凉着她的。

她终于清醒,披着那件浓绿色的睡袍,偎在他的身边,听他接电话。

"出了什么事?"

"一个厂子出了事故,需要我立刻去一趟!"

她立刻睁大眼睛:"很大吗?"

"是的!"他匆忙地往提包里塞进洗漱用具和一两件换洗的内衣。

一转身,他看见她抱着膝盖,睁着一双惊恐而痴呆的眼睛看着他。

"你睡吧,我很快就会回来的。"

她固执地摇头。

简直还是个没长大的孩子,四十多岁的人了。

然而,他已经没有心思顾及她。他听见,接他的汽车,已经停在门前。在万籁俱寂的夜晚,那沿着砂石小路驶来的汽车声,他不知经历过、感觉过多少次了,但每每听见它,总是在他身上激起一种神秘的激扬感。

她匆匆地跟着他下楼,一脚踩在他的脚后跟上,他停住,撑住她将要滚下楼梯的身子。

她靠在他的背上,只是那么一会儿,不,也许只是比该停留的时间多了那么一秒或是半秒,用面颊轻轻地蹭着他的后背。

他知道,她多么想对他说:"简,当心……"可是他也知道,只要大火还在那里危及工厂和别人的安全,她就绝不会把这句话说出口。

梧桐,这永远是又透明,又糊涂的大孩子。

他"砰"的一声把门带上,把她独自留在黝黑的门廊里。

她一直在那里。焦急地等着他,惦着他。他就要回来……

有多少没有来得及给她的东西,在翻下山涧的那一瞬间丢失了。

介于死亡和生命之间的临界点,是那样的黑暗。梧桐伏在他胸口上的那一头闪着光泽的头发似乎是另一个世界里的事情。一根根柔软的,光滑的,总是带着淡淡的香草味道的栗色头发,像无数条金链,牵回他徘徊在厉司河边的游魂。是迟了一点，还是她力量不够？从腰椎那里断裂的骨折，割断了中枢神经。

他再也不能给予了。甚至不能为她修剪一枝玫瑰。只能接受而不能给予的人生，是有缺陷的人生。

在说什么？这音乐。说残缺的月亮，说这阒无人迹的河边小路，说没有金色的落叶点缀着的秋日，抑或是没有了雨声伴着的，她向他低声絮语的长夜……也许都不是，她不能知道。

没有了简，她再也不能理清楚自己那飘忽不定的、不可捉摸的、转瞬即逝的思绪。

那一扇门为什么向她关上了？

哪怕是一扇顶薄的，用一个手指头轻轻一捅，就能捅个大窟窿的门，也是界限，也是拒绝，表示着请她离开，把她丢弃在这荒野的河边小路上。

真怪，好像他知道发生过的一切。

电话里，他的声音还像十年以前，或是二十年以前那么动人。厚实的，有着深沉的胸腔共鸣的。假如——假如他人也像他的声音该有多好。

荒唐透顶。念中学的时候，她的一个女同学，就爱上过一个比她自己低一班的男同学，仅仅是因为他的口哨吹得动人……是儿戏人生，还是因为人在年轻的时候，对什么都无所苛求？纯真的心，原是最大的财富，自己从自己那里就可以得到满足。

为什么假如？

后悔么？后悔的不是现在，而是当初的当初。如果当初不为这声音所迷惑，她会把该给的，全都留给她的简——那永远不要求什么，只知道给予的人——而不是残破了的肉体和精神。

他补缀。用一个男人所能献给一个女人的,最深沉的,最无私的爱。就像对一个值得得到这爱的,真正圣洁的处女。

她苦笑。

第一个吻,在他们相爱了很久之后。而且还是因为她要。

那次,她原以为,当他戴着老花镜,查看过她嘴上那个生脓的小疖子之后,会吻她一下。没有!他只是给她涂上消炎药膏,说道:"千万别用手去碰它,这地方顶容易感染。"

结婚以后,她问:"为什么不?"

他说:"我怕玷污了你,我的宝贝!"

宝贝!在那之后,这个世界上,竟还有人拿她当宝贝!他说过:"我从本质上了解你!"他知道她。从手指头尖儿一直到她的骨髓。

"你怎么知道我的电话?"

"十几年来,我一直在关心着你……我们毕竟做过夫妻!"

一股令她恶心的寒战。那可怕的,丑恶的回忆。

夫妻?是的。他原应该比任何人都深知,她并不是那种女人。

应该。

她曾将契诃夫的名言——"人的一切都应该是美丽的:心灵,面貌,衣裳,思想。"抄在她那女学生的笔记本上。

但不应该存在的事情太多了。

"你不应该对我说这些!"

"对不起——我是说你也许需要我的什么帮助。"

"不用,谢谢。什么也不需要,请你以后不要再打电话给我。"

虚伪!做戏!鬼知道他又在打什么主意。

机器!

他使她想到练球机器。乒乒,乓乓……

贪婪的,垂着涎水的,无休无止得使人发抖的性机器。

乒乒,乓乓。一路走过去,毫不顾及,除他自己,别人也需要生存的。

乒乒,乓乓,拳打脚踢。

乒乒,乓乓……

没想到,有那样一张可人的脸蛋的男人。

没想到的是那魔鬼的筵席。迷惑,绝望,陷阱。一个逼得人发疯,逼得人上天无路,入地无门,不得不胡来的陷阱。

窃测,试探,讹诈,诱发……简直是个得了性怀疑狂的克格勃。

他相信世界上所有的人都像他一样的阴暗,污浊。

不是都按着他假想的,而又费尽心机地让它变为真实的情节在发展吗?

耸人听闻的,足以使任何一个女人身败名裂的丑闻。

唾骂和污辱。

那是怎样的孤立无援。那使生活变得陌生而冷酷,使她再也寻找不到活下去的信心的唾骂和污辱啊!

连她自己也开始相信:她是个坏女人。

整个胡同里的孩子在她的身后扔着一只破鞋;任哪个流氓无赖都可以在她的身旁说着猥亵的脏话……煽动这些人,在他是微不足道的小伎俩。当时,他是造反派,哦,也曾是保守派,谁也搞不清他究竟是什么。他是一切便宜都占的派,如果真有这种派的话。

"啪!"难道又有人在她的后背扔什么?

"简!"她不由得叫。

109

哦,一条打挺的鱼。鱼鳞在阳光下闪着斑斓的光彩。

这是河,是她和简一同走过的迷人的小河。不是那湖。

但那湖也曾诱人,在那个没有月亮的夜晚。

湖底也有鱼。

美人鱼,安徒生写过的童话。她早就向往过,在孩子的幻想里,在一个人刚刚开始的时候。而不是在幻灭和了结。

那冰冷的,一去便可无知无觉的世界。

那里没有人可以随便地拿猥亵的脏话侮辱她,也没有人恨不得把她浑身上下涂满沥青,押着她游街示众,任千人来唾,万人来骂,也不会有人狠狠地咬着牙根骂:"活该!"

她招谁了,惹谁了?谁让她是个有才情的女人,有时还要想入非非!

简,他是为了救她、疼她而生的吗?他把这世界给了她,却是人间的,温暖的!

重新轮回到开始。只是旋转得太快,太快。她多么想紧紧地抓住,抓住!慢点儿,慢点儿!让她多体味一会儿。

难道他只是把他的疼爱,暂时地借给了她,现在期限已到,就要收回,要是他执意收回,她也没有办法,她原没有权利要求什么。

他曾插一朵浅黄色的玫瑰在那波希米亚花瓶里。"它是你,像你一样的纯洁,将开不开的。"

"不,我已经开败。"

"胡说,你是个好姑娘。"每每她畏缩,她没有信心的时候,他总这样说。

那么,也许是那无所不能的上帝,也竟有所差池,错把给别人的给了她。现在,他就要收回成命。她不过像是在戏里扮演了一位公主,现在戏散了,什么花园小径呀,亭台楼阁呀,罗衫绣裙呀,多情公子呀,全像海市蜃楼,顷刻之间化为乌有。而她还是她,被丢弃在荒野里。

那过路人为什么回头看她?哦,她流泪了。久已没有的泪,带着微微的咸味,如同海水。

刚结婚的时候,他曾带她去海滨休假。晚上,他们躺在海滩上。靠着他的胸口,说着那些毫无意义的琐事。他笑她那女人的琐事,却又顶顶认真地听着。她觉着她这才长大,终于从一个女孩子,成为妇人。

被白天阳光烤晒过的细沙,仍旧散发着温热。她懒了,眼睛睁不开了,睡着了。梦里,她分不清她是枕在他的胸膛上,还是枕在海的胸膛上。

她说:"你是什么?你是海。存在在我早年的,少女的相思里。我以为我永远看不见海了。但我看见了。为什么才让我看见海?为什么才让我看见你?唉,就是这样,我也知足。"

不,她不知足。她要他,永远地。直到这个世界的末日。直到花不再开,树不再长,草不再绿。哪怕他只剩下半个身躯。

但他把她推开。她看得出来,那花瓶是他有意敲碎的。因为他的眼睛里,闪着一种病态的快意。也许他们都病了。

仿佛有谁,把她的心掏出来,在那一堆玻璃的碎片上搓来搓去。

波希米亚花瓶,如同结婚戒指一样的波希米亚花瓶。他从不曾给她戒指,只是间或地为她插上鲜花:玉簪、石竹、珍珠梅、玫瑰……那是娇惯,奢侈的娇惯,在这把男人送花给女人视为异端的环境里。这环境有着荒谬的偏见,认为共产党人应该是干瘪的木乃伊,没有人性的石头,只会背诵经文的教徒……不,真正的共产党人,具有人类一切美好的素质。他热爱,他向往,他同情,他无私,他献身,为大家,也为他自己心爱的人。如同她的简。

但是,它碎了。那结婚的戒指。

温馨的、欢悦的昔日,越来越远地离去。她抓不住了,追不上了。她颓然站住,无可奈何地垂着无力的双手。连她脚踩着的,那块湿乎乎的草地,头上顶着的那片蓝天,拂着河面的垂柳,闪着波光的河水,都在飞快地从她的身边掠过,逝去,剩下了她独自一人。

独自一人,谈何容易。那渗透在她灵魂里的,永远不能人为地消亡的,他的影子,他的呼吸。

什么样的胡说八道啊,他哪里是海,他是她借以支撑才可以站住,才可以挺立的那堵墙。那堵坚实的墙啊!她要回家去,跪在他面前,求他,告诉他:残疾的不是他,而是她自己。

一双只看见白眼仁的眼睛,执拗地盯住她。"阿姨,我认识你,嘻嘻,我们一起跳舞吧。"

扭动着的畸形的身子,如同林中起舞的女妖。

她认识她?在哪儿?从什么样的迹象上?一阵恐惧袭上她的心头。"不,乖孩子,我不要跳舞,你也不要跳舞。赶快回家去吧!"

"你呢,你回家吗?"

"回的!"

"你骗我,你在这儿走了好久,我看见的,我知道你想和我一块儿跳舞。哈哈哈……"

那疯癫的笑声充满着诱惑。她不,她不要笑。为了她的简,她不能笑。

"哦,简,简!救我,救我!"

在哪儿?他在哪儿?楼下,客厅,厕所,楼上,书房,卧室?没有,没有啦!

那一年,席卷她的理智而去的忧闷感,重又熟悉地冲击着她的头脑。她就要不能抑制那歇斯底里的大叫。

只有那一片明亮的方块,仿佛是排遣她心中那郁闷的出口。但那是门,还是窗?她扑向那明亮的方块。

啊,那是一幅旧日的画么?仿佛不是旧日的。分明不是那八个裸体的在天空飞翔的仙女,他特意请一位大师为她做的,有四分之一张墙壁那样大。分明不是那灰蒙蒙的蓝悠悠的色调。

灰色的矮围墙,绿色的木门,一方蓝色的天,一院子的春阳,那里,她至亲至爱的人,坐在轮椅上,在那盛开着玫瑰的花圃旁,正拿着那把旧剪刀,弯身俯向一朵浅黄色的玫瑰。

她流泪了。谢天谢地,她又会流泪了,而不是那疯癫的笑。

还差两寸!

他的身子,奋力地侧向地面,银白色的头发从额头披落,颤颤的手指向前伸着。

一寸,还有一寸。

她的身子,沿着墙壁,无力地向下滑落,滑落。但她必须挺住,她不笑,她一定不笑。咬紧牙关等待着,等待他越过那一寸空间,把那朵玫瑰带给她,那牵系着他们在灰飞烟灭之前的岁月的玫瑰。

她知道,他一定会越过,只是这时间,为什么那么长啊,仿佛停住不再走了。

在他手里,那朵颤抖的玫瑰,带着一滴汗珠,还是一滴泪珠?

"睁开眼睛,看我,看我!"

那一双一往情深的眼睛,没遮没挡地流露出愿意为她牺牲一切,甚至为她牺牲自己的爱情的爱。

和着呜咽和抽泣,那句含混不清的话,从她的嘴唇流进他的嘴唇:"我们,还会有一个花瓶的……"

七 巧 板

一

橡皮管扎在了左胳膊的上端。带来一阵酒精味的实习护士小严轻轻地拍打着尹眉肘窝旁边的肌肉。尹眉听见她悄声悄气地咂着嘴,大概她的静脉血管不那么清晰。

"你们在护校学习的时候没学过吗?应当尽量节省使用病人的血管。谁知道以后根据病情的发展,她还要有多少次静脉注射,或者是不是需要长期打点滴?"

有谁带着那样不容置疑的权威的口吻在说。尹眉不由得睁开眼睛看了看。她原以为一定是位倒背着手,站在一旁指点的医生或者是护士长。不是,既不是医生也不是护士长,而是对面病床上的那位病人。垂着双脚,坐在高高的病床的床沿上。那双秀美而丰腴的脚,却趿在一双粗糙的、男人穿用的棕色塑料拖鞋里——真可惜了那双脚。

说着,她溜下了床沿,走近来,拿起尹眉的手,用手指——个个都像《孔雀东南飞》里描写过的:"指如削葱根"——沿着尹眉手背上的每一条血管滑动着。她接着对小护士说:"你看,她小拇指内侧的这条血管就很表浅,也很清晰。试试看,可以从这里开始扎。当然,细了一点。要是你觉得有困难,那么就扎手腕上这一条。"

像课堂上一位有着丰富教学经验的教师:条理清楚,头头是道,有进有退,照顾全面,就低就高,充溢着对专业知识纯粹而极端的热忱,以及由于这种热情过分的极端,而显示出来的对一切专业知识以外的事物的绝对的漠然。尹眉觉得自己的手不再是手,而是生理解剖课上实习用的一条死人的断肢。尹眉不自禁地把手从她的手里缩了回来。而她,仍然带着那样贪婪的目光不舍地看着尹眉的胳膊。尹眉担心,她会不会突然朝自己的胳膊咬上一口?

小严似听见又没听见,认真又不太认真的样子,把橡皮管从尹眉的肘部取下,扎在了她手腕的上端。

小严为什么会用这种态度来对待她呢?好像对待一个惹不起、摆不脱的累赘。

难道她说的不对么?当然是对的,小严已经开始在尹眉的手腕上涂碘酒,然后又是酒精。

那张面孔,尹眉分明觉得在哪儿见过。在哪儿呢?尤其是那双眼睛,太特别了。不论谁,只要见过一次,就不会忘记。它真美,虽然被包围在一簇皱褶里。

渐渐地,那双眼睛膨胀起来,越变越大,而后又变成成千上万只,在尹眉的眼前闪来闪去。尹眉赶紧把自己的目光移向窗外。外面是满眼的绿树。她看见一棵玉兰树上绽着大朵的白色的花,还有一棵松,就贴近病房的窗口。然而,那松针似乎瞬时变得好长,根根都向尹眉伸过来、伸过来,好像要刺进她的脑袋。她的眼前变成一片漆黑,两个大头针的针头样大小的金色的亮点,像荧光屏上心电图在显像那样无声无息地滑过去、滑过去。脑袋又开始疼了,疼得好像要裂开来。要是真裂开可能就不那么疼了,顶好拿个撬杠,从太阳穴那里把脑壳撬开,把脑袋里面压得她疼得要死的那股力量释放出来。

"哎哟——"尹眉忍不住大声呻吟起来。

"疼吗?"小严赶紧按了按血管四周已经有点发红的皮肤。断定没有什么异样之后,对尹眉说:"这葡萄糖浓度大了一点,百分之五十,对血管有点刺激,但可以吸收一些血液中的水分,为的是减轻你的颅压,一会儿你的头就不会疼得那么厉害了……"小严悄声细语地安慰着尹眉。

尹眉真希望小严再说点什么,在这种情况下,小严的声音显得是那么动听、柔美,简直像在地狱的熬煎里,听见了来自天堂的音乐。难怪过去有人把护士称作"白衣天使"。真对!真对——

对面床上的病人,开始用力地用手掌一下又一下地按摩着尹眉的额头,像一架精密的、由电脑控制的仪器,随着任何一根神经最细微的不适所发出的信息而立刻移向那个部位。

有多久了?她的手不累吗?一定很长时间了。想想看,小严已经推完了那一大管葡萄糖。

"谢谢。"尹眉从咬着的牙齿缝里挤出这两个字。

"你别说话,休息吧!"对面床上的那位病友说。

尹眉心里充满了感激,毕竟萍水相逢啊!可是尹眉渴望着在额头上按摩的,是丈夫那双大手。鲁莽的,不知轻重的,带着浓重的烟草味儿的大手。丈夫什么烟都能吸,尹眉相信,要是没有什么可吸的时候,他一定连树叶子都可以拿来当烟吸,像胃口极好的那些庄稼人一样,哪怕是天天大葱蘸酱,吃起来也津津有味。就凭这一点,他也不像个卫生局的副局长。世界上的事怎么那么怪,这个一点官瘾都没有的人,却偏偏当了官儿。当然,这是这几年提倡干部知识化、专业化的结果。尹眉常常带着奚落的口气对丈夫说:"你这个官儿有点像人家小姐在绣楼上抛的彩球,怎么就落到你头上来了!"

他呢,一点也不懂得玩笑,死板板地说:"抛彩球总比父母之命、媒妁之言多点自由的味道,但难免不带有极大的盲目性。"下面还有一句,"何况人家是官宦家的小姐,不从命,行么?"

袁家骠不再往下说。他是个豁达而冷静的人,什么事都看得很淡。从猿到人用了多长的时间?几千万年,对不对?对尹眉的揶揄他只是憨厚地笑笑,像年长的人带着宽厚的微笑看那些淘气的孩子。

一年多来,尹眉的头常常疼,而且疼得越来越厉害。昨天晚上,尹眉的头突然剧疼,夹着喷射性的呕吐,简直要把胃都吐出来了,浑身抽搐,打着寒战,把牙齿嗑得哒哒哒直响,不得不送到医院急诊,值班大夫立刻收她住院。

安排尹眉住进病房之后,袁家骠就被关在病房外面了。尽管头疼欲裂,在护士关上病房的房门之前,尹眉还是勉强从枕头上挣扎着抬起头,看了丈夫最后一眼。当然,她不会死。可是对平常不大生病的人来说,住医院总有一种不清不楚的、失去自主能力的惶然。

与其说尹眉爱袁家骠,还不如说是她依恋他。他们之间的感情和一般年龄相当的夫妇不大一样。也许因为袁家骠大着尹眉几岁。

尹眉问:"你爱我吗?"

"爱。"简单极了,前头连个表示程度的定语都不加。

"爱得要死吗?"尹眉实在不甘心。

"……"袁家骝想想,很认真地。然后说:"死亡是一种生理现象,爱是一种心理现象。怎么能够这样比拟呢?"

气得尹眉用拳头在他的胸口上擂。袁家骝抓住她的两个小拳头,依次在每个拳头上吻了吻,说:"是这样的。"

他们是在校庆会上认识的。他的座位恰巧在她的对面。开始尹眉并没注意他,谁能注意一个其貌不扬的近五十岁的男人呢?她只顾和同届的校友们用"文化大革命"当中的那些术语编串相声段子,和那些荒谬绝伦的、关于新社会学的演说比赛要这套贫嘴他们在行得很,毕竟他们是在"文化大革命"中度过的大学时代,专业知识没学多少,却练就一副伶牙俐齿。偶一回眸,尹眉看见袁家骝双肘抱在胸前,上身舒舒服服地靠在椅背上,像看一部娱乐影片似的在望着她笑呢!尹眉突然觉得不好意思,不再说了,也不再笑了。带着还滞留在脸上最后的笑意,呆呆地向校园里望去。那是春天,燕子在屋檐下做窝,野蜂在嗡嗡地飞,它们的翅膀在阳光下闪着金辉,空气里弥漫着绿色的香味——绿树满眼,绿草铺满了路径以外的地面。哦,还有白色的梨花开了满园。他们的学校里种了那么多的梨树,可从来没见过梨子,兴许他们种的梨树全是"雄"的。想到这里,尹眉又轻轻地笑了,随着这笑,她不自禁地又瞥了袁家骝一眼,他还在饶有兴味地看着她。他捉住了她的目光,说道:"你发表的那些社会学方面的观点很有意思。"好像他们从来就认识。

"你是说'庸俗社会学'?"尹眉深信,他感兴趣的,不过是她在言谈话语中,那像闪电一样耀眼的、转瞬即逝的、什么痕迹也不会留下的机智的闪光。然后她友善地问:"你也是哲学系的毕业生?"

"不,我是生物系的。"

尹眉的父亲说过:"爱情的开始常常是在莫名其妙之中。

比如,在不该笑的时候笑了一下,或应该看一眼的时候,看了两眼。"

等到袁家骝向她求婚的时候,她想起父亲说过的这段话,才意识到这两者她都兼而有之。于是她觉得嫁给袁家骝是有根有据的。她是哲学系的毕业生,研究社会学的,喜欢有根有据,引经据典。别看她耍起贫嘴来洋洋洒洒,可是真要办起什么事来的时候,却死钻牛角尖。

又来了,那种寒战,半分钟一次。在半分钟之间的间歇中,是明知对疼痛躲不过的恐怖的等待。

"谢谢,请不要再弄了。"尹眉觉得烦躁。

"这样你会好些。"对面床上的那位病友深信不疑地说。依旧固执己见、坚定不移地一下又一下在尹眉的额头上按摩着。

"不,我不要——"

"要的,你需要。"

尹眉简直想要发火,她需要安静。她闹不清对面床上的这位病人为什么非要把她的关切强加于她。这种强制的关切究竟是为了减轻尹眉的痛苦,还是为了她自己的某种信条?

"不——"尹眉几乎是哀求地大叫了。

"你需要,你绝对需要。"平板的声调里,透着死也不肯罢休的顽强,并不因尹眉的抵触情绪而受到丝毫的影响。

在脑袋难耐的剧痛里,还得忍受这种不让她独处,妨碍她调动自己的意志,自己对自己的适应能力进行调整的干扰,尹眉愤怒了。她想起念高中她当团支部书记的时候,班上有位女同学,也是这么强加于人地做好事,明明别人自己可以做的,压根儿不需要任何人帮助的事,那家伙非死乞白赖地争着去做。死乞白赖到令人生厌、令人不能安宁、令人不得不怀疑她的动机的地步——真是为了帮助别人,还是为了别的什么?班上的同学没有一个说她好,反倒都带着一种又是鄙夷,又是怜悯的态度对待她。而且,整整三年,尹眉她们那个支部硬是没有发展她入团,大家不通过,你有什么办法?怎么在这里竟也碰到这么一个死缠着人不放的人,生病也不让人得安宁啊!她气得一把推开她按在自己额头上的手,几乎是用一种恨恨的眼光朝她望去。尹眉看见,那双美丽的眼睛惊诧了,睁得圆圆的,两颗黑黑的眸子,像从未有人探测过的神秘而不可知的洞穴。你不知那里边有什么,或是压根儿什么也没有。然而那惊诧是真诚的,绝不是假装出来的。尹眉不禁想:有这双美丽的眼睛不就得了,她还想要什么啊?

但是,这似曾相识的眼睛……究竟是在什么地方见过?

"哎哟——"她疼,她无法回忆。于是紧闭着双目,无力地呻吟着。

即使闭着眼睛,尹眉感到对面床上的那位病友还在紧紧地盯牢着她,说不定一会儿还会扑上来按摩她的额头。她觉得额上一阵麻簌簌地发紧。由于成了被人穷追不舍的目标,她感到一种被监禁的拘束。她开始讨厌这医院,这病房,这到处令她感到刺眼的生硬的白色。她使气地、示威似的连蹬带踹地翻过身去,不再面对对面床上的病友。毛毯掀开了,她感到立刻有人上来给她掖好。没错,这还是她。尹眉使气地又狠狠地蹬了一下腿,她感到蹬在一个什么东西上,软软的,可能是她的手。但尹眉并不打算道歉,只是装着不知道的样子,依旧闭着双眼,发狠地叫着:"哎哟——"

对面这个人到底生的什么病?她自己又究竟要住多久的医院?要是这么面对面地和她并排躺上几个月,她的病不但好不了,兴许还得添上点什么病。这可怎么得了,能不能换个病房呢?

"哎哟——"

尹眉觉得自己倒霉透了。于是头疼显得更加难以忍受。

"打饭啦,打饭啦!"送早饭来了。送饭人操着一口的湖南口音,在走廊里一分钟也不肯再等似的吆喝着。

病房里立刻手忙脚乱,盘磕着盘,碗磕着碗,一阵叮当乱响。

尹眉饿了,从昨天下午开始头疼起,她滴水未进,而胃里的东西早已吐得一干二净。可她无法起床去打饭,也不好求病房里的谁——新来乍到的。只好巴巴地听着送饭人那刻不容缓的吆喝,但她又着实怕对面的病友给她打饭。

没有,她不但没有张罗着去替尹眉打饭,自己也没去。尹眉没回过头去看她,反正她那里是一点动静也没有。她怎么了?难道她生气了,不高兴了,因为尹眉刚才那样对待她?

小严来了,把一碗牛奶、两个油盐小花卷放在尹眉的床头柜上:"我给你领了碗筷,饭嘛,你昨天没订,我随意给你领了两样。"然后又附在尹眉耳边悄声说,"牛奶底下有个荷包蛋,你快吃,省得一会儿送饭的查出来少了个蛋。"她低声笑着,孩子气的脸显得更圆了。

"那,合适吗?"

"没事儿。"小严又趴在尹眉的耳朵上,"你不吃也浪费了。"她向对面床上努努嘴,"这是她订的。"

"那怎么行呢?这——这不是——"尹眉想说,"这不是胡闹么?"又怕这话说得太重。而且小严是带着对她的明显好意。

"她不吃这湖南人送的饭。"

"哎哟——"头还是有点疼。

"怎么,没觉得好一些吗?"

"好像是好一些了。"蹊跷。尹眉忍不住又问,"她为什么不

121

吃这湖南人送的饭呢？"

"她说这湖南人会在她的菜里下毒药。"说完，小严从尹眉耳旁直起身子，张开嘴巴，就跟对别人说她发现谁头上忽然长了个犄角，或是谁屁股上突然长出了条尾巴似的。

"那怎么可能，再说她怎么会认识这送饭的湖南人呢？"

"当然认识。她就是我们这个科的大夫啊！"

对面床上有了动静。小严转了话题："你自己能吃吗？"

尹眉抬起身子试了试，头果真不那么疼了。"可以。"便斜倚着床头坐起来。小严把一个枕头拉起来，垫在尹眉的背后。

对面床上的人显然已经不再注意尹眉，她的注意力仿佛被一件非同小可的事占据了，神色庄重地打开自己床头柜上的小门，跟教徒领圣餐似的从里面捧出一个挺讲究的饼干筒，又拿出一瓶麦乳精，放在小柜上，然后拎起暖瓶出去打开水了。

瞧着她走出病房，尹眉又问："她跟那个湖南人有仇？"

"没有！因为那湖南人跟她爱人很熟，她爱人也是这个医院的大夫。"小严一面说，一面频频地回头望着。

"我不明白，这是怎么回事？"

"她有病，精神病——"

对面床上的回来了。她谁也不理地走回自己的床前，从床下拖出白色的小方凳，端端正正地坐下，开始调冲麦乳精。

小严笑笑说："我该下班了，你慢慢吃吧。"说着，便走出了病房。

她有病？

有病怎么不去住精神病院？小严说的是真话，还是一般意义上的对性情乖僻的人的一种贬称？

尹眉看不出她有病。她一点也不像尹眉心目中精神病患者的样子。不哭不闹，不撕扯衣服、被褥，也不摔盆摔碗，更不语无伦次。而且,从早晨她在小严给尹眉注射葡萄糖时所发表的意见来看,她的思维逻辑还相当清楚。想到这里,尹眉禁不住侧过头去看她。她正安安静静地吃饼干,带着一种若有所思的样子。当然,时不时地还不忘记掸去掉在膝头上的饼干渣,以及用小勺搅一搅杯子里的麦乳精。

"哗啦啦——"四十三号床那位病人的饭盒被碰掉了。尹眉看见,对面床上的仿佛受了惊吓,立刻盖上她的饼干盒子和茶杯上的盖,回头朝四十三号床望去,发现并没有什么。于是放心地笑了笑。可是这一吓,倒把她从若有所思的、迷迷怔怔的状态中吓醒了,加快速度地吃完了她的早餐。她拿起自己的杯子,又走过来拿起尹眉用过的碗筷,说:"我替你刷刷去。"

尹眉没有力气去争,只好由她去了。刷完碗回来,她找了把扫帚开始扫地。奇怪的是,四十三号床和四十四号床的病人,非但没有一点不安的意思,反而尽快地将各自小柜上的水果皮啦,鸡蛋壳啦,糖纸啦,药盒啦,一概地胡噜到地板上去。而对面床上的呢,仿佛她们往地板上扔的脏东西越多,她便越高兴,她的辛劳也终于得到了报偿似的,很有点武训的味道。弄得尹眉不知该同情她,可怜她,还是尊敬她!可是,尹眉怎么会想起武训呢?眼前的这个人跟武训有什么关系啊?

尹眉轮流地在另外两位病人的脸上,搜索着她们的表情。她们谁也没有反应,仿佛这本是一件天经地义、早已司空见惯的事情。

四十二床一面用牙签剔着牙缝,一面在看一本《大众电影》。她的胃口真好,尹眉不能想象,那么小的一张嘴巴,怎么会吃进去那么多东西。一个早餐便吃掉两个茶叶蛋,一包牛肉干,一碗牛奶,一个花卷,一块蛋糕。她那个床头柜像个袖珍的食品商店,应有尽有。难为她怎么把那么多盛食品的罐子、盒子、瓶子塞进那么小的一个柜里。

"嗯——"她正全力以赴地对付塞在牙缝里的一根牛筋,"嗯——'金鸡奖'怎么不发给《知音》?嗯——噗!"好不容易那根塞牙的牛筋弄出来了,"小凤仙可真是个了不起的女人,辛亥革命全仗着她了。"

四十四床仰着脑袋正聚精会神地把眼药水挤进不大的眼睛里去,好半天没答腔。等到她眨巴着眼睛,终于把眼药水眨进眼睑里,才冷冷地说:"是啊,以后讲历史再讲到辛亥革命这一段,那些领导人里还应该再加上一个小凤仙。"

四十四床哪儿都显得太薄,薄眼皮、薄嘴唇、薄身板。

打扫卫生的护理员拖着个扫帚进来了。小姑娘挺老实,一看地已经扫得差不多了,顿时涨红了脸,她感到自己失了职,一种惶惶不安的心情把个挺精神、挺光滑的小脸弄得失去了光彩,好像让谁一把给揉皱了。她赶紧上去拦住:"金医生,您怎么又扫地了?您老这么扫,我还干吗呀!"

对面床上的紧握住手里的扫帚,死活不肯撒手,发直的眼睛里,闪烁着一种狂热而奇异的蓝光:"谁扫不一样,干吗那么认真呢!"可她自己却分明很在乎这件事。

小护理员不敢硬抢她手里的扫帚,又明明觉得自己分内的,以自己的能力是完全可以胜任的,又是靠着它吃饭的差事,让一位大夫替自己干,实在是让她消受不起,折得她难受。而且让别人看起来成什么样子,对她会有什么想法呢?她懒?工作不负责任?消极落后?小护理员简直要哭了。

这一切尹眉都看在眼里,惹得她心里隐隐地泛起一股怒气。尹眉有点明白四十三床和四十四床为什么会以那种态度对她了。哼,她有什么病?她分明比谁都清醒。就拿她非要扫地这件事来说,简直是对小护理员的明火执仗的抢劫,要从小护理员那里抢走点什么,她心里一定盘算得挺清楚。

尹眉忍不住说道:"让人家自己扫吧,那反倒比勉强人家接受这番好意更痛快一些呢。"虽然尹眉竭力地隐藏着自己的反感,但她听出自己的嗓子变了调,而且声音还大得出奇,刺耳极了。

四十四床不动声色地盯牢了她。四十三床则丢开了那本《大众电影》,解气地、幸灾乐祸地拿眼睛在对面床上的脸上扫来扫去。她呢,像大梦初醒的样子站在那里,发直的、狂热的目光变得柔和了,那在眼睛里闪烁的奇异的蓝光也熄灭了。两个眸子渐渐地重又变得幽深,像有什么东西在渐渐地走远,走进瞳仁的深处,那像古老的、终年不见阳光的森林的深处。她把手里的扫帚递给了小护理员,无力地垂下双手。那双下垂的手显得好疲倦啊,软软地耷拉着,简直像抽掉了筋骨。她懒洋洋地走回自己的床,重重地坐下去。

看着她那沮丧的模样——不,也不是沮丧,而是对任何一个会发表意见的人的软弱的服从,哪怕这发表意见的人,是个屁事不懂的孩子,她这会儿也会服从。尹眉有点后悔,各治各的病,她何必要管这个闲事啊,说到底,她们谁也不会和谁在这儿住上一辈子,她们都受着疾病的折磨,难道这折磨还不够她们受的吗?

二

袁家骝今天像是丢了魂。自行车钥匙又找不到了,看自行车的小老太太瘪着嘴巴,翻着眼睛站在一旁等着收存车费,生怕他会不交那两分钱,趁她不备随时开溜。他赶紧掏出两分钱交给了她,她往挂在脖子上的帆布包里一丢,这才转身走开。

袁家骝把自己所有的口袋又重新翻了一遍,上下四个,加上裤子上的,一共七个口袋,就是没有。这可真叫怪了。越着急越出乱子,越出乱子就越耽误时间,他怕误了去医院,探视的时间快要到了。

他和尹眉结婚以后,因为出差,也常有别离的时候。可这次,他觉得不能忍受,不能习惯。她在那儿,在不论他或她都由不了自己兴儿的地方。现在,他就不知道她到底生了什么毛病,不知道她什么时候才能回到他们那栋小屋。那栋书架上、书桌上、椅子上、床上到处散满了书籍、杂志、报纸的小屋。墙上挂着一张萨特的画像——那是她的一位画画儿的朋友送她的——瞪着一双因思虑过度而充满血丝的眼睛。由于他的再三请求,尹眉才把萨特的那张画像挪进了卧室——撇着不屑的嘴唇。她撇着嘴唇的样子很可爱,下嘴唇弯成那么一个可爱的弧形,令他每次都忍不住地要吻她。可是那次她把他推开了,说:"得,得,因为萨特有损于你那个副局长的形象是不是?为什么可以挂在卧室?因为那是别人看不到的地方。看不到的地方就可以摆一切不愿意让人看到的东西。"

袁家骝立刻声明:"第一,应该明确,这是你要挂的,而不是我要挂。第二,这是求大同存小异。"

她笑了。"你好像在宣布'和平共处五项原则'。"然后像往常胡搅蛮缠之后那样,得意地皱了皱鼻子。

她任性,一点小事也琢磨个没完,纠缠个没完。难道这就是哲学、社会学么?最近她又在研究西方马克思主义,什么卢卡契,什么阿尔都塞,等等等等。还有各式各样的主义,什么"结构主义马克思主义""新实证主义马克思主义",以及"存在主义马克思主义",等等等等。弄得袁家骝烦死了。这些个主义摊在椅子上、沙发上、地板上,弄不好他就踩在一个什么主义上,或是坐在一个什么主义上。那时,尹眉就会朝他大喊大叫。他有时恨不得把那些东西一股脑儿卷起来,扔进火炉子里去。

现在,尹眉住进医院还不到二十四个小时,那些个主义仍然摊得到处都是,袁家骝却觉得空了。不是空了十几个小时,而像是空了几年,十几年。那些个小瓶子、小罐子、小摆设好像全都失去了生气,虽然茶几上还放着她吃剩了一半的苹果,上面清晰地留着她的齿痕;衣架上还挂着她刚换下来的那件妃色的衬衣;一本翻开的、关于什么主义的书倒扣在桌子上,可是,总觉得她已经离开好久了。昨天晚上,从医院回到家,他以为他会一头倒下去熟睡——太紧张了,他从未见她这样痛苦过。然而竟翻来覆去地不能入睡。他总是嗅到她留在枕上的气息:甜甜的,微馨的。于是索性不睡了,东翻翻,西摸摸,带着一种爱屋及乌的心情,竟然还翻了翻她那些个费解的,说起来像绕口令似的主义,坐在沙发里,看着晨曦渐渐地驱走黑夜。在那自开天辟地以来便永无休止的、周而复始的黑夜与白昼的交替,岁月的无声无息的流逝中,他猛然感到身边没有那个与自己血肉相亲的、单单属于他自己的、温暖的生命相伴随着的孤独。哦,那任性的,喜欢胡说八道的孩子妻!一阵颤动,温柔地滚过他的心,他禁不住微笑了。想起她常问的那个问题:"爱得要死吗?"他爱。不但他不应该死,她也不应该死,否则他还能爱么,而又能爱什么?

为什么非要死才能说明感情的深度呢?去年她怀孕了,连商量都没同他商量,趁他出差之机,竟然去做了人工流产。就连这样的事情,他也不过是发了一次脾气。而且就连这次脾气,他也没能尽兴地发下去,尹眉用胳膊紧紧地绕着他的脖子,非把他的脸别转过来。"别生气——"她吻一下他的脑门儿,"别生气——"她吻一下他的鼻子,"别生气——"她吻一下他的嘴唇。袁家骝还是不理她,她噘着嘴走开去,趴在床上哭起来了。袁家骥耐不住了,只好走过去,抚摸她的头发,拍她的后背。她猛地转过身来,破涕为笑了,娇嗔地说:"傻瓜,不能生孩子,那要害了他。这个地球的负荷太重了,让他在这么小的空间里挤来挤去,多苦啊!你要我给你看看资料么?到这个世纪末,人口将会发展到多少亿?"

她简直像个教条主义者,干什么都要查查理论根据,就连两口子该不该生孩子这样的事情在内。袁家骥一直是迁就她的,认为她对事物、对人生的那些看法、解释,不过是小孩子的游戏。她这一病,仿佛使他突然记起自己的责任:今后再不能任着她的性儿胡闹了。

早上,一上班,他让秘书给医院的书记打了个电话,希望医院能给尹眉做一次认真的、全面的检查,找一个医术比较高明的主治大夫。

接着一上午,便是找他来推荐出国进修人选的各色人等,川流不息。像一场无休无止的战争,每个人都想要征服他。有绕着弯的,从扫荡外围开始,然后逐渐缩小包围圈的持久战,也有直截了当、开门见山的遭遇战。袁家骥觉得劳顿、困倦,脑袋嗡嗡作响,半边的太阳穴像搋进了一块木板,上眼皮和下眼皮直往一起粘。但他明白这是万万使不得的。凡是来找他通融的,哪一个不是三头六臂?善者不来,来者不善。他强迫自己集中起注意力,聚精会神地看着那些厚的、薄的、留着胡子的、刮得精光的嘴巴在他的眼前一张一合,他哼哼哈哈地应着,心里却自有主意:反正不能让那些酒囊饭袋游山玩水去,哪怕他这个副局长就此下台也罢,他和尹眉都并不稀罕这个。他反正不是这块材料。

好不容易挨到下班,他简直像个被释放的战俘那么快乐。

袁家骥觉得自己无能,他不但是个不称职的官员,大概也是个不称职的丈夫。刚才,在商店里,他已经选好了准备带给尹眉的罐头、点心、糖果,付钱的时候,一摸口袋,才发现没带钱。那位女售货员愤愤地看着他,好像他有意要把她折腾一个够。幸好他的年龄、他那副派头和他那身装束,都足以证明他不是没钱装阔,成心来这里捉弄售货员的小瘪三,但仍然是非常尴尬地离开了柜台。他懊恼,他一生也没干过这么尴尬的事。他生闷气,觉得全是上午那些个人,那些轮番的疲劳轰炸把他搞昏了头,让他出这种洋相。现在自行车钥匙又找不着了。能丢到哪儿去呢?进商店的时候肯定还是有的,锁车的时候肯定也是把钥匙拿下来了,不然它现在还应该插在锁眼里,那么肯定是丢在商店里了,因为他刚才在柜台前翻遍了每个兜,希望能从哪个兜里翻出些钱来以便使自己解脱困境,那把车钥匙,肯定是那时掉丢的。一想到还得去看那位售货员铁青的面孔,袁家骝感到老大的不自在,毕竟他不是个涎皮涎脸的小青年啊!

袁家骝顺着出来的路线找回去。在那洒满了水,又让人们鞋底上的尘土搅和出一层稀泥汤子的水泥地面上寻觅。商店里的一位工作人员,一面打着哈欠,一面拿着把喷壶,依旧不停地、机械地往已经浮着一层稀泥汤子的水泥地面上洒去。拿着喷壶的手臂,像钟摆一样有规律地前后摆动着。多半她今天的任务就是洒水,只消不停地洒去,她倒是相当的尽职尽责。

没有,一路上都没有看见那把钥匙,他只好硬着头皮,问刚才给他拿货的售货员。"同志,请问这里是不是捡到 把自行车的钥匙?"

她正在挖耳朵眼儿,歪着头,眯着眼睛,挺惬意的样子。没有搭理他,也不知是真没有听见,还是因为他刚才那样白白地折腾了她而起意要给他一点滋味尝尝。袁家骝只好又说了一遍。她才转过头来,脸扬得高高的,从眼皮底下斜睨着他。"什么样的钥匙?"

"后面挂着个金黄色塑料丝编的小金鱼的钥匙。"

她懒懒地从放钱的小木盒里拿出那把钥匙,远远地扔给他。袁家骝没敢说谢谢,想必说了也只能得到从鼻孔里喷出来的一个"哼"。何必自讨没趣?而且,她明明知道他掉了钥匙却不告诉他,白白地让他着急,白白地耽误了他去看望妻子的时间。袁家骝心里直冒火,他握紧了那把钥匙,小金鱼尾巴上的塑料丝戳着他的手心,他的心又变得柔和了。那小金鱼是尹眉替他编的,是她为他特意向别人学来的,着实地费了尹眉的一番心思。编得粗糙,歪歪扭扭,马马虎虎。但这小金鱼儿此时此刻却让他那么生动地想起妻子身上一切可爱的小地方:她的大嘴巴,她左脚小趾上的那颗黑痣,她边看书边吃零食的习惯,以及——以及她住院的前一天晚上,他们已经躺下睡了,为了争论一个问题的量和质的界限,她激动地从床上坐起来,挥动着小拳头,慷慨陈词,任睡衣从肩上滑落下来。袁家骝实在不想争论下去,开了一天的会,他疲倦,他想睡觉,便吻了吻她那黝黑的、裸露的肩头,表示休战。可她仍然没完没了地吵下去,闹得他不得不翻转身去,用枕头堵上耳朵,她却死命地拉下他堵在耳朵上的枕头,硬是把嘴巴贴在他的耳朵上,继续吵下去。最后他只好认输,不是因为她说服了他,而是因为她闹服了他。第二天一清早,他刚睁开眼,她便郑重其事地问他:"真的,你说我说得对吗?"她显然一直在等着他醒来,等待着再一次的验证。他从她紧盯着他的那种眼神,等待着他肯定的答复时那种急切的神态上看出,她对自己的话也没多大的把握,她是在验证自己……这认真的大孩子!不知怎么,他心头一动,尹眉近一年多来的头疼,不会和这种硬钻牛角尖的生活有关么?他也遇见过钻牛角尖的人,但像她这样的并不多,也许她因为没有家务事缠着,所以更明显一点?但是,会不会是一种不正常呢?想到这里,他觉得心口突然变得闷闷的。

"呜——呜——"一辆白色的救护车从身后急驶而来,袁家骝好一阵心惊肉跳,然后又慢慢地缓解下来。尹眉正住在医院里,上午秘书已经和医院里的书记打过招呼,不会出什么事的!

雪云感到压抑。走也不是,不走也不是,就么呆呆地坐在那里,两眼望着窗外,似听非听地任母亲唠叨着那些永远正确的词句。她有病,病历上明明写着精神分裂症——"迫害妄想狂",可她说的话,句句都让人挑不出一点错来。那么,她到底有病没病呢?雪云忘记了自己在哪儿看过的一本书,书上说每个正常的人在某个特定的情况下,或某个时间内都是一个精神失常的人。照这种说法,母亲也应该是个正常的人。至于她自己,有时可能也算是一个精神不正常的人。她从小看见的、听到的,就是父亲的拳头一下下落在母亲身上那闷闷的声音。起先,就像夯一个沙袋,丝毫没有反响。近几年来,变成一种歇斯底里的、令人毛骨悚然的惨叫。晚上,这叫声往往把雪云从梦中惊醒,吓得她一身冷汗。在这种环境里活着,人还能正常吗?

他们在一起时的情景,简直让雪云感到憎恶。母亲张皇无定的眼神、从头到脚渗透着的那种战战兢兢的奴性,父亲一声咳嗽会吓得她几乎从椅子上掉下来。她哪里还像个堂堂正正的人,连狗都不如!而且她 定连想都不再想自己是否还是个人这样的问题了。

父亲简直像个恶魔,经常毫无道理地揪住母亲的头发,毒打一顿。真让人不可思议,他们可都是知识分子,医院里的主治大夫,却像没有教养的野蛮人一样。真不明白,他们在医院里,怎么好意思把那套笔挺的、让人想起"救死扶伤"那神圣职责的白大褂穿到身上去。

　　也不知从什么时候开始,母亲不吃父亲过手的东西。开始雪云并没有发现这个变化,直到母亲公开地对雪云说,父亲在她吃的东西里下过毒药,这才引起雪云的注意,不过她不相信这是真的,对母亲来说,这是一种异常。后来,医院果然说她得了那种病。

　　一阵风吹过,几片花瓣从枝头上飘落,白色的、弯成弓形的花,像一只只小船。雪云不由得叹了一口气。人在看到美丽的东西消失的时候,总会感到惋惜。她转过脸去,看了看母亲那张浮肿、木然、然而依旧美丽的脸。母亲年轻的时候真漂亮,雪云看见过她年轻时候的那些照片,那时她身上的一切都仿佛在闪着一种圣洁的光,头发、眼睛、脸蛋、嘴唇、牙齿,可那些照片越是往后,便越显得暗淡起来,好像每一个曾经发光的部件都慢慢地生了锈。

　　她始终不明白,当初母亲为什么会嫁给父亲?也许当初他们爱过,可是为什么他们又不爱了?发生过什么事?是母亲的过错,还是父亲的过错?雪云不知道应该同情他们,还是应该憎恶他们。她想离开这个家,再也不回来。可是上哪儿去呢?她已经快三十岁了,却还没有找到一个可以嫁出去的男人。她害怕,从小她对家庭、婚姻、男人和女人的共同生活便有一种恐惧感。

　　田田在她的膝头上扭动着,小声问:"表姑姑,什么时候回家?"

　　"就回。"雪云巴不得地说。把田田从膝上放下来。

　　她母亲几乎是恳求地问:"就回么?"

　　雪云脸上竟看不到一点眷恋。她一面频频地拿眼睛窥视着雪云的脸色,却仍旧忍不住把没有结果的话题接下去:"你不愿意再考虑考虑?"

"我不愿意。"

"我真不明白,劳动模范你都不爱,你想爱个什么样的人呢?你想过没有,这是一个什么性质的问题呢?"她显然是真正的不理解,不明白,苦恼地绞着自己的两只手。

田田等得不耐烦了,趴在床头柜上摆弄那些瓶瓶罐罐。忽然他用小手抱着麦乳精的瓶子大叫:"奶奶,奶奶,您看这两个字是念'成分'吗?"

她只好丢开雪云,忙戴上花镜,看了看田田指给她的那两个字,慈爱地说:"对,是念'成分'。田田真乖,认识这么多字了。"

田田并不在乎那几句夸奖他的话,皱着小眉头又问:"奶奶,怎么麦乳精也有成分呢?"小田田不明白了。奶奶在家的时候顶爱讲"成分"。这个阿姨什么"成分",那个叔叔什么"成分"。所以田田对"成分"这两个字是非常熟悉的,就像熟悉"爸爸""妈妈""吃吃""喝喝"这样的词汇一样。

"是的,麦乳精也有成分。"

"那麦乳精是地主成分,还是贫农成分呢?"田田歪着脑袋等着奶奶的回答。

她得意地笑了起来,一把抱起田田,左看右看,好像在田田身上发现了特异功能一般。她带着过分夸张的兴奋说:"田田真是个有出息的好孩子。"一面用眼睛频频地瞟着雪云,好像特意说给她听。

雪云脸上却满是讥讽,像看小怪物似的看看田田。

"啊?奶奶,麦乳精是什么成分?"田田盯住不放,他觉得奇怪极了。

"麦乳精的成分嘛,和人不一样。它的成分是牛奶呀,鸡蛋呀,糖呀……"

"不是地主也不是贫农?"田田更不懂了,他的小脸费解地蹙皱着。这回答显然使他对已经那么习惯了的观念发生了动摇,田田转不过弯来了。然而,奶奶为什么那么得意地笑呢?奶奶在逗他玩吧?"不,奶奶你骗人……"田田来回扭着自己的身子。

她朝病房里的人望望,带着明显的炫耀。除了尹眉,谁也没注意,也不打算注意她这里发生的事情。

四十三床像个小母鸡似的咕咕着。她那个傻大黑粗的丈夫让她支使得团团转。她并不发号施令,只管一味地哼哼就行。

"哼——哼——"

"哪儿疼呢?啊?"傻大黑粗的丈夫手足无措了。

"唉——说不上来。浑身上下哪儿哪儿都不舒服。"说着,有气无力地看了丈夫一眼,又赶紧闭上了眼睛。

哪儿哪儿都不舒服?怪了。刚才她丈夫没来之前,她还跟着半导体收音机唱流行歌曲呢。她的嗓子挺甜。

"那——那怎么办呢?"丈夫急得抓耳挠腮。摸摸她的额头,又摸摸她的手,又摸摸她的脚。然后看见自己带来的那一网兜吃食,像是找到了灵感。"要不,吃个橙子吧?"

四十三床老大不情愿地从鼻子里往外哼哼着:"唉,吃个橙子吧!"

于是那丈夫慌慌忙忙地剥橙子,一片虔诚地送进妻子的嘴里。

然后是——

"吃两个香蕉吧?"

"唉,吃两个香蕉吧!"

"吃个苹果吧?"

"唉,吃个苹果吧!"

那傻大黑粗的丈夫,忙得满头大汗,坐在一旁,微微地喘息着,如痴如醉地看着妻子嚅动着小小的嘴巴,唉声叹气地把他带来的那一网兜东西,渐渐地消灭下去。

四十四床在指教准备考大学的儿子。"无论如何,高考前你必须把所有的功课复习上三遍,你才算有了底。注意基本原理的掌握,有时间就多做习题——尽量利用零碎时间干这个,比如烧开水的时间,排队的时间。如果到了最后实在来不及,你就把过去的作业本尽量地翻上一遍……"跟一个将军在部署作战计划那么胸有成竹,斩钉截铁。

于是,她只好对尹眉说:"这么大点的孩子,就懂得'成分'了,这孩子多有出息。"

尹眉却真为他犯愁了,这孩子长大以后可怎么好?

可是,尹眉看见她突然变了脸色。双臂好像失去知觉一般,任孩子从她的臂弯里滑落下来。她眼睛里那种自信、得意顷刻之间化为乌有,却被一种警觉、戒备,甚至是恐怖所代替,好像一种危险正在慢慢地向她逼近。这种眼神使尹眉感到后背阴森森、凉飕飕的。好像那个恐怖的东西正沿着她的脊背爬上她的后脑勺。尹眉不得不立刻转身向后看去——什么也没有,只有一位五十开外、高大健壮、窄额、鹰鼻、方下巴、细眼睛的男人走进病房,直奔她对面的病床。在这人的后面,是她盼望已久的,丈夫那张永远温和的、四平八稳的脸。这张脸像秋日的老树林子,使人宁静。一双和善的眼睛里,盛着既不多也不少的温情。尹眉已不再注意走在丈夫前面的那个男人,不再去想对面床上的脸上那种神情的变化,只是一心一意地等待着丈夫的抚慰。可是袁家骝的目光却忽然越过她,并且像照相机上的光圈,猛的一下缩紧了。眼睛周围的皱纹立刻变得清晰而密集。没有惊诧,没有激动,只是一种注意力被全部吸引的凝神静气。

他怎么了？随即尹眉听见袁家骝询问似的说道："金乃文么？"

金乃文？

这对面床上的就是金乃文？

尹眉做梦也没有想到。她立刻想起抽屉里的旧相册。那许多张照片上睁着的那双美丽的，然而又是无知无觉、没遮没拦、空洞的眼睛。那眼睛像一座大敞着门任人随便进出，没人居住的恬静而幽美的院落。

难怪尹眉一开始便觉得在哪儿见过。

尹眉知道，她是丈夫旧时的情人。结婚以前，袁家骝郑重地将一生中发生过的、他认为是重大的事情对尹眉和盘托出过。

"这算什么？这又不是干部审查。"尹眉不是心胸狭窄的女人。

"这是为了对你负责。"

"谢谢。那么你是不是也需要听听我的忏悔呢？"她觉得这一切老套得可笑。

"不，你不用。"他用手拍着尹眉的头顶，像拍一个儿童，"只要有你，这已经够了。"

结婚的时候，袁家骝把那些照片全部交给了尹眉，什么也没说。他觉得他不应该烧掉，尽管金乃文已经成为过去，甚至他为她受过侮辱，他都无权把那些照片撕去或烧掉。那是对金乃文的不尊重，也是对自己的不尊重。那是过去生活的记录，对于曾经发生过的事情，不管是对是错，幸或不幸都不应该抹去，而且也是抹不去的。但是留着也许会引起尹眉的误解，或是伤尹眉的心，他只好把那些照片交给尹眉，随她怎么处理。

尹眉把那些照片一张张地看了很久，确切地承认照片上的人比自己漂亮了不知多少，然后叹了一口气，放进了抽屉，而且时不时地还会拿出来再翻看一遍。她问过袁家骝："你还爱她吗？"

"不。"

"怎么可能呢，那么漂亮的一个人。"她惋惜，不解，可是丝毫没有妒忌。说这些话的时候，那口气就跟第一次看到关于"西方马克思主义"那些介绍文章时所流露出来的新奇一样："想不到世界上已经有了这么多的流派。"

"你那时很爱她吗？"她直盯着他的眼睛。

"是的。好像是的。"袁家骝拿不准，事情过去得太久了。想必是不一定的，如果是，那种回忆应该是清楚的。

"像爱我一样？"她的眼睛离他的眼睛已经不到一尺。

"那是不一样的。"

"如何不一样呢？"她扭过头，把耳朵对准他的嘴唇，等着听他的回答。

"那是年轻的爱，这是成熟的爱。"他忍不住在她的耳朵上吻了一下。

"是你不要她了，还是她不要你了？"

"是她不要我了。"

"你爱我多一点，还是爱她多一点？"

"爱你多一点。"

尹眉哈哈笑，她不信。"这不好，这不像你了。为什么要说这种阿谀奉承的假话？我不喜欢这样，这不可能，我那么丑。"

"真的。你是活生生的，而和她在一起的时候，你感觉不到生活的生气。"

袁家骝看着尹眉那双显得既是傻气又是狡黠的眼睛，阔大的然而又是表情生动的嘴，几乎像印度人那么黑的面孔。一种她特有的、令他心醉的气息包裹着他，他把脸埋在她的颈窝上，喃喃地说:"宝贝,那是不一样的……"

然而,当初他怎么会爱上金乃文了呢?

大学一年级的期终考试,他不知把一学期的笔记本丢在了什么地方,急得他死去活来。一早晨却有人找上门来,说是送还在电车上捡到的笔记本。这位救苦救难的观世音就是在医学院就读的同级学生金乃文。袁家骝当时高兴得差点没把她抱起来,如果她不是个女人的话。以后呢,自然免不了前去回谢……

她沉静、稳重,从不嬉闹、贪玩,更不像那些稍有姿色的女同学,终日把精力消耗在无休无尽的爱情游戏上。除了她老是开夜车影响别人的睡眠之外,谁也说不出来她有什么更好,或是更不好。直到大学毕业,成绩册上是清一色的五分。这就是袁家骝对她全部的了解。

毕业分配,袁家骝分配在 A 市,金乃文分配在 G 市,说好了一年之后结婚。等到一年之后,袁家骝几乎是应有尽有地带着安排一个小家庭所必需的一切赶到 G 市时,金乃文却不动声色地对他说:"晚了。"

也许因为他们整整四年的恋爱,是那样的平淡,没有任何波澜、曲折、误会、争吵、和好,等等这些爱神所制定的喜怒无常的法则,所以它报复了,不可收拾、不可挽回,像在他面前,响了一个炸雷,弄得他来不及掩上耳朵。

"你怎么连封信也不给我?"袁家骝气不起来,他知道她绝不是那种朝秦暮楚的女人,这里面一定有着什么原因。

她只是一味地哭。袁家骝从没见过她的眼泪。谁能见过石头流眼泪呢?于是,他感到问题的严重。

"为什么?"

她不肯说。

谁能让石头开口说话呢?他把带去的东西全部留给她:

"那好,正好你用得着这些。"便怅怅地回 A 市了。没有过多的悲伤,因为他们似乎也没有要死要活地爱过。逢到他在电影上或在小说上看到那些让人感到揪心动魄的爱情场面时,心里总是掀动着一种爱和被爱的渴望,可是他和金乃文的恋爱却满不是那么回事,像海市蜃楼。他搞不清他们之中究竟是谁少了点什么。

就那么结束了,像个没猜到谜底的谜。

如果说当年袁家骝去 G 市时,他还能从金乃文的哭声里感到一丝歉疚的话,则现在已经是完完全全地把他否定了。这很好。袁家骝从来不喜欢戏剧性的场面,他和金乃文都不是那种外向的人,何况他们都已有了各自的责任。何况尹眉本已是他生命里迟开的一朵花。并不艳丽,也没有浓郁的芳香,像那些只在黄昏潜去之后,才在黑暗里散发着幽香的小花,伴着他需要慰藉的心。他心里再也找不出一点当年的遗憾或追悔。

金乃文显得老练了。在袁家骝看来,这简直是个奇迹。她和袁家骝说话的那种神气,好像他是她那个党小组里的一个成员,而且他们昨天刚刚就党员的义务和权利以及党员的准则谈过话。

"袁家骝同志,你好。"袁家骝注意到"同志"那两个字。然后,她介绍:"这是我爱人,谭光斗同志。"居然也有"同志"二字,不偏不倚,一视同仁。

"我们见过。"袁家骝说。握了握谭光斗立刻伸过来的手。那手满是手汗,很湿,水里浸过似的。袁家骝把手伸进裤兜,在手帕上抹了抹,他从未见过手汗这么多的人。

"噢,见过。"金乃文重复着。没有显出一点疑问或好奇:他们什么时候见过?又是为了什么相见?想必她什么令人瞠目的事都见过了?都习惯了?

139

"听说您调到局里来了。我和乃文早就想去看您,没想到在这儿碰上了。"谭光斗说,声音很响,然后又回过头去看看金乃文。

金乃文紧跟着表示:"是的,是这样的。"说完便埋下了眼睛。

"非常欢迎,您到我们医院来深入基层,这对我们的工作是一个极大的鼓舞,还望您多多批评指正,提出宝贵意见。"说罢,他又去看金乃文。

"希望领导多多帮助。"这句话金乃文好像想都没想就从嘴里流了出来。她平时一定说得不少。

袁家骝觉得别扭透了。他瞥了瞥病房里其他的人,他们全被谭光斗那很响的嗓门惊动了,大家立刻猜到了他的身份。而谭光斗那一套话显然把他拖进了一出人人都看得倒了胃口,而且鄙夷透了的蹩脚戏。他立刻说:"别误会,我是来看我爱人的。"说着,他把尹眉介绍给金乃文和谭光斗。看着谭光斗带着过分的殷勤扑向尹眉,袁家骝只觉得抱歉。

"对不起,我头疼。"尹眉对谭光斗闭上了眼睛。

这鬼精灵。袁家骝爱怜地想。

三

睁开眼睛一看,只差十几分钟便七点半了,糟!小严"腾"的一下从床上跃起身,差点没把被子掀到地上。穿上了一只袜子,另一只袜子哪里去了呢?她的床乱得像个装废品的仓库:揉成一团的棉毛裤、毛衣、半导体收音机、卫生纸、书本、一段尼龙绳、书包……诸如此类。

找不着另一只袜子。

小严想,大概已经在袜子上浪费了一分钟。于是她索性把穿上的一只袜子脱了下来,穿上鞋。从床底下拖出脸盆向洗脸间跑去,她飞快地拿毛巾在脸上晃了一圈,草草地拧了拧毛巾,在脸当间儿擦了一把,而贴近头发根的水仍然顺着脸蛋滚落下来,弄得衣服的前襟上都是水渍。然后拿起牙刷,不管上下左右地在嘴里杵了几下,弄得牙龈生疼。尼龙牙刷是新买的,真够厉害!然后她冲回宿舍,放下脸盆,"咣"的一脚,把它踢进床底,抓起外衣,边穿边走,胯骨在桌角上撞了一下,准得青上一大块。

小严看了看四层楼的病房,又看了看表,还差八分钟。她憋足了一口气,一步两个台阶往上跑。"噔噔噔噔"迎头撞上了一个人。她有意不抬头,免得碰上熟人还得唠叨两句耽误时间,便点了点脑袋,算是道歉,闪身又要跑,却被那人一把抓住。"你又起晚了吧?"

抬头一看,原来是哥哥。只好站住,耍赖似的笑着。

"昨天晚上你又干什么去了,不好好睡觉?"

干什么去了?小严不能告诉哥哥。一想到昨天晚上的事,扑哧一声,小严笑了。她很得意,居然有那么大的一个收获。

她们原来是去盯别人的梢,那人大大的狡猾,死活不肯承认自己有了男朋友。她发誓、打赌,说是如果有了男朋友不交代,而是被她们发现了的话,一定请吃一顿西餐。她们可是下了本钱,先是十二个姑娘每人出了一元钱,由小严电汇给在上海念大学的同学,汇款附言上写着:"急用。望速寄望远镜一架。"只要那被怀疑的对象一出门,她们便尾随在后用望远镜追踪。前几天中午,她们眼见被监视的对象走进一栋正在土建施工的大楼,十二个人立刻蹲在一堵倒了一半的断墙残壁的后头,排成一排,从砖缝里往那栋大楼里瞭望,望远镜依次从第一个人传到第十二个人,也没有发现什么可疑的情况。但她们从这个现象分析

141

断定,"他们"已经到了连中午这么一点时间都要见一见的程度,那么离侦破的时间肯定不远了,于是决定加紧跟踪。昨天晚上,小严出去执行"任务",万万没想到无意之中竟发现了谭光斗和另外一个人的秘密,她心里好高兴。她一向对谭光斗那种直觉的、毫无根由的恶感终于得到了证实。别看谭光斗平时一开口像个传教的牧师,看见女人从来不斜一下眼睛,什么巡回医疗都是第一个报名(可实际上真到出发的时候,却没有一次轮上),她打心眼里对他有一种深深的怀疑。单从他对金乃文医生那种极其特别的关怀体贴里,就有一种可怕的、阴森森的东西。那东西的可怕程度远远超过《雷雨》里的周朴园对繁漪。在繁漪身上时不时地还可以看到一些反抗。金乃文呢,连逆来顺受都算不上,整个就是一个慢性的麻痹、中毒。那些毒液慢慢地渗透开去,至血液,至骨髓。

小严闪开身子,继续往楼上跑去。她想起什么,又停下脚来,一把抓住哥哥那件白大褂的后襟:"哎,哥哥,告诉你,袁局长的爱人就在我实习的病房里住院呢!"

哥哥扭身要走。"那有什么稀奇。"

"哼,我非把那件事故的真相弄个清楚不可。"

小严非常为哥哥不平。那件事故,显然是谭光斗造成的,却利用交接班时手续不清栽到了接班的哥哥身上。为了这个说不清道不明的事故,医院里经过几上几下的讨论研究,最后居然还是确定送谭光斗出国进修,而刷掉了不论就技术、就年龄、就品质来说都比他更合适的哥哥,也不知谭光斗用了什么法宝。撇开那件事故不谈,就拿年龄来讲,谭光斗已经五十多岁,再学上几年,还有多少年好施展他的才能呢?一个外科大夫,过了一定的年龄,就是技术再好,手也会发颤,眼也会发花,手术中弄断了哪根神经或哪根血管都会给病人造成不可挽回的损害。这,合适吗？又合算吗？

"你想走后门？"哥哥严厉地瞪大了眼睛，"你少去给我捅娄子，丢人现眼。"他们家里几代人都是安分守己的读书人，万万容不得"走后门"这种事。

"我干吗走后门？她又不是我姑，又不是我姨。我要如实反映情况，讲清道理。我相信我们这个社会还是有讲理的地方。"她歪着脑袋，顶顶认真地说着。然后便转身跑了。

哥哥紧张了。和谭光斗较量？这个不懂事的丫头，她简直不知道谭光斗的厉害。他会笑眯眯不露声色地把他的对手干掉，让你有嘴也说不清楚。上次发生的事故不就是这样的吗？"喂，小妹，你不要胡闹。"

小严继续往上跑。

"喂，小妹——"

"嘘——喂什么，我要迟到了。"高高的楼梯上传来她那天真无邪的、不知天有多高、地有多厚的嗓音。那嗓音让人联想起早晨、歌声、冷水浴、冰刀在冰面上迅速滑行……

二十三床仍然躺在床上。他的病不重，年轻轻的也不起床活动活动，却成天躺在病床上哼哼，要是不哼哼就给医生写表扬信、感谢信。今天一封，明天一封，从来没表扬过一位护士。护士有什么用？既不能给他开好药，也不能给他开病假条，也不能留他在医院里多住几天。

"血压，七十，一百一十。正常。"

"正常吗？"好像小严量错了似的。

他还愿意生病是怎么着？

"体温三十六度四。"

"是吗？我觉得有点发烧呢！"他嘴里这样搭讪着，却色眯

143

眯地从下往上地看着小严那柔软而浑圆的下巴,以及在说话时,下巴上那种撩人的颤动。

小严感到了他那猥琐的目光,正颜地说:"脉搏!"

二十三床横着把手搭了过来,一直搭在了她的胸脯上,然后还那么有意无意地压了一下。

"啪!"小严一个耳光扇了过去,毫不含糊。病房里顿时变得鸦雀无声。

二十三床立刻把手缩回去了。

小严再次不动声色地说:"快,脉搏。"好像什么事也没有发生过,丝毫没有显出什么失常的样子。

这次,二十三床老老实实地伸出手,却狠狠地小声说:"有什么了不起,我让他们把你分配到格尔木去。"

"谅你也没那么大的本事。"声音也是很低,只有他们两个才能听到。

"我和你们医院里管人事的熟着哩!"

"脉搏六十八。格尔木就格尔木,我等着,怎么地!"她扬着下巴,走出了病房。

量完血压、体温、脉搏,她开始去给病人打针。

小严皱了皱鼻子,病房里有一股又臊又臭的味道。怎么搞的?她从正在注射的针头上抬起了眼睛,把病房的角角落落扫视了一圈,哦,原来是哪个病人的尿壶还摆在床下的小凳子上没有倒。真不像话,今天是哪个护理员当班呢?正在想着,那头"卷毛兽"拖着把扫帚进了病房,一副老大不情愿的样子皱着她的眉头。一把扫帚拿在手里,像拿了个撬杠一样,一撅一撅地扬起地上的灰尘。弄得地板上、墙角里,那些一团团白色的纤维样的浮尘悬浮起来,到处飘动。小严轻声说:"等我打完针再扫好吗?"

"卷毛兽"白了她一眼,继续扫下去。

为什么?难道因为她是个实习护士么?按规定打针的时候是不应该扫地的,她难道不知道么?医护训练的时候没有人跟她讲过?

"请你待会儿再扫。"小严又说了一遍,她还是没听见一样,继续在扫。

小严慢慢地推完那一管子药,拔出针头的时候,她好像听见非常轻微的"嘶"声,这声音轻微到几乎是只能感觉而不能确切地说是听到。针眼儿那里开始出血,她赶紧用棉签按上。同时举起针头,对着亮处看了一下,果然针尖上有个小钩。哼!她火了,从针管上拔下针头,狠狠地往地上一丢。供应室怎么搞的,这样的针头还拿来用。提过多少次意见了,就是不接受,有时静脉注射,针头钝得一进针能把病人的皮肉推着走。凡是她遇见这样的针头,她一律扔掉,省得下次再给别的病人增加痛苦。

然后,她走到"卷毛兽"跟前,一脚踩住正在挥动的那把扫帚,轻声地可又一字一顿地说:"按照规定,护士可以指挥护理员,对不对?"

"卷毛兽"不看着她,脑袋扭了两扭,额上那一堆发卷像弹簧一样颤悠起来:"好像有这么回事。"

"那么,"小严指了指那个放在小方凳上的尿壶,"我请你把那个倒了。"还是那么轻轻地,一点也没提高自己的声调。

那一堆发卷带着那个尿壶,颤悠悠地走了。小严看着她顶在脑袋尖上的那顶白帽子,以及堆涌在帽子四周的那一堆发卷,无奈地想:那帽子,还能起什么作用啊?

尹眉感到震惊。马教授告诉她的结论令她心慌意乱。根据头部的拍片,脑膜肿瘤非常明显。从片子上可以清楚地看到:

145

一，颅骨脑回压迹增多；二，由于颅压经常增高，脑膜上的血管已在颅骨上形成明显的压槽；三，沿两侧太阳穴上行的颅缝增宽。这些情况都说明是颅内压增高的结果。加之从片子上可以看到前颅骨下某部位明显增厚……

"必须尽快手术，以免发生意外。"马教授说。

尹眉好像已经听到了钻子钻骨头的声音，和手术刀啦，镊子啦，乒乒乓乓地丢在托盘里的声音，以及嗅到手术室里那种消毒药水的气味。但她并不害怕。她不怕，是因为她有一种天赋——总是对危险缺乏充分的分析和足够的认识。人说"初生之犊不怕虎"，这话没说到点子上。它不怕，是因为它不懂。

此外，她的器官在接受创伤方面的适应能力相当强。她从小就不是一个娇气的姑娘。滑冰摔断了腿，她在去医院的路上哼都没有哼过。为了这个，那次初恋竟然告吹——据他后来说："你还是个女人吗？简直是条狼！"那人说她令他感到可怕。

那么应该怎样呢？哭哭啼啼？唉声叹气？闹得人人不得安宁？如此这般那瘤子自己就会消下去？

现在她仍然不想哭，只是在病房外的阳台上飞快地来回踱着。对了，真像条狼，像条因在笼子里的狼。逢到她遇见什么难题，她总喜欢闷声不响地在地上来回乱走。这办法往往可以平息她心中的骚乱，并且走着走着便会走出答案来。

她该怎么办？据袁家骝说，在脑部手术里，脑膜瘤的切除是最简单不过的手术。也许他是怕她紧张、害怕，在安慰她。反正她不懂。但是，万一她死在手术台上呢？她应该为这种后果准备些什么？

似乎简单得很。

她想起死亡。

想起在电影上、小说上看到过的各种死亡的场面——

那些脑满肠肥的百万富翁们临终的床前站满了希望在遗产上得到些什么的孝子贤孙。他们个个显得悲恸欲绝,心里却巴不得老头子赶快咽气。可那老头子顽强得很,好像是在捉弄那些觊觎着遗产的人们,悬若游丝的一口气,若有若无地竟是那么无尽头地拖延下去……尹眉苦笑了一下。她一分钱遗产也没有,她和袁家骊一分钱也不存,两个人钱都花得很随便,而且他们都喜欢吃得讲究。再说,她也没有后代……

或者,一个漂亮的女人,躺在堆满鲜花的灵床上,穿着白色的长袍,倒不像是去见上帝,而是去教堂做新嫁娘。灵床下,她那矢志不移的情人倒在血泊之中……袁家骊才不会干这种事。他说过,爱是一种心理现象,何况他是一个共产党员,共产党员只为共产主义的理想献出自己的生命……尹眉摇摇头。她不能要求他这个,这是荒唐的,不近情理的。何况她不相信人死后还有灵魂这一说。虽然有人证明人在肉体消亡之后,他的信息仍然会留在世上,具有特异功能的人可以看到……这是无稽之谈,无非是那些痴情的人希望与失去的亲爱者重聚的一种虚无飘渺的幻想。既然没有灵魂,就谈不上死后也不会分离、一块儿上天堂或是下地狱,所以活着的,应该好好地活着。

只是,她断断忍受不了这一事实,她再也看不见他了……这真可怕。他会想念她么?又能想念多久?他会和另一个女人结婚么?那女人是什么样的?

想到他会渐渐地忘记她,另一个女人会和他生活在一起,在他们那栋房间里走来走去,尹眉觉得悲从中来。可又有什么理由让袁家骊永远记着她,她有什么出色的地方么?

她甚至想到她的旧衣物怎样被堆到一个角落里去,也许会卖给收破烂的,当然,萨特的画像也会从卧室的墙上取下,袁家骊原来就不喜欢它。他们共同生活的许多习惯全会有所改变。

比如,临睡前在床头柜上放的那杯凉开水,先是尹眉半夜醒来总要喝的,后来袁家骝也有了这个习惯。比如,早晨总是袁家骝先起床,尹眉总要在床上赖一会儿,等着他把鸡蛋给她煎好,牛奶给她热好,她才起床,一面嘴里塞满了食物,一面要袁家骝把她上班该带的东西,一一给她塞进提包里去。她老是来不及……这一切可以使袁家骝回忆起她的细节全会有所改变,她的痕迹很快就会被抹去。

她的眼睛模糊了。

从对面楼底下门洞里推出来一辆担架车,担架车上有一个白布裹着的人形。又来了一个病号?她想。这辆车有点特别,好像。特别在哪儿呢?那白布不但一直包住了头,还像打绷带似的紧紧地裹住那个人,真像个石膏模型。她抬起眼睛,往对着她阳台的那间外科病房望去,那间病房什么时候全空了呢?大夫、护士、吊着的输液瓶子、氧气瓶子,全都没了。昨天还在抢救的那个病人哪里去了呢?尹眉突然意识到了什么,又去看那辆担架车,她从推车的那个人,以及跟在车后的两个护士的脸上立刻明白,那病人死了。奇怪,怎么没有一个亲人在旁边呢?没有一个人为这死者哭一声,真够凄凉的。尹眉想,如果她死了,会有人为她哭的,至少袁家骝会为她哭一声,当然还有父亲和母亲。通道上,那些说着话或是走着路的人全都停了下来,默不作声了。那辆车就在人们对死亡所表现出来的敬畏中,缓缓地、无声地推过去。哦,死亡原来是这么严肃的一件事。可是,她觉得奇怪,不可思议,怎么就死了呢?刚才这个人还在感觉疼痛,想着什么事情,只这么一会儿,便什么都没有了。

远处,越过鼎沸的市声,灰蒙蒙的河流那边,在一片茂密的林子上面,有一座塔尖在阳光下超脱地闪着白光。它在那儿站了几百年了?

林荫道上,有一个年轻的姑娘,踩着一双四个轱辘的鞋笨拙地滑行。她跌了一跤,坐在地上,并不忙着起来,却扬声大笑,然后又回首四顾,很像尹眉小时候那种不管不顾的派头。

公路上,总是塞得很满的三十一路公共汽车像龙钟老太一样蹒跚地驶过。

一只麻雀钻到外科病房楼下透视室那个通风管子里去了,大概在里头觉得不那么舒服,又扑楞楞地飞了出来。

这一切都没有什么特别,然而却分明有所不同,也许很快就没有她的份了。她甚至好像嗅见她身上渗出一股臭气,好像她身体里有什么东西正在腐烂。有这么邪乎么?完全是神经过敏。

隔壁病房里,有人在大声呻吟,把尹眉从冥想中唤醒。她应该去打电话,告诉袁家骝,下午她要做手术前的最后一次检查:脑血管造影,以确定肿瘤的位置,以及观察由此而引起的脑血管的占位性病变。

小严安详地坐在台子后头卷棉签。

"小严,我可以打个电话吗?"尹眉问。

"哦,打吧。"

电话没有拨通。总机说:"没有外线,请等一等。"

小严给尹眉搬过来一张椅子。"坐下慢慢打吧,还不一定什么时候要通呢,我们这儿外线很难要。"

"我帮你卷两个吧。"

那些棉签卷得真好看。下面卷得紧紧的,很结实,头上像个小喇叭花,大大小小又都很匀称。尹眉禁不住要试一试。

不行,看着小严卷起来很容易,真卷起来可不那么简单。尹眉卷得松松垮垮,看样子擦不了两下棉花就得从签子上脱下来,而且头上怎么也卷不出来那个小喇叭花。

小严看了看尹眉卷的棉签,甜甜地笑了。她对尹眉说:"喏,你看,这样卷。"她揪了一小块药棉,撕成薄片,拿了一根签子放在那一小片药棉上,"左手的食指和中指平伸,棉花对半折过来,右边再向左边包过去,食指微微抬起一点,签子上端顶在食指的下侧,中指托住签子,用拇指的指肚轻轻地按住,右手开始捻动竹签,棉花卷上了,然后再把指肚抬起来,改用指甲按紧,再捻几个圈,你看,这就卷得很结实了。"

果然,按照小严的办法试了试,尹眉卷得也像点样子了。"干什么事都有一套学问在里头呢!"尹眉说,欣赏着自己卷出来的那根棉签。

"做手术的时候,要把头发都剃光呢!"小严看了看尹眉头上那些浓密的、光泽很好的头发。

"啊,是吗?"尹眉用手摸了摸自己的头发。光滑,很有弹性。袁家骝非常爱这头发,他常戏称它们为"德拉的头发"。袁家骝喜欢欧·亨利的那篇小说《麦琪的礼物》,因为他说女主人公德拉的头发令他想起尹眉那毫不逊色的头发。逢到她打算给他买点什么东西的时候,他总是说:"你可别用卖头发的钱给我买东西啊!"浑身上下,她也只有这一点可以炫耀的美,如今却要剃个精光了。一想到自己要像和尚、尼姑一样剃个光头,那一定是很难看的,也是很滑稽的。

"没关系,你买个假发套吧。"小严建议说。

"哦,不,不!我宁愿光秃头,也不戴假发套。"尹眉厌恶那东西,活像把谁的头皮整个地扒了下来,怪恐怖的。她看过一个关于西藏农奴主的罪行展览,那展览会上就有一整张被奴隶主活活剥下来的人皮,自然还包括一张完整的头皮,带着头发。而且等到夜深人静尹眉才能把头发套拿下来又洗又梳的,那让她想到《聊斋》上的"画皮"。再说,那是别人的头发,戴上它,她还是尹眉吗?

"我去买一顶帽子戴上。"

"要过一整个的夏天,多热啊!"

"嗯——我买一顶料子薄的。"她看了看小严头上的白帽子,"就买你这种的,又好看,又凉快。"

"这种面包帽还好看?戴上以后人家误以为你是回民了。"

"是挺好看。回民就回民,有什么?"

"那你别买了,我有好几顶,送你一顶吧。"

正说着,金乃文急急切切地走来了,看见尹眉坐在那里,显出欲前又止的样子。尹眉知趣地走开了,拿起电话筒又去要外线。

金乃文重重地在尹眉刚刚坐过的那张椅子上坐下,忧心忡忡地低声说:"小严呀,你刚才在病房里打了病号哇?"

她管得实在太宽了。难怪病房里的人给她起了个外号叫"病房政委"。别说她现在是个病号,她的任务是养病,就算她没病之前,也不过是科里的主治大夫,连支部书记也不是。她能不得这种病吗?她太伤脑子啦。想到她的病,小严又很同情,只好闷闷地说:"我没打人,我是自卫。"

"人家又没打你,又没骂你,你自卫什么啊?"这不是假装,听得出来,金乃文打心眼儿里感到小严的举动毫无道理。

"那可比打人、骂人还恶劣。他把他的手放到了不该放的地方。"小严耐着性子向她解释。

她明白了小严遇到了什么,一时竟语塞了,不能说话。她想起了铸成她这一生中大错的那件最令她痛苦不堪、有苦无处说、永远也不会为人所知晓的往事。人也立刻变得委顿起来,像被对手击倒在地的拳击手,趴在地上,只有喘气的份儿了。然而有一种比这打击还要顽强的意念在支撑着她,不等到裁判员数到十,她又摇摇晃晃地站起来了。

"那你应该向组织反映啊,依靠组织解决嘛!"

"用不着那么繁琐。"小严完全可以想象:层层汇报,然后又派人到科里了解,找大夫了解、找护士了解、找当事人了解、找同病房的病人了解,说不定还得查查小严的档案,看看她生活作风是不是一贯严肃,而且到时候谁也不会出来做证说小严是该打那家伙的。现在有些人,明明看见了不合理的事,也不会出来做证。"哼,反映,他还想把我弄到格尔木去呢!"

"这么一来,评选'优秀护士',可就困难了。"金乃文不无遗憾地说。

"我也不能为了评选'优秀护士',就可以任人侵犯'领土主权'呀!"这种价值观念让小严感到莫名惊诧,不可思议。她摊开双手,睁圆了眼睛站在那里,好像在等着金乃文做出进一步的阐述。

而金乃文却在想:那么,当初她自己是为了什么而丧失了"领土主权"呢?

自从发现金乃文便是袁家骝青年时代的恋人以后,尹眉对她发生了极大的兴趣。她漂亮,即使已经快五十岁了也依然漂亮。要是她不说话,不像个"病房政委"的时候,简直可以说是仪态万方。这隐隐地让尹眉感到一些缺憾——她不可能在这方面给袁家骝任何感受。

但除此之外,她在金乃文身上再也找不到什么可爱之处了。难道是她自己过于挑剔了?由于女人狭隘的妒忌?不,她看出来,袁家骝连多看她一眼的兴趣都没有了。她没有什么不可以放心的地方。

刚才和小严那几句对话,使尹眉听了更加反感。她说错了什么吗？没有,每一个字都入情入理,也许她的一切都太完美了。人有时并不一定要去爱一个完美的天使。尹眉竭力把自己的反感克制下去,她觉得她对金乃文尤其应该宽容。

电话线仍然接不通,不知袁家骊会不会想到金乃文也在离电话机不远的地方,正在说着那些没有一点味道的话,像嚼沙丁鱼一样。这可真是太巧了,他爱过的和正在爱着的两个女人住在一个病房里,床挨着床。一个得了精神分裂症,一个脑袋要开瓢,也许还会死在手术台上。他怎么那么倒霉啊!

"听说,你还经常扔针头?"

"对。"小严的声音很小,可是回答得清清楚楚。

"我们国家还很困难,经济上还相当落后,我们不可能像资本主义国家那样,针头用一次就随手扔掉。我们需要勤俭建国,艰苦奋斗。"

"我扔的那些针头哪里是只用过一次的啊,针尖上不是有了小钩,就是钝得能带着病人的皮肉走,这种针头还能给病人用啊?勤俭建国,艰苦奋斗,也不能把人肉当橡皮啊!"小严的话很厉害,可是依旧细声细气地说着。尹眉真佩服她,自从她住院以来,什么时候也没听见小严大声豪气地说过话,是不是当护士的人在这方面都有过特殊的训练?她自己从来就没有过这样文静的时候。

"对,是不能让病人吃苦,可是你应该把这样的针头退给供应室,让他们好好磨磨再用。"

"退过,根本不管事。"小严无奈地叹了一口气,"要他们对每一个针头都认真负责,也确实有困难。没办法,凡是发现这样的针头,我只好全部、干净、彻底地把它消灭掉,发现多少扔多少。"小严不紧不慢,不慌不忙,一面卷着棉签,一面彬彬有礼地把金乃文的话一句句驳了回去。

尹眉以为,金乃文也许会气馁了。从谈话一开始,她就节节败退。还有什么劲头说下去?

金乃文没有现出一点尴尬的意思,她显然又进入了一种让她入迷的情绪和境界。至少她把碰到的这些钉子,作为她对某种信念所应做的贡献。她显然在这里面尝到了一种自我牺牲的满足,带着那些殉道者才有的病态的狂热。这会儿,尹眉才真感到她精神有点不正常。

金乃文沉默着,可绝不是认输,她在重整旗鼓。尹眉猜想,她那病态的脑子里,一定可以释放出比正常人更大的能量。不是么?据说疯子的力气极大,打起架来,一个人可以抵得上好几个。以此类推,想必精神不正常的人的大脑所能释放的能量一定也比正常人大得多。他们要是发明个什么,创造个什么,也准比正常人厉害得多。既然有些疯子有破坏的倾向,那么肯定有些疯子就有创造的倾向。可尹眉说不准金乃文究竟是属于那种破坏的,还是属于创造的。

她忽然意识到她自己也好像是中了邪。她应该继续打电话,告诉袁家骝,下午她要做脑血管造影。可是那边进行的谈话仿佛具有磁石般的吸引力,不住地把她吸引过去。而尹眉并不是一个充斥着小市民趣味的人,她对别人的隐私啦,马路上出车祸轧死人啦,邻居两口子打架斗殴啦,从来没有兴趣。

"你们班凑钱买了个望远镜?"

小严纳闷地看着金乃文,她今天怎么了?又是哪根神经出了故障,她还有完没完?好像来和她结账一般。"买了。"

"是你的倡议?"

"是的。买望远镜怎么了?规定上没写着学生不可以买望远镜吧?"小严反问着。尹眉看出,小严也是个喜欢引用条款的人物。也许跟金乃文这样的人说话,非如此不可。

"是啊,倒是这么回事。"金乃文郑重地点点头,表示她可以同意小严的这个说法,"可是用这个办法对同志进行跟踪盯梢是不好的,这影响同志间的安定团结,不是对同志进行帮助的正当手段。有些人又喜欢喊喊喳喳,对同志的态度不够认真负责。我们应当注意这个问题,集体生活嘛,不利于团结的事不做,不利于团结的话不说……"

小严不卷棉签了,用手抵着下巴,静静地瞅着金乃文,眼睛里流露出一种被纠缠得无处藏也无处躲的神情。

唉,这种人,自己得了精神病还不算,也非得把别人折磨出精神病不可。这是哪儿跟哪儿啊?她们是在闹着玩,谁输了谁要请客的么!要是她对金乃文说:"亏了打这个赌,不然还发现不了谭光斗的秘密呢!"金乃文会怎么样?可是小严真可怜金乃文。

"我们是在闹着玩嘛!"小严沉沉地叹了一口气。

"闹着玩?开玩笑也要注意政治影响嘛,"她顿了顿,像在考虑下面的话该不该说,最后,还是下了决心,"开玩笑也不能过于低级趣味。"

小严从椅子上站了起来,她不打算再和金乃文交谈下去。实话,她没有听她训话的义务,她之所以耐着性子听她的指责,不过是出于她对一个病人的同情和迁就,认真说来,这种迁就和同情对一个失去理智的病人也是毫无意义的。她说:"也不知道谁低级趣味,我说您哪,就好好养您的病吧,真的,我真可怜您,您这是何苦啊?"就在说这些话的时候,小严也没提高嗓门,虽然"低级趣味"那句话深深地侮辱了她。

金乃文任什么也不明白地眨着眼睛,她根本不懂小严这一番话的用意,忧虑地叹口气,好像深为她没有能够圆满地完成这次谈话的任务而自遣自责。身子向椅背上靠去,人也显得矮小起来,像个迷了路的孩子,迷惘地站在十字路口,不知该往哪个方向走去,只知看着路上的行人和车辆,穿梭般地在她面前驶来驶去。

小严乒乒乓乓地把药橱打开,她按照医嘱开始给病人准备中午服的药。

金乃文求援似的把眼睛转向尹眉,想必她还想对尹眉再说点什么,她显然因为没有把她那套理论说个痛快、彻底阐述清楚而憋得心里难受。

尹眉忙把眼睛埋下去拨电话号码,真怕金乃文再缠上她,给她也训上一顿话。再说这些个话,尹眉肚子里装的比金乃文还多,也比她说的那些还高明,她那个哲学系可没白上。金乃文那个算什么?在文学创作里可能是最忌讳的一种表现手法——直露。好像谈话的对手全是幼儿园的水平。

除非在耍贫嘴的时候尹眉才显示自己在这方面的才能。就像那次在校庆会上,她那机智、幽默、诙谐的言词,一下就迷住了袁家骝,居然也有人会因此而产生爱情,这不知是不是绝无仅有。但在严肃认真地研究什么问题,以及和知心的、尊敬的朋友交谈的时候,尹眉从来不卖弄她在这方面的技巧。

尹眉看见,靠在椅背上的金乃文直起了身子,毫无生气、木无表情的脸上,顿时又为警觉、戒备、恐惧所代替。现在,不用回头,尹眉就知道谭光斗正从她背后走过来。她已经熟悉了金乃文的这种表情,只要谭光斗一出现,或不用出现,只要一听见病房的走廊里响起了谭光斗的说话声或脚步声,都会在金乃文的脸上引起这种反应。

"在打电话?"谭光斗笑着,那是世界上最甜的微笑,看着这种微笑,就跟掉进糖果厂的糖浆搅拌槽里一样。

那边已经接通了,尹眉只好对谭光斗点点头。

"给袁局长打电话?"他说到"袁局长"那三个字的时候,口气是那么熟悉,令尹眉觉得连她和袁家骊的关系都好像比他还隔着一层似的。

真是的,人家在打电话,他看不见吗？还老说个没完,弄得尹眉答话也不是,不答也不是。

"家骊吗？"

"请袁局长放心,我们会安排最好的大夫做这个检查。"笑容可掬地、巴巴地望着那个电话筒,好像那电话筒就是袁家骊本人,看他那样子,巴不得上来抢着电话筒亲一下才好。

"你别那么早来,下午二点半才做呢！不要,我什么也不要。这两天我胃口不大好,吃不下去。"尹眉不得不堵上朝着谭光斗的那只耳朵,他在那里说个不停,闹得尹眉听不清袁家骊说了些什么。

"什么？请了个阿姨？请阿姨干什么？哎呀,这不是什么大不了的手术,你哪里有时间天天跑医院送菜送汤？这里的伙食还可以,再说这手术七天之后就可以下地了,我在这里住不了多久……"

"何必呢？我家就住在医院后面,现成的保姆嘛！你想吃什么告诉我,我们家保姆什么菜都会做。"

金乃文显得紧张起来。她站在谭光斗的背后,连连向尹眉打着手势,又是皱眉,又是摇头,又是顿足……跟那些聋哑人说话似的。尹眉根本不懂她在干什么。只有小严懂得这个意思,那是让尹眉千万不要吃谭光斗送来的任何食物。

尹眉真烦了,一个打哑谜,一个不断地打岔,这两口子是怎么回事,打个电话也不让人清静。

"算了,算了,下午再说吧。"尹眉把电话筒放下了。

"啪"的一声巨响,震得药橱里的玻璃瓶子哗哗啦啦地乱响。大家回头望去,只见小严拿了块三合板,笑眯眯地站在那里,轻声说道:"真讨厌,那只苍蝇没打着,飞了。"

尹眉把手从袁家骊那坚实而温暖的大手里抽出来。但它又一次紧紧地握了握。"别怕,我在这儿。"他说。

是,他在,这多好。要不是两旁站了那么多大夫,他会亲亲她,而不是这样握握她的手,好像他们不过是办公室里的同事。

好像在开一个欢迎会,而不是做那个要命的检查。这都是谭光斗折腾的,想必袁家骊非常反感,他紧张地做着笑脸,无可奈何地接受这个既成的事实。

一间二十平方米左右的手术室显得那么空旷。墙壁上那些大大小小的方洞不知通向什么地方。尹眉从没见过这样令人感到缺少活的气息的环境。这没有任何色彩点染的白墙似乎也和所有的白墙一样,可它就是冷酷。墙上那些大大小小的方洞后面,好像都有一只窥视她的眼睛,或者会放出什么射线,让她倒地身亡。幸好有那么多医生站在房间里,真够兴师动众。

谭光斗絮絮叨叨地对她说:"别紧张,我们已经做好了最应急的一切准备,不会出危险的。如果你觉得局部麻醉不解决问题,我们还准备了氯胺酮,静脉注射,很快就可以产生全麻的效果。"

尹眉想起小严告诉过她的,那些手术事故、麻醉事故。有个农村老太太,不过是做个不大的手术,麻醉药的剂量过大了,那老太太从此就昏迷不醒,吃喝全靠往喉咙里硬塞。一直在医院里睡了半年,直到出院的时候也没有醒过来。

尹眉坚决地说:"不,我不用全麻。"

"那好。那好。"

"是你给我做吗?"

"不,是我们的外科主任。"

"那太好了。"

有人让尹眉躺到一张白色的、金属结构的小床上去。那张窄长的床像一个放长了的婴儿磅秤,人在上面只能直挺挺地躺着,否则手脚便会悬空。

又有人用一条纱布带从床下兜上来,连床一起捆住了尹眉的双腿,又用另外两条纱布带把尹眉的双手捆在铁床的两侧。

"不用吧,我不会乱动的。"她说。

"还是绑上一些好,因为有时是不自主的。"很客气,也很坚决,尹眉只好随他去了。

一个像500cc的葡萄糖瓶子那么粗的塑料筒垫在了尹眉的颈下。于是她的脖子便像要宰的鸡脖子那样成个反弓形地挺着。

一块干燥的、颜色像蒸馒头常用的屉布那样的东西蒙到尹眉的脸上,布上散发出一种好闻的气味,让人想到顶顶干净的被褥。她闭上眼睛,全心全意地等待着那即将到来的痛苦。

袁家骝此时此刻在想什么?他一定在为她焦急。有时身临其境的人反而比旁观者更为冷静。但世界上能有一个人为你着急,为你吃不下饭,为你坐立不安可真好。这就是说你在被人疼着。她看出金乃文没有人疼,谭光斗不疼她,就是她的同事们对她也并不那么关心,他们有时来看望她,也好像是在执行一项组织上交给的任务,说不上三句话大家便觉得无话可说了。而且连那三句话也是从报纸上或是广播里摘引下来的。她,寂寞吗?孤独吗?

打麻药了。先在表层,然后往更深的地方进针。一只坚决、准确、有力的手按住了她的脖子,一个有经验的手指头顺着她的颈动脉来回摸了摸,于是便有什么东西刺进了皮肤,接着,像一

159

次突然的轰击,一个有力的腕子狠狠地顶在她的锁骨上,她觉得颈子的深处有什么东西闷闷地弹出,"砰"的一响。她握紧拳头,咬紧了牙齿。她不能出声,袁家骝正坐在门外的长椅上,他会听见,他会受不了。

完了吗?没有,那个手指头又开始摸索了,然后又是一次轰击,又一次顶撞着她的锁骨。尹眉的手变得冰冷。有谁在摸她的脉搏,哦,那只手真暖和,她紧紧地抓住了那只大手,于是,她心里觉得不那么紧张了。这要是袁家骝的手该有多好,那她一定也不会觉得那么疼了。她已经知道,只要那个手指头还在摸索,很快地就会有下一次轰击。啊,什么时候才能结束?她的注意力不应该老集中在那个摸索着的手指头上,在对痛苦的等待中备受折磨。她应该想些快乐的、顶能占据她全部思想感情的事情。

那是什么呢?

竟件件都是和袁家骝有关的回忆。

她想起袁家骝那像万宝囊似的口袋,每次带她上街,里面都要装着随时要用而自己偏总是忘记带上的手帕、手纸、牙签,等等。有一次他们在外头吃饭,袁家骝忽然双手按着口袋,大惊失色地说:"糟糕……"

"怎么了,钱包让人掏了?"

"不,我忘了给你带牙签。"

父亲曾经训诫尹眉:"找丈夫就得找一个那样的——连你什么时候应该上厕所都能替你想到。"

她可真走运。

她想起他们每晚躺在床上都要聊天到深夜,并没有什么重要的事情,无非是她看了一本什么书,他开了一个什么会,她想吃一种什么东西,可是现在哪儿哪儿都买不到了,或是他哪件事情办得十分得意……谈到午夜,两个人肚子都饿了,只好起来吃饼干,饼干筒就放在他们的枕头当间儿。吃完了还说,一直说到眼睛都睁不开了,迷迷糊糊地睡去为止。

…………

想到这些,尹眉觉得竟不那么疼了。谢天谢地,幸亏世上有这么一个令她忘忧解愁的人。不然碰上个灾啊难啊的,可该如何是好啊?

第十……

已经是第十次轰击了。大概已经有很长的时间过去。尹眉觉得时间很长,但她的感觉不能作数,人在痛苦时会觉得时间格外慢。

麻药已经开始失效。一阵阵由于疼痛而引起的寒战使她整个身子都抖动起来。有人掀开蒙在她脸上的布,又盖上了。她努力挤出一个表示她挺得住的微笑,她不愿增加医生的负担。

人们在小声地嘀咕,那手指头不再摸索了。

寂静,寂静极了。好像屋子里的人全走光了,连尹眉紧紧抓着的那只手也从她手掌里抽了出去。

然而这寂静透着一种对失去自信的紧张的控制。大家分明格外小心,生怕一个不小心的动静会泄露了心里的慌乱。

这是怎么回事?出了什么问题?

一个轻轻的脚步声走了过来。

换了一个手指头,尖尖的,轻轻地沿着颈动脉摸索着,针头往脖子里推进了一下,停住了,像在探着真假虚实,像人们踩着小溪里的石头过水,先上去一只脚,试试石头晃不晃,再踩上第二只脚。然而,非常迅猛地一刺,尹眉立刻嗅见了新鲜的血的气味。甜甜的,甚至像一股清新的空气。哦,这就是她自己的血!

人人都松了一口气,刚才那似乎凝固了的气氛开始溶解。

"扎上了。"有人说。

"准备,准备照相。"

"尹眉同志,我要打药了。进药的时候,脑袋里会很热,你千万不要动,不然片子拍不清楚。"

什么?!

尹眉简直不能想象,居然是金乃文在跟她说话。难道这最后一次竟是她扎进去的么?她真想揭开蒙在脸上的那块布看个究竟。

幸亏有这块布,也幸亏她的两只手在绑着,要是没这块布,要是她的手没被捆着,她能让金乃文扎自己的动脉血管而不用手推开她么?她是个精神病人啊!据小严说,这个检查的死亡率是千分之二。

"准备——"金乃文喊着,手术室里立刻安静下来,"照!"

尹眉顿时觉得头像是放在火炉里燃烧,根根头发都着了火,舌头烫得像是掉了一层皮,眼前一片漆黑,万点金星闪烁其中。

这一阵火烧过之后,尹眉浑身已被汗水湿透。

"再等十分钟。等我们把片子洗出来看看清楚不清楚,若是不清楚,这个位置还要重新再拍一次。"金乃文安慰着尹眉,声音里再也没有那种找人"谈话"的腔调。这让尹眉感到新奇,自从住院以来,尹眉从来没有听过她用这种口气说话。她好像变了一个人,或许她原来就是这个样子?像小木偶匹诺曹的鼻子,只要不撒谎就会恢复原状。

这是另一个金乃文,也许这就是当初——最当初袁家骝爱过的金乃文。尹眉心里为金乃文感到一阵痛惜:她怎么会变成精神病患者呢?又生出一个疑问:她真的有病吗?

"你的血管很不好扎。因为你人太瘦了,血管周围没有更多的肌肉和脂肪来把它固定,一扎就跑,不过你配合得很好。这个检查是很痛苦的,许多男同志都挺不住。"

尹眉咧了咧嘴。"你做得真好,一下,只一下。又轻又准,还不太疼。"

"别说话,针头还在血管里呢。"

片子洗出来了。

有人喊道:"很清楚。"

"那好,我们再拍一张另一个位置的。"

再拍一张?那就是说脑袋再在炉子里烧一次!

接着是换胶片的一阵忙碌。

终于了结了。

尹眉脸上蒙着的那块布被拿掉了。她首先寻找的,是袁家骝那双因为焦灼而失去了光彩的眼睛。好像她刚从死神的爪子下逃出来,袁家骝显然动了感情。

"你不是不会因爱而死么?"她的眼睛说。

"别较真儿,好么?"他的眼睛说。

袁家骝走过来,握住尹眉冷冷的手,很想亲亲她的手指头,可是他不能,一旁站着那许多人。

还滴着水的片子拿了过来。金乃文仔细地看了那几张片子,然后递给外科主任,说:"我认为她不是脑膜瘤,你看,不论是脑动脉血管或脑静脉血管都没有发生占位性的病变。最初拍的那几张颅骨的片子呢?再拿来看看。"

她站在那些医生当中,像个指挥官。有人把她要的那几张片子递给了她。"喏,请看,蝶鞍并没有扩大,鞍背前床或后床都没有骨质吸收的现象。"

尹眉再次泛起这样的疑问:她真有病么?尹眉怎么也不能相信她是个病人,而且是脑子有病的病人。

"而且,"金乃文接着说,"从我和她同住一个病房以来观

163

察,她的头疼并不是持续性的。我也没有发现她的意识状况有什么变化,比如精神障碍,情绪淡漠,反应迟钝,等等。"

这一席话,真显得有点荒唐,一个精神不正常的人,在分析判断另一个精神正常的人的意识状态正常或是不正常。然而除尹眉外,没有一个人现出奇怪的样子,全都非常认真地在听。

金乃文转向一位男医生:"你检查过她的眼底,有没有视神经乳头水肿呢?"

"没有。"他说。

"外展神经有没有麻痹的表征?"

"没有。"

"病理反射阳性、阴性?"

"阴性。"

"那么,我看不是脑膜瘤的问题。"她指了指一张片子,"至于脑回压痕和血管压槽的出现,最大的可能是颅骨内板增生压迫大脑造成的。这也会出现头疼和喷射性呕吐的症状。"

说完,她脱掉了穿在身上的白大褂,露出了病员的衣服。现在,她又和尹眉一样了。

"你暂时可以不做手术。至于颅骨增生的问题,需不需要手术要看情况的发展。有时它也许不再发展,就保持现在这种样子,那就不一定动手术,你的大脑渐渐适应之后,就不会那么疼了。也许它还要继续发展,那时再考虑手术问题,换块不锈钢的或塑料的盖板。反正你注意经常复查就是了。"

她的眼睛,依然盯在尹眉的脑袋上。就像尹眉刚入院的第二天早上,她拿着尹眉的手,看她的血管时一样。那时她好像在看生理解剖课上实习用的一条死人的断肢,现在呢,她又好像在看生理解剖课上实习用的一枚死人的脑壳。

尹眉想:她到底还是有病。

袁家骝真诚地说："金乃文同志,太感谢你了。"好像需不需要手术不是取决于尹眉的脑袋上长没长瘤了,而是取决于金乃文这一通具有权威的话。

尹眉白了他一眼。这叫什么？官腔十足的。

他们两人都不由得把金乃文当救命恩人对待了。

谭光斗挤到前面来,好像刚才那一切都是他做的："袁局长,这是我们应该做的。"

外科主任歉疚地笑着："没做好,让尹眉同志吃苦了。"

"是她自己太瘦了。看来胖也有胖的好处。"袁家骝岔开去。他想要逃走,避开这些非常礼貌地、尊敬地围着他和尹眉的医生们："怎么样,回病房去吧？"

"再躺着休息一会儿吧。"有人说。

谭光斗已经推过来一张活动床,可是尹眉坚决不肯上去。

"还是把你推上去吧。"

"不,我可以走。"她皱了皱眉,说话使她的喉头疼痛起来。

看见浓浓的血又渗透了贴在脖子上那块厚厚的纱布,袁家骝也劝说她："还是把你推上去吧！"

"嗯——"她只能用鼻子里喷出来的声音表示坚决的反对了。

这个其笨无比的袁家骝,他怎么也不懂,她现在只想靠在他的臂弯里。这时,再没有什么比这更能安慰她了。在经过这一番痛苦的挣扎之后,她只需要丈夫的怀抱。

四

谭光斗顺手把一个精致、考究的糕点盒子不经意地放在了门后的小酒柜上。那糕点盒上标着 A 市一家最豪华的点心店的字号。

"请坐吧。"袁家骝招呼着,"吸烟吗?"

"好。"谭光斗接过袁家骝递给他的一支烟。

他坐下了。先是只用半个屁股去坐,好像怕整个屁股压上去会触犯了那张沙发上的坐垫。经过一番的思量之后,才朝后坐得更加稳当一点。他的眼睛,装着不在意的样子,在每件家具、摆设以及桌面上无定地溜来溜去,好像在算计着哪件东西最值钱,估量着这个家庭的生活水准,或是在窥测着发生在这个家庭里的种种不愿为人所知的秘密。

这是一次并不愉快的会见。袁家骝甚至替谭光斗觉得难堪。看样子谭光斗自己并没有这样的感觉。可袁家骝又隐隐约约地觉得他们早晚会有一次这样单独的会见。

两个人相对地看了一眼,又都很快地把眼睛移开了。谁都想起了多少年前的那个场面。

那年,从 G 市回来不久,就是这个叫作谭光斗、自称为金乃文的丈夫的人来找他。

袁家骝招待不算热情,可是很有礼貌。

"我想和你谈谈。"谭光斗不肯坐,直挺挺地站在屋子的正中。

"谈什么?"袁家骝想不出又发生了什么事。难道他们又要离婚不成?

"你和乃文的事情。"

"早已经结束了。"袁家骝宽宏大量地说明。他不愿玷污过去,哪怕他从那爱情里得到的是那么少,以致最后等于是被"涮"了一通。

"并不那么简单,你去看过乃文。"谭光斗阴险地笑笑,一副什么都知道的样子。

"是的,我们过去的关系想必你知道。我是去结婚的。"他顿了顿,"至于为什么会发生这样的逆转,我已经不想弄清楚了,而我是有权利弄清楚的。"

没有,他和金乃文的感情,远远没有达到令他和眼前那个人决斗的地步。可是这个人明明居心叵测,非逼着他往一堆屎上踩不可。他开始感到用那种儒雅谦和的态度对付这种人是不行的。可是他又不好把他赶出去,他是金乃文的丈夫。袁家骝只好忍着,把牙齿咬得紧紧的,他怕万一松开牙齿,不知会说出什么让他日后后悔的、失去理智的话来。

然而对方并不领情。他是蓄意来闹事的,如果闹不起来,他又何必来找袁家骝呢?在家里,他早已收拾过金乃文,袁家骝一走,他就揪着金乃文的头发狠狠地揍了一顿。虽然他们那个时候还没有办理正式的结婚手续,但谭光斗并不怕金乃文跑掉,她肚子里已经怀了他的孩子。

金乃文刚分配到医院来的时候,谭光斗拼命地追求过她。那真是下了本钱,半宿半宿地等在医院的大门口,等着送她回宿舍。或是找个借口,趁她值夜班的时候守在一旁。或是不停地送花给她——那个时候还时兴送花,一封又一封地写那些热烈的令人不好意思读下去的情书,有一次甚至还写了以自杀相威胁的血书。变了色的、褐色的血滴弄得金乃文想吐。

一切都是白费,金乃文纹丝不动,看都不看他一眼。他恨得全身像冒了火。

他爱金乃文,爱到恨不得掐死她的地步。每每看见金乃文那两片湿润的嘴唇抿在一起的时候,他恨不得把它们咬下来。他妒忌每一个可以接近金乃文的男人,生怕她被他们抢走,恨不得把她一口吞进自己的肚子里才觉得保险。当他从侧面了解到金乃文已经有了情人,并且很快就要结婚的时候,他把自己关在房子里,整整三天,将金乃文的一言一行,琢磨了个够,最后豁然开朗。伺机在金乃文值夜班的时候占有了她,然后便把她丢在一边,再也不理她了。

金乃文几天没有照面,谭光斗并不担心,他早已把她研究透了,金乃文绝不会去自杀。并且从此局面大大地改观,她反过来求他了。虽不像情人一般柔情,却像奴隶一般顺从。对谭光斗,这也就够了,一个男人要求于女人的,还能有别的什么呢?

好像为他曾对她付出的一切而报仇雪耻,他任意地折磨她,蹂躏她。看着她百依百顺地满足他提出的任何乖张的要求,他从感官到心理都感到一种歇斯底里的满足。

后来,金乃文发现自己怀孕了,便向他提出结婚的要求,他反倒几天不理她,任她跪在地上,抱着他的腿,挥泪如雨地苦苦哀求,他才约法三章地答应了她的请求。事情原来是这么简单,而他从前却是那么不开窍。这使他的生活经验跨进了一大步。

这些事没有一个人知道,即使知道了他也不怕,反正他们结了婚,谁能说出什么?只要找到婚姻这个合理的外壳,就像入了保险库。

"你没有权利,"谭光斗说,"现在你什么权利也没有。而且我警告你,以后不许你和金乃文来往。"口气里充满着威胁。

袁家骝拉开房门,客客气气地说道:"滚!"

从那以后,近三十年过去了,他们再没有见过面。想不到终于在医院里、在他们各自妻子的病床前相见了。这个世界真是太狭窄了,好像命运注定要他们终于看见彼此的结论一般。虽然根据这个结论,袁家骝已经可以站在更高一级的台阶上看谭光斗,然而那一段往事仍然使袁家骝反感,简直就像人老了之后回想起自己小时尿床的故事。好像有一种默契,他们谁也没有向他们的妻解释、说明他们两个人为什么和在怎样一种情况下会见过。

袁家骝细细地审视谭光斗,阅历已经使他学会隐去恣意放纵恶念的狂欲,印着谦和的微笑的脸,活像假面舞会上的面具。

"这地方真不好找,绕了半天圈子,原来就在近前。"谭光斗朗声说道,他心里毕竟有些忐忑。

"难为你怎么找得到。"袁家骝仍像多年前那样客客气气。

"鼻子底下有张嘴,问嘛!有志者,事竟成。哈哈!"看着袁家骝那副软不塌塌的劲头,谭光斗又恢复了自信。虽然是副局长的头衔,到底是新上来的,火候还是差一点。

他到底来干什么呢?袁家骝纳闷地看着谭光斗,又犯愁地看看摊在桌子上的那堆乱纸,他正在起草一个报告。刚刚开始,他的目光不由得被上面的几行文字所吸引,嘴里随便应着:"是啊……啊?……嗯!对的。"

墙上有一张尹眉的照片,黑白的,放得很大。似笑非笑的嘴角里藏着智慧和执拗。这女人,一定不如金乃文那么好对付,可比金乃文丑多了。没有场场都赢的冠军,幸亏如此,不然也太便宜了袁家骝。

"尹眉同志的病,一开始真令我着急。"

对,他好像真是关心得很,袁家骝听尹眉说过,几乎每天都要去病房看看她,问长问短,问寒问暖,时不时地还要送些可口的菜肴。尹眉让他带走他又不肯,推来推去像打架,惹得尹眉想要发火,她就是一口不动,谭光斗下次还会照送。

谭光斗看出袁家骝不爱搭腔,懒洋洋的,不时地扭头去看桌子上的稿子。是啊,他们不是一个圈子里的人,再加上从前那回事,很难找到共同的语言,要使谈话进行下去,必须找到一个交叉点。

"虽然这种手术没有什么太大的危险,我们也会组织最好的力量去做,但是不能绝对保证没有万一。不做顶好……乃文这个人嘛,技术还是不错的,挺好的一把刀,过去人称脑外科的一把'金刀'嘛……女人搞外科的不多,五十岁左右也正是好时候,临床经验丰富,精神体力也都不错,可惜病了……那天给尹眉同志做脑血管造影,颈动脉穿刺,别人扎了十几次也没扎进去嘛,做到后来他自己手都软了,不得不把乃文这个病号找来……"他说到金乃文的口气,就像古董商谈到他店里藏着的一件稀世的珍宝,想要卖个大价钱,可又琢磨着不能把价钱提得太高,把买主吓跑。

"是啊,她在学校的时候功课就不错……她有病么?看起来蛮好的。"

袁家骝心里再也找不到一点激动和震惊。剩下的只是同情和惋惜,要是有人这会儿对他说谭光斗得了什么不治之症,袁家骝也会同情的。更何况是金乃文呢?在她身上,谁也挑不出来一点错,她太完美无缺了,永远朝着尽善尽美的目标努力,缓缓地、无声无息地、不屈不挠地。不像尹眉,袁家骝可以说出尹眉的很多毛病。他想起尹眉对他的种种限制:不许吃葱,不许吃蒜,不许喝酒,不许在机关里吃晚饭……还好,没有不许他抽烟,她说:"没有烟草味儿的男人,不像男人。"袁家骝笑了。

他笑什么?谭光斗有点沉不住气,好像他猜到了,看透了他到这里来的意思。

怎么和袁家骝说呢?说金乃文得的是"迫害臆想狂"?那么诱因在哪儿呢?他能对他说出真情吗?多少年来,只要她有一点不服从,他就打她,掐她,骂她;除了在床上作践她,他从不碰一下她的肉体,哪怕她发高烧他也不会摸一下她的脑门,他对她的肉体有一种仇恨、厌恶,一种肆虐的渴望。打到后来,以致金乃文的皮肤都产生了这样的过敏:凡是他碰过的东西,她再碰上的话,碰上哪儿,那儿便像长了荨麻疹一样,红肿一片。最后,发展到只要一挨她,她就鬼哭狼嚎地尖叫,尤其在晚上,邻居还以为他们家出了人命,开始他以为她要刁,变本加厉地打她,直到有一次他把她的头在暖气片上磕破,血流了一脸,她不但不挣扎,反而偷偷地笑,他才看出,她已经不能感觉到疼痛,他才确信,她真的病了。那他也没有立刻把她送进医院,直到她头上的伤好了之后。他怕这件事也许会影响他评奖、晋级。当然,最后什么也没影响,大概人们不知道,就是知道了也算不了什么,"清官难断家务事",有谁会去评这个短长?

"我回想起来,总觉得也许我们当初不应该结婚。"他朝袁家骝偷偷地瞥了一眼,袁家骝什么反应也没有,手里来回地拨弄着一支圆珠笔,"结婚以后,她的心情一直不好……总是心情长期压抑的结果吧,我觉得很抱歉,我一直不知道当时你们的关系,她直到结婚以后才对我说,可是已经晚了。我怎么办?我总不能抛弃她,和她离婚,那是多么不道德啊!对孩子又会产生一种什么恶劣的影响?再说,乃文也不会同意离婚。现在我更不能离开她,她有病……可是,这有多么痛苦啊!真的,当初乃文要是透给我一点风,我也不会使咱们三个人都遗憾终生。"

他说这些干什么?是为了多年前的那次无理取闹表示道歉?为什么偏偏晚了这许多年,难道这里面有什么新的意义么?袁家骝警惕起来,不再心神恍惚地想他那篇报告。"我和尹眉过得很好,我们相爱。"

"啊……当然,那真是再好不过的了。"

谭光斗心里却想:这家伙好机灵啊,叮是真的相爱么?老夫少妻的事情没个好,那些小妖精,玩玩可以,真要是安家,宁可娶个比自己大几岁的老婆,享福啊!他当初娶金乃文,除了因为她漂亮,还因为他看出,她安分守己。虽说她受的是现代的大学教育,可骨子里却是个节妇烈女的坯子。这是他当初把自己关在房间里三天,好好地把金乃文琢磨了个透之后得出的结论,根据这一正确的结论,他才制定出那个稳拿的作战方案。事实证明,金乃文到了这步田地,也没产生过和他离婚的念头。虽然他不能钻到她心里去看个究竟,可是这个判断绝不会有错。不然换个别的女人试试,像这样对待她,她不早翻了,或是早跑到党委告他的状去了。

"我说这些,也是因为它是多年来压抑在我心里的一块病,闷啊,我找谁说去?'家丑不可外扬'嘛!能跟你说两句,心里总算舒展一些,你到底算是老朋友了,也不至于笑话我们。"

"我下周还有一个报告。"袁家骝暗示着。他再也不愿意让谭光斗那双眼睛在这房间的每一个物件上溜来溜去了。那眼睛好像会把这屋里的每一个物件弄脏。

"是啊,一当上领导就忙啦,光那些个会呀就开不完。"谭光斗硬是装着不明白。他不能走,他来这里的事情还没办呢!他可不能白看一顿袁家骝的冷面孔。有消息透露,居然把他从出国进修的名单上刷了下来,换上了小严的哥哥。他影影绰绰地知道这是袁家骝最后拍的板。不入虎穴,焉得虎子。

别说得那么冠冕堂皇,什么"我和尹眉过得很好",很好也挡不住对他进行打击报复。袁家骝能不记恨他?眼看到手的老婆让他抢跑了,他还骂过袁家骝一顿……看看周围的一些人吧,别说这么大的旧怨,就是你说他一句不好听的试试,他要不整你那才叫邪门。

谭光斗想出国,他听说,在国外当医生顶赚钱,等他进修完毕,本钱更大了。他才不回来呢,他在那里自己开个业,比在国内不知多赚多少,他可以再找一个老婆,守着金乃文这么个老婆,不跟守"活寡"一样么?说什么他也非争取这次机会不可,再不能拖了。再拖下去,他的机会更少了。他已经超过五十,就算别人不拿这一条卡他,再拖几年,年纪更大了,就算出去了,他还能再干几年呢?他不在乎袁家骊的冷面孔,冷面孔算什么呢?他只看重结果。

"我知道您很忙,可是有个情况,我很想跟您谈谈,卫生局里别的领导我又不认识,只好打扰您了。事情是这样,我呢,工作这么多年了,从全国来说,虽然技术说不上是第一流的,但至少在省里,还是数一数二的——我当着自己人就实话实说了。而且我还有很多新的想法,可是国内实验手段又很不够。有个机会出去进修一下,总是一件好事。无论如何,这么多年在党的教育下,总还是想为这个社会、为人民多做一些事情嘛!医院党委最初在酝酿出国进修人员名单时,根据我的情况,准备派我。后来不知怎么情况又有了变化。从我个人来说,并没有这个强烈的要求,当然组织上决定我去,我还是服从组织的安排。现在忽然又不去了,同志们对这件事会有什么看法呢?他们会不会想,我犯了什么错误,还是出了什么事情?这在我思想上造成了很大的压力。卫生局别的领导我不认识,我只知道您主管这方面的事情,因此便想把这些思想向您汇报一下,希望得到您的帮助。"

这才叫胡说八道,睁着眼睛说瞎话。袁家骊想。卫生局里他明明路子多得很,却说一个不认识,他当然是嗅到了一点什么才来找他。尹眉曾介绍病房里一个叫小严的护士来他这里反映过情况,谭光斗的业务情况绝不像他自己吹的那么不得了,而且为了这次出去进修,请客送礼走门子还不说,最为恶劣的是他把自己由于粗心大意、不负责任而造成的一次事故——虽然不太大,利用交接班手续不够严格的空子,甩给了同时被提名出去进修的小严的哥哥。结果,由于查不清楚,把人家弄了下去。这也太恶劣了。大家明明知道，医院也怕没有真凭实据，贸然采取行动不利，于是就那么不了了之。这是执行医护制度不严格的漏洞，他准备和医院的同志专门谈谈这方面存在的问题，同时袁家骝已经通过一些人，找了医院里的几位同志了解过，护士小严反映的情况基本是属实的。这不是嫁祸于人吗？既然如此，那就应该责成医院领导，认真调查，严肃处理这个问题。事情虽然不大，但这里头有一个伸张正义的原则问题。一个总想出人头地，又不肯脚踏实地去努力奋斗的人，到头来就会不择手段捞私利。这样的人送出去进修有什么意义呢？他会把知识当作自己的资本，还能谈得上什么为人民服务呢？他明白了刚才谭光斗为什么会花那么大的篇幅和他谈金乃文，那是一块发臭的、腐烂的、肮脏得令他感到恶心的诱饵。

"进修嘛，当然是件好事情，大家希望有这么一个机会，也是可以理解的。可是名额有限，总要有个平衡。经过统一的平衡之后，肯定会有一些变化，这个上去了，那个下来了，作为我们个人——你刚才不是说了嘛，服从组织的安排，这个态度很好嘛。"

袁家骝一双眼睛毫不躲闪地直视着谭光斗，但从那眼睛里，什么倾向性的情绪也找不到。就像他什么内情也不知道，就像他心里想的，确实如他所说出来的一样，就像——就像真的一样。

是啊，入情入理的一个软钉子。他可真会装，谭光斗恨不得扑上去咬他的喉咙。有好一阵子他们没有讲话，他得集中力量把这种情绪缓和下去。他们就那么静静地、面对面地坐着。可以听见街上传来的汽车喇叭声，附近一个建筑工地上的混凝土搅拌机搅拌水泥、砂石的隆隆声，还有小孩子们的欢声笑语……终于，他冷冷地、透彻地一笑："是啊，话当然是这么说了，这里面会不会有什么名堂呢？比如说'调包'这样的事？"

袁家骊的两道眉毛结了起来，严峻的神情使他的面孔顿时显得苍老了许多。只是这会儿，谭光斗才觉得袁家骊像个道道地地的局长了。在这以前，虽然他嘴里也不停地叫着"袁局长、袁局长"，心里呢，老觉着袁家骊不过在哪儿捡了件龙袍套在身上而已。

"怎么能这样说话呢？没有根据的话不能随便乱说嘛，就是换了人，总还是有一定道理的嘛。当然，我不否认在我们的社会中，仍然还有那种靠送礼、走后门以及用种种不正当的手段达到目的的现象存在。"说到这里，袁家骊停了一停，意味深长地盯了他一眼，那一眼足以让谭光斗倒抽一口凉气，"可是要看到，我们党、我们广大的干部和群众，会全力以赴地和这种不良现象斗争。那些不按原则办事的人，也会越来越没有出路，这个道理，我想你是清楚的吧？所以不要把事情想得太复杂，要相信组织会秉公办事的。"

谭光斗坐不住了。

有人敲门，小心翼翼地。谭光斗真恨，哪个不识相的家伙，早不来晚不来偏偏这个时候来捣乱呢？袁家骊的这套话，听起来四平八稳，可谭光斗总觉得袁家骊的话里有话。这情况谭光斗万万没想到，他总以为他每件事都干得相当漂亮，谁也抓不着什么。

他变得相当紧张，又想要探个究竟，又觉得害怕。他这些话不过是一般的套话，还是暗有所指呢？他非常想知道那些事袁家骊到底掌握到什么程度，会对他采取什么措施。万一他把他干的那些个事当面给他抖搂出来呢？一般说来这种可能性不大，他会通过本单位的组织去处理，可也不能说绝对没有这种可能，那他该怎么对答呢？

175

幸好袁家骝这会儿走去开门了,不然真让他一时难以应付。

"啊,你来了。"他听见袁家骝说。

传来了一个女人的细悄悄的声音。谭光斗已经耷拉下来的耳朵,像警犬那样地耸了起来。又响起了小巧的鞋后跟的"嗒嗒"声。

哦,原来是她。

小严大大方方地点点头:"谭医生。"就好像料定要在这里碰上谭光斗,又准能知道他是来干什么,而又料定他非碰一个钉子不可,她那圆圆的小脸上显出一种与她的年龄极不相称的超脱。

那也没用。谭光斗立刻把她的到来,他被她哥哥取而代之的事实,以及袁家骝刚才那些阴不阴、阳不阳的话联系起来。看样子她和袁家骝绝不是第一次见面。看不出来这个小丫头还有这一手。想不到扶摇直上地活了这么一把年纪,倒栽到这个小丫头手里了。谭光斗的下眼睑抽动起来,两只眼睛像锥子一样,狠狠地盯住她,仿佛要把她的身子钻个透。

袁家骝从小酒柜的底层拿出来一盒糖,又从冰箱里拿出一瓶汽水打开,倒了一杯放在小严身旁的茶几上。

"谢谢。"她说,然后从糖盒里挑了一块糖剥开放进嘴里。闭上嘴巴,吮着嘴里的糖块,两只圆眼睛一动不动地笑眯眯地瞅着谭光斗。

就这样,他们足足对视了几分钟。这真是一场听不见枪声、炮声、厮杀声的较量。

"尹眉今天头没疼吧?"

"没有,挺好的。有好几天没疼了。金医生讲她的大脑没什么器质性的病变,可能是由于用脑过度,大脑疲劳引起的脑血管痉挛。"小严答着,眼睛却仍旧一刻也不放松地、笑眯眯地瞅着谭光斗。

"今天你休息?"谭光斗终于忍不住,找了一句话。

"是啊,休息。"她也就不再看他,摆出一副坐在这里不肯走的架势。

不走,谭光斗也不走,既然她搅乱了他,那她也别想办事情。谭光斗稳稳地往沙发背上靠去。

小严抿嘴笑了。耗吧,她才不在乎呢。

"有什么事吗?"袁家骝问她。这算什么呢?一清早谭光斗就来了,占去他那么多时间,这还不说,连房间里也好像被他喷出来的那些肮脏的东西弄得乌烟瘴气。现在还不打算走,他还想怎么着?这简直是强盗行径,拦路打劫,他恨不得把他轰出去。

"不忙,你们先谈吧。"小严故弄玄虚地说。她看出袁家骝面有不悦,这自然不是对她的。她什么事也没有,无非因为她今天休息,出来逛逛,尹眉托她顺便到家里来取一本书。成天躺在医院里,怪闷的。但假如她不这样说,拿了一本书就走,岂不是反倒给谭光斗行了方便?那他会更加无休无止地泡下去,她打定主意要来一番恶作剧。

"你先谈吧,你先谈。我不着急。"谭光斗死死守住阵地。

"先来后到嘛,哪有那么不讲理的。你先谈吧,谭医生,别客气。"

"我们已经谈完了。"袁家骝似乎明白了小严的用意,"不就是那个问题吗?已经没有什么可谈的了。老谭哪,不要钻牛角尖啊,我看就这样吧。"

谭光斗再也不好赖下去了,主人已经下了逐客令,只好站起来告辞。他深深地藏起自己的仇恨,说:"那好吧,你们谈吧。"

"那好。"小严毫不退缩地迎着他那居心叵测的目光。

谭光斗想着:非把她弄到格尔木去不可。他慢慢地向门外走去。

袁家骦叫住他:"老谭。"他回头,见袁家骦提着他拿来的那个点心盒子,"你忘了这个。"

他没忘,是他有意不提。这办法对接受礼物的人和送礼物的人都是比较容易接受的方式。他很有这方面的经验,熟悉那些人的心理。可袁家骦偏偏不吃这一套,而且还当着那个小丫头,多么地让人感到难堪。

"没有别的,一点小小的心意。让我怎么拿回去呢,这多不好意思。"谭光斗真是感到狼狈起来。

小严扭过头去,专心致志地翻看着书架上的那些杂志、书籍。

"不,不。千万不能这样。"袁家骦说一不二地把点心盒子塞给他。

谭光斗不肯接,连连往后退着。"就这一次吧,下不为例。"

"一次都不可以。"袁家骦斩钉截铁地说,"拿着。"

谭光斗只好接了过去。他心里真是怒火中烧,太不给人留面子了。他恨不得当着袁家骦的面,一脚把那个点心盒子踩扁,他用眼角瞥了小严一眼,虽然她用后背对着他们,但是谭光斗可以断定,她正偷偷地笑呢!好吧,笑吧,让她笑个够,然后就上格尔木去。至于袁家骦,他将永远记住他对他的伤害。一个小小的副局长,嘿,有什么了不起,东方不亮西方亮,他们都不会很快就死,总还有交锋的那一天。他总会找到他给袁家骦"上眼药"的机会。就为了这个,从今天开始,他要不惜工本地积蓄自己的力量,像盖一栋高楼一样,深深地打下自己的地基。出其不意地一拳头把袁家骦打翻在地,他会找到关系的。

袁家骦很客气,一直把他送到楼下,但这丝毫不会改变谭光斗的决心。

"请留步吧,请留步。"谭光斗脸上的肌肉仍在微微地颤抖着,可嘴里照例地寒暄着。

"那就不送了。"袁家骝不想说再见,但愿今后再也不要看见这张脸。

如果没什么大毛病,尹眉也应该尽早出院。他脑子里闪过一个模糊的信号,那地方似乎不宜久留。

谭光斗觉得他眼前的一切都在冒烟:卖报纸的小摊,鲜艳的广告牌,立在马路两旁蓝白相间的果皮箱,马路当间儿交通警那顶红白相间遮太阳的蘑菇伞,行人,车辆……全都变得灰蒙蒙的。谭光斗揉了揉自己的眼睛,依然像蒙上了一层雾。他烦躁,焦急,额头和前后心都变得汗涔涔的,脚步也显得沉沉的。拐过一个路口,冷不防一个迅跑着的小男孩一头撞在他的怀里,吓了他好大一跳,他一把抓住那男孩子的小细胳膊,像抓一个小鸡雏一样。

"干什么,你没长眼睛吗?啊?"他横眉立目地怒斥着。那男孩一句话也说不出来,吓得只顾眨着一双自知有错的、惶恐的眼睛,不停地吸着鼻子。

"喂,你连一句道歉的话也不会说么?"谭光斗跺着脚上已经被那孩子踩上一个泥脚印的皮鞋,那皮鞋是早上起床后刚打过油的,现在却是一个泥脚印子,这孩子好像刚在阴沟里蹚过似的。可恶不可恶!他恨不得让那个小男孩趴下去给他把鞋舔干净,或是让他脱卜那件小衬衣给他擦干净。

"你怎么不说话,哑巴啦,啊!"他用力地拧了一下那个男孩的耳朵。他"哇"的一声大哭起来,声音又响又尖,简直像吹哨子一般。

路边,那个小杂货店里看柜台的老头走了出来,一看那样子就是个好管闲事的角色。他准是买卖不好,没事好干,站柜台站得腻味了。

"喂,我说同志,不要太过分了好不好?小孩子嘛,又不是有意的,说两句就得了,打人可不好。"

那小男孩哭得更响了。

"谁打他了,你怎么信口开河?"

"你看看他的耳朵,"老头扳过男孩的身子,的确,那只耳朵像刚从烫水里捞出来的那么红,"拧成这个样子。"

立刻有几个过路的人围了上来,七嘴八舌地议论着:

"太过分了。"

"把小孩拧成这个样子,他家住哪儿?把他爹妈找来,评评理。"

"他是哪个单位的,给他反映反映。"

围观的人越来越多,那男孩的哭声简直是在招揽观众。

谭光斗知道不可恋战,有些人就是好起哄,唯恐天下不乱。他只好偃旗息鼓,悻悻地溜走了,否则让他们缠住,反映到医院里可不是好事。

他继续往前走去,心里愤愤的,想到今天这是怎么了,怎么样样事情都不顺利。以后应该买本皇历,每天出门的时候翻翻,看看今天宜不宜出门。

越走越热,他解开了衣襟,点心盒子也显得累赘起来。

"同志,喂,同志!"有人在叫,那是一条好听的,让人听了会忘忧解愁的嗓子,像喝了杯清洌洌的泉水一样惬意的感觉从谭光斗的耳朵渗透到全身。

是叫他么?他四周看看,旁边没有别人,只在他的左边,站着一对容光焕发的青年男女,那姑娘挽在小伙子的臂弯里,一副小鸟依人的样子。她朝谭光斗微微地笑着:"同志,请问到红旗电影院怎么个走法?"

惬意的感觉又从谭光斗的身子里渐渐地离析出去。凭什么人人都那么快活,那么顺心,那么无忧无虑地活着?凭什么他就该告诉别人红旗电影院在哪儿?凭什么他们可以高高兴兴地去看电影而他却从早到晚地不痛快?

凭什么……

凭什么……

谭光斗指了一个相反的方向。

"在那边儿,再过去两个十字路口。"

两个十字路口,至少是四里路。他看了看那姑娘脚上的一双后跟很高的高跟鞋,哼,够她袅袅婷婷地走一阵子了。

"啊,谢谢。"珍珠般的牙齿又是一闪。

"没什么。"

她一会儿就该诅咒他了,不过没关系,她再也不会碰见他了,这个城市有几百万人口。

他站定了一会儿,望着那两个年轻人远去的背影,好像在欣赏自己的一个创造。然后,脸上挤出了这一天里第一个由衷的微笑。

五

病房里空无一人。高高地嵌在天花板上的日光灯管发出轻微的嗡嗡声。都到电视室里去看电视了,只留卜井眉一个人,她头又疼了。今晚的电视,是英国电视系列片《安娜·卡列尼娜》的最后一集。

床头柜上,金乃文送给她的那盒子菜,发出阵阵诱人的香味,不断地刺激着尹眉的食欲。金乃文今天下午又回家去了,她说,她得回去弄点菜。现在常常是那个湖南人送饭,金乃文老是没有饭吃。她一定做了不少,带了好几个瓶瓶罐罐回来,分赠给病房里的每一个人。

她是个好医生,大概也是个好主妇。尹眉不会烧饭,她懒,可她又非常贪吃。每逢遇见一个烹调好手,她都会羡慕得五体投地。每吃上一样好菜总要问人家怎么做的,好像她真准备去做似的。有时心血来潮打算试试,却又忘记了究竟应该先放什么,后放什么,或是买不齐配料,只好作罢。在家里都是袁家骝做饭,要是碰上袁家骝出差,她只好吃罐头和方便面。有一次袁家骝感冒,在床上躺了几天,尹眉天天煮稀饭,闹得袁家骝说:"我得的可不是肠胃病。"只好自己爬起来烧饭。有她这样的老婆大概挺倒霉的。

金乃文没病以前一定把谭光斗照顾得非常周到。不过,她到底有病没病呢?尹眉常常忘记金乃文是个病人。小严告诉过她,这种"迫害臆想狂"只表现在这一个方面,而在与此无关的情况下,病人和正常人没有什么两样。

下午金乃文从家里回来的时候,非常神秘又非常得意地对她说:"哼,我终于证实了我的想法。我们家那瓶浓硫酸,已经下去这一大截了。"她用手比了一下,"肯定是谭光斗在我喝的水里、吃的菜里倒过这种东西,他想害死我。幸亏我现在很警惕,绝不吃他过手的东西。"

从手术室出来以后,金乃文和尹眉的友谊有了明显的进展。她有时竟不再以"政委"的口气和尹眉讲话,而且时不时地还对尹眉说上几句心里话。

"我没病,这是谭光斗有意造成的一种印象,让人们以为我说的都是没边没影的疯话。其实我比谁都清楚,他就是要害死我,要不是我警惕性高,早就死在他手里了。"

这些话都是悄悄地说的,很严肃。一面说,还一面鬼鬼祟祟地前后左右地看看,生怕别人听见。其实病房里人人都知道她得的什么病。

从小严反映的情况来看,谭光斗这个人的品质的确不好,但是真要下毒手害人,他还未必。况且他又不是不知道,害死人是要偿命的。从这个情况来看,她显然是有病的。然而除此之外,她都很正常。但她为什么老说谭光斗要害死她呢?

她到底有病没病?这问题每天搅得尹眉费尽了心思。

现在,逢到袁家骝来看她,除了这个,她没有别的话题。她总是问他:"你说,她到底有病没病?"那神气活像过去在家时,每每和他辩论过什么问题之后,那么专注而固执地问:"真的,你说我说的对吗?"然后便举出金乃文自上次袁家骝来过之后,又做了哪些与精神正常的人相比,并没有什么两样的事例。拖着他没完没了地跟她分析研究金乃文的这些举动有没有什么特殊的意义?她的神志还能不能恢复正常?金乃文好像成了他们这个家庭的轴心。闹得袁家骝也不得不和她一块琢磨这个问题。这甚至成了一种习惯,以致出了医院,走到街上或是回到家里、办公室里,袁家骝也不由得在考虑,金乃文到底有病没病?她能不能恢复正常?他想到至今医学尚未探索清楚的人的思维、精神、情感的奥秘。他不能洞悉金乃文家庭生活的内幕,但她肯定是不幸福的。他开始想:他对这个人的精神崩溃有没有责任呢?不是道义上的、法律上的或情感上的,而是契机方面的误差,要是他们毕业的时候就结婚,而不是拖上一年呢?金乃文也许不会得这种病。但谁能知道,谁又能保证,她和他在一起就幸福,就不会得这种病呢?遗传也有可能。那么究竟是遗传还是契机方面的误差呢?袁家骝感到纳闷。起先他还和尹眉开玩

183

笑:"你可别得了偏执狂啊!"可是,渐渐地,他也开始失眠。

尹眉应该尽早出院,这是他每次烦闷之后,就冒出来的想法。

不知不觉之中,尹眉已经不再用一种挑剔的眼光去看金乃文的一举一动,也不再跟着别人一起背地里叫她"病房政委"。

每当报纸发表了什么社论,别管是有关工业,或有关农业的经济政策,或有关植树造林,或有关思想教育方面的,金乃文带着极大的热忱把报纸拿回病房,央告着大家"咱们学习学习吧"的时候,尹眉总是做出认真在听的样子。她看出,这使金乃文非常高兴,于是她在读的过程中,会不时地停下来看看尹眉,好像在和尹眉交流学习社论的心得体会。

金乃文喜欢在读报时热心地加进自己的体会和解释——自然是不够准确的。好在四十三床和四十四床并不在意地听,尹眉也用不着去纠正她。然而她那种从不气馁的自信,那种不屈不挠、贯彻始终地用自己的理念来解释和阐述世界的赤诚里,不知为什么有一种令尹眉同情和怜悯的东西。

小严推着治疗小车进来了。面包帽一直遮到眉毛,把头发全都罩在帽子里了,光剩下一张圆圆的脸,像个小男孩一样,而且是个调皮的小男孩。

她说:"医生说,如果你觉得头仍然疼得很厉害,就让我再给你推一针高渗葡萄糖,你现在觉得怎样?"

小严巴望着尹眉说已经好了。她见过,尹眉头疼起来的时候实在可怜。看着尹眉蜷曲着身子,双手抱着脑袋,呕得连苦水都吐出来的那种样子,小严实在觉得心疼。她自己浑身的肌肉好像也一齐跟着缩紧了。再有,直到现在,每逢拿起针管,她仍然很难下狠心攮下那一针,虽然在第一次实地操作之前她已经不知往自己的屁股上打了多少针蒸馏水,往自己的静脉里打了多少维生素C，又已经进行了无数次的实地操作，但只要一拿起针管，她的双手仍会情不自禁地微微地哆嗦。

她第一次给病号打针的时候，根本不敢往下针的地方看，扭过头，闭着眼睛扎了下去，那病号对她说："你打针打得真好，一点也不疼。"她高兴了，回头一看，却发现那一针原来扎在了自己按在病号身上那只手的虎口上，难怪那病号不觉得疼。

这会儿，她仍然希望不要打这一针。可尹眉却说："不好，好像越来越疼，也越来越恶心，我真怕待会儿又疼得不可收拾，还是先来一针吧！"

小严把橡皮管扎在尹眉的腕子上——她记住了金乃文的指点——腕上的静脉血管立刻清晰地凸现，用碘酒、酒精依次在皮肤上消毒，又掀开盖着注射器的包布，拿起那粗得像一节甘蔗的注射器，推了推针管，排出针管前面的空气，对准静脉血管针头浅浅地扎了进去，很利索，一点也不拖泥带水，然后针头平着往前推了一推，很快地就有了回血。挺好，小严直起了腰身，现在，只消慢慢地把葡萄糖推进去。

"今天晚上是我最后的一个班，明天我的实习就结束了。"小严说。

"那你就不到病房里来了吧？"尹眉有些依依不舍，她很喜欢这个虽然说话细声细气，可是心里很有主意，又很有性格的女孩子。

"是啊，不再来值班了。当然，我还会来看你。不过我们很快就要宣布分配名单了。"

"有消息分配到哪儿去吗？"尹眉关切地问。

"哼，"小严喷出来一个笑，"听说我可能分配到格尔木去。"

"真的？那么远？"久已没有听到过插队啦、下放啦这样的事了，分配到格尔木，自然和插队、下放是两码事，可总让尹眉想到这些。

"有什么？我只身一人，没家没口的，上哪儿也不怕。再说那地方，一定挺有特色的。"小严知道格尔木这件事是怎么来的，不过她并不感到沮丧。也不知道那些整人的人是怎么想的，他们总以为自己最怕的东西，或是梦寐以求的东西，也是别人最怕的东西，梦寐以求的东西。在小严来说，她并不觉得自己损失了什么。名利、地位这些东西是离她和她的世界非常遥远的东西，是她这一辈子也不会沾边的东西。至于物质生活，说老实话，不知人们是否已看出苗头，自从农村推行新经济政策以来，农民的生活比城市居民提高得还快。可能文化生活差一些，她可以搞台录音机、电视机，再说那里肯定还有图书馆，对她来说，只要有书，有文字，人就不会觉得孤苦和寂寞。她又不是那种离了商店、离了饭馆、离了社交活动、离了那些喊喊喳喳便不能生活的交际花。至于将来找对象嘛——天涯何处不相逢？她当然要结婚，她可没染上眼下时髦得不得了的什么"独身主义"。干吗要独身？这是心理上的一种反常。凡是反常的现象——不管是社会的、精神的、心理的，她都认为是一种病态。只是她得当心，不能找个谭光斗那样的货色。

因此，她很坦然地接受上格尔木这一事实。恰恰相反，她觉得她能够不为那些世俗的东西所羁绊，而保持了一个独立的、洁净的人格，是一件很值得骄傲的事。什么事都有得有失，只一味"吃进"的事绝对没有。什么都能"吃进"的人根本不存在。就连谭光斗也终于得到了应有的处理，那对他来说才是真正的损失，至少在推卸事故责任，在不择手段混出国的事情上，不能再为所欲为⋯⋯

想起谭光斗，她问尹眉："你知道吗？支部让谭光斗写检查了。"

"我不知道。"听了这消息,尹眉很高兴,这显然和袁家骝的干预有关。毕竟袁家骝还是做了些事情,哪怕仅仅是一种促进呢!看来那彩球也并非瞎扔。但愿他今后再多做些脚踏实地的事情,哪怕是关于针头、关于眼药瓶子那样小的事情。哦,她那可爱的、看起来闷声闷气、遣词用字都抠得非常死板和准确的丈夫。

"金医生没告诉你吗?"小严以为金乃文一定会兴高采烈地把这件事告诉她。

"没有。也许她不知道。"

"她不可能不知道。"小严拔出针头,活动着右手已经变得麻木的拇指,"她顶关心支部里的事情了。"

"推了这么久,手指头都推疼了吧?"

"没什么。"小严把注射器和针头卷进包布里。

尹眉确实没看出金乃文有什么异样。既不显得幸灾乐祸——像那些听到欺压了自己多年的仇人终于锒铛入狱的人一般;也没有显得畏畏瑟瑟——像那些家里出了个贪污犯或是"四人帮"的残渣余孽的人一般。她一定又用各项有关的政策把这件事对照了一番:谭光斗应该受到组织的教育和帮助,她对于犯错误的同志应该有个正确的态度。诸如此类,等等等等。

看电视的人回来了,小严推着治疗小车走了。

没有往常看完电视之后那种看过等于没看的松松懈懈的怠倦。人人显得心事重重。

四十三床显然哭过。眼睛是红红的,脸颊是红红的,鼻子头也是红红的,捏在手心里的一条粉红色的小手帕是潮潮的。

四十四床阴沉沉地闭着嘴巴。

金乃文直挺挺地躺在床上,两只眼睛又发出那种蓝光,直直地盯着天花板,一动不动。

"唉,"四十三床叹了口气,"那么漂亮的一个人儿,怎么就死了呢?真可惜。啧、啧、啧,往火车轱辘底下钻,这女人也够狠的了,怎么就能钻得下去呢?真吓人。叫我可不干这种傻事,别管谁离开谁,也得活下去。"她一面说,一面耸动着肩膀,缩着自己的脖子,好像一伸直脖子,立刻就会有个火车轮子压上去。

"她要是活着恐怕比钻火车轱辘还难受。"四十四床开始铺床,巴掌用力地拍着枕头,那枕头不知用什么装的,板结得很,睡起来很不舒服,"人但凡有点办法也不会去寻死。你想想,她不钻火车轱辘该怎么办呢?"

对啊,尹眉每每读《安娜·卡列尼娜》读到最后,那个揪心,那个窒息,那个走投无路,那个被全社会所唾弃、所鄙夷的孤立无援……不是身临其境的人,是无法体会的。可是为了追求那么一点点真正的人的生活。竟然冒天下之大不韪,忍受那么大的痛苦和牺牲,值得吗?那个渥伦斯基是个浪荡公子,小流氓,他有什么可爱的?真叫奇怪。不管卡列宁,还是那个虚伪透顶的上流社会,还是那个渥伦斯基,全招尹眉的憎恶。在那个上流社会里,人们背地里怎么胡来都行,别管有多少情夫情妇,只要保持一个婚姻合法的外壳便都是正人君子,合理的离婚却被斥为伤风败俗、不道德;而渥伦斯基等他玩腻了安娜照样会再去找别的女人,就不说再有别的女人,真要是那个社会给他点颜色看看,你看他要什么?要安娜,还是要那个社会?他才舍不得为安娜牺牲那个社会呢!幸亏安娜自杀了,要不,真要她等到那一天,那就更惨了。这个安娜,真是傻透了……

四十三床上了床,把两个枕头矗着垫在后腰上,调整了好半天,终于找到了最舒服的一个位置,又从柜子里拿出一包杭州小胡桃,开始咯嘣嘣地咬了起来。

金乃文答话了:"怎么办?好办得很,她应该回到她丈夫那儿去。卡列宁热爱自己的事业,兢兢业业地工作,职业又好——好像不是资本家,也不是反动军队里的军官,而且卡列宁也没有因为家里出了这样不幸的事情影响工作,他为了儿子得到良好的全面的教育,为了不毁掉安娜,忍受着对一个男人来说是最耻辱、最痛苦、最不能容忍的事,在安娜受到全社会的指责和唾弃的时候,来到了安娜的身边,原谅了安娜,也原谅了破坏他家庭幸福的渥伦斯基,这是多么高尚的情操,多么感人的无私,多么伟大而诚挚的爱情。这样一个有教养、有文化、有理智、有毅力、有头脑、可尊敬的人,安娜还有什么不满意的呢?"

看得出来,金乃文是真正的不明白,她的脸上,带着苦苦思索后的烦恼。

"是啊,照这么说卡列宁真可以发展入党了。"四十四床尖声地说,字字都像竹签子似的又快又利。

"入党倒不至于。他那个时代,还没有马克思主义,也没有共产党的组织吧?"金乃文认真地推算着卡列宁所处的时代和马克思主义产生的时代。

"可也是,"四十三床一面咬着小胡桃,一面口齿不清地说,"男的工作又好,生活又挺富裕,为什么安娜还要跟别人呢?连到波兰这么好的差事都不干啦——听,有人打架了!"

隔壁病房里好像有人在吵架,甚至可以听到拍桌子、摔板凳的声音。

"我就是认为她道德败坏,品质恶劣,毫无廉耻,把整个社会、家庭、孩子都不放在心上。这种电视竟然公演,我要给电视台写抗议信,这不是鼓励女人偷人又是干什么?她钻火车轱辘叫活该,叫罪有应得。这种女人不死还了得,她还有什么脸活着,啊?"一个声如洪钟的人义愤地说。

"对,对!"有人附和着,"写抗议信,给电视台写抗议信。"

一个不大自信的声音，不甘心地辩论着："卡列宁是个政客，他自私，冷酷……安娜是值得同情的。"

"应该同情个屁，她为了自己卑鄙的情欲，抛弃丈夫、孩子，她才是自私和冷酷的，我诅咒她！应该同情的是卡列宁。"声如洪钟的人打断他。

"……再说，那是资产阶级社会……假如是现在，有那么好的差事，那么好的生活，就不会发生像安娜这样的事……这电视是英国人搞的，听说原作还是反封建的嘛，现在只剩下这一个镜头啦，就是那个老头死在旅馆里……"

又有一个人挺内行地说明着："不对，听说这是俄国的东西。俄国的东西除去赫鲁晓夫说的以外，还是不要随便说吧……听说这本小说列宁还看过一百多遍呢！"

四十四床忽然扬声大笑："哈哈哈——电视台这会儿大概够惨的了，不过他们还可以拿列宁顶一阵子……哈哈哈——"

尹眉简直想象不到从四十四床那么单薄的身子里居然能发出这么大的声浪，而且那笑声很具有感染力，尽管尹眉的头仍然很疼，她也不得不哈哈地笑起来。

"咯嘣嘣——"四十三床更加起劲地咬着。

"别笑了！"金乃文从床上坐了起来，苦苦地求着那两个正在大笑着的人，"别笑了，这是多么严重的一个问题啊，你们想过没有？刚才隔壁那位同志的话你们都听见了吧？我认为他的话说得还是挺有道理，电视台播送这种节目，社会效果是非常有害的，会把人们引向歧途。现在社会上已经有不少歪风邪气，有些小说，就宣扬不正当的爱情嘛，那还是小说，一上电视，岂不变成'实物教学'了？那坏影响就会更大：公开宣扬资产阶级生活方式，资产阶级恋爱观，引诱人们堕落，这违反我们的社会主义道德和我们民族的传统意识，不利于家庭和社会的安定团结。"

"可也是,"四十三床说,"那演员,小腰可真细,听说外国女人都不愿意生孩子,怕把腰弄粗了。""咯嘣嘣——"

四十四床阴阳怪气地说:"现在不时兴画那个一手拿弓,一手拿箭,后背上长着翅膀的小爱神了。三十年代兴过一阵子。现在要是再画那个小胖子,可不能那么画了,得给他穿上背心裤衩,不然影响社会治安,有伤风化。再说弓箭也太落后了,应该改成两块牌子,一块牌子上写着'好的革命工作岗位',一块牌子上写着'生活优裕',这两块牌子再要射不中那些心儿,才叫咱们这些思想革命的人奇怪呢!……"

尹眉被这场谈话震动了。除去书本,除去她所熟悉的那个社会圈子,她很少接触更多的社会阶层,她不知道更多的人在想什么,要求的是什么,现在,她才从这个小孔里看到了一点。她这才意识到,每每和袁家骊争论什么问题,他为什么总是像哄孩子似的敷衍着她。她也曾为此产生过美中不足的遗憾:丈夫缺少作为一个男人应有的活跃的思维,敏锐的思想。实际上,愚蠢的是她自己。袁家骊那见怪不怪的态度里,藏着冷峻的透彻,他什么都清楚,而又不像她那样好高骛远,他可以从针头或眼药瓶子那样的小事做起。须知,人可以不必了解她读过的那些什么"西方马克思主义",可以不必了解卢卡契等等,但人们离不开针头或眼药瓶子。倒是她,究竟为这个社会做出了什么有益的事呢?没有,她翻过来倒过去地想了又想,没有。她本人也好,她读的那些书也好,她研究过的那些问题也好,甚至她周围的一些个人,都不过是一种奢侈品。

四十三床点头说道:"是不是?""咯嘣嘣——"

金乃文转过眼睛,问尹眉:"尹眉同志,你说呢?你不觉得这部电视是有毒的么?"

四十三床快嘴快舌地说:"是个修正主义分子写的,叫——

191

叫什么来着？对,托洛斯基。"

金乃文说:"不,是托尔斯泰。"

四十四床说:"对,差不多,反正都是托什么。"说罢,又笑了起来。她今晚一反平时那种沉默寡言的状态,一味地笑,笑,笑,就像在听侯宝林的相声晚会。

金乃文还是在问:"尹眉同志,你说呢?"她觉得尹眉既是搞社会学的,那就应该是解释这些问题的权威。

尹眉不想回答金乃文的问话,既然大智大圣的托尔斯泰都不能让人们明白什么,她又能让金乃文明白什么,或让别人明白些什么?

刚才隔壁病房里有人还说了什么?哦——作者站在资产阶级的立场上,带着赞赏的态度为安娜那样一个堕落的、肮脏的女人披上了一层美丽的、无辜的、纯洁的、受侮辱与受损害的面纱,这是作者对生活的歪曲。

这难道就是托尔斯泰的初衷?

……那个不知在什么经纬度上——这得去查查地图——又不知什么模样的彼得堡好像一下子变得非常逼近,又非常熟悉。尹眉好像感到自己不但跳到了一百多年前,而且还穿上了袒胸露臂的晚礼服,坐在马车上,马车夫正拉着她去赴叶卡杰琳娜女皇的宫廷舞会。她甚至好像听见了嘚嘚的马蹄声……啊,这真是荒唐而无稽的幻觉。这是一九八二年夏初,她正躺在 A 市一家医院的病床上。这一切幻觉不过是因为她有病,她头疼。

尹眉的头更疼了。那些个吵吵嚷嚷,再加上四十三床的"咯嘣嘣"。她只好苦笑,说道:"睡吧,不早了,快十一点了。"

她睡不着……

"你哪儿不舒服么?"金乃文悄声问她。

"不,没有什么不舒服。"

尹眉不再在床上来回反侧。铁床的咔咔声可能影响了金乃文的睡眠。

她有什么不舒服？没有，但她睡不着觉。也许她真有什么地方不舒服。她说不出来，也许她也病了。怎么也许？她本来就有病，她头疼。她忽然觉得吓了一跳。她和金乃文的病究竟有什么差别呢？金乃文说她并无器质性的病变，只是功能性的病变，这和金乃文的病究竟有什么差别呢？

不行，她得赶紧出院，明天……

远处，在黑沉沉的旷野里，传来一个男人悠远的、散漫的、忽高忽低的、似吟似唱的吆喝声："哟——嘀嘀哟——嘀嘀哟——哟——"

这声音忽远忽近，好苍凉，好孤独，可又那么动人心扉。那也许是一个深夜里迟归的醉汉。迷了路，在那里来来回回地兜着圈子，自己大概还不曾察觉，仍旧自得其乐地一面走着，一面吆喝着。

"哟——嘀嘀哟——嘀嘀哟——哟——"

尹眉觉得自己的灵魂出了窍，随着那声音在旷野里游荡着，好不惬意，好不超脱。

对，就这样，睡吧，睡吧……

她终于睡着了。

1982 年 5 月 25 日于广州

条件尚未成熟

吸——呼,呼。

湖面上罩着一层灰白色,又掺着极浅淡的绿色的雾。空气新鲜得很,跟在能放出臭氧的海边一样,让人提神。

吸——呼,呼。

岳拓夫眼前一亮,好家伙,荷花开了那么许多,什么时候开的?他怎么不知道?难道是一夜之间突然开的?每天早上他都沿着这个湖边跑步,怎么就没看见呢?

吸——呼,呼。

今天可能要下雨,一大早起来,便有点闷热。一群群蜻蜓,紧贴着水面低飞,还在他的头顶上绕来绕去。

吸——呼,呼。

已经沿着湖边跑了半个圈,岳拓夫的脚步和呼吸仍旧有拍有节。他非常轻松地、不慌不忙地跑着,一个又一个地越过了那些端着跑的架势,实际上比走快不了许多的老年人。

这两年来,眼瞅着早上到公园里来锻炼身体的队伍不断地扩大。有些,一眼就看得出是从"岗位"上下来的人物。言行举止仍旧带着往昔的气派,神态自若地腆着微微隆起的肚子,即使在这湖边上的柳树下跑步,每迈出一个步子,也好像要传达一个什么指示那么郑重其事,或是对一件棘手的事准备拍板定案那么深思熟虑。

有几位是天天要打照面的,每每超过他们,岳拓夫总还是恭敬地点点头,并且微微一笑。对方也会报之一笑,那笑容有点像十字路口的绿灯,让人感到顺畅地亮着。

拐过六角亭子,岳拓夫看见小段一颠一摇地在前面跑着。蓝色的旧网球鞋,啪啪地在水泥小径上拍出杂乱而拖沓的声响。小细腿上不多的肌肉,在大裤衩子的宽大裤筒里,拘谨地抖动着。紫红色的运动衣虽然褪不成色,但后背上却正儿八经地印着号码7,至于胸前,不用看也知道,印着他们母校那四个名扬四海的大字。

哦,光荣的母校,桃李满天下的母校。

他们那个小班,不过才二十一个人,可是走到哪儿好像都能碰上。光他们这个局就有仨,小段、蔡德培,还有他。

想一想也没有什么可奇怪的。学的是同一个专业,工作大多分配在同一个系统里,又都是那个名牌大学的毕业生,从一九六〇年毕业到现在,实践经验总有一些,工作上大致也能独当一面,加上中央现在重视知识分子的作用,真是水涨船高,正是身价看涨的好时候。到底下出差,总能碰上一两个成了头面人物的老同学。可是,地方上一个处长,比起他这中央一个部里的处长,成色就差多了。

岳拓夫打听过,二十一个同学里,数他混得最好。最近中央又有新精神,在干部培养上,要有长远目标,提出了一个第二梯队的储备干部问题。年龄的幅度控制在三十五至四十五岁之间。

岳拓夫刚巧在四十五岁这个杠上。

他们这一代人，真是走运。受完了正规的高等教育，"文化大革命"当中虽说也下了干校，除了苦力的干活之外，政治上并没有受到什么冲击，所以未伤元气。前十几年工资虽然没提，可一九七八年以后连升四级。盛年之时中央又提出重视中年知识分子的作用，以及干部青黄不接之迫急。这两方面的问题如果中央早几年或是晚几年提出，他们还有什么戏？两方面的政策缺了哪一方面他们又能成什么气候？真是风调雨顺啊！

有人透露，岳拓夫很有可能被局党委提名为副局长。还有些迹象，似乎也证实了这种传说的可能性。

比方，局里让他负责抓总×项目的主机研制工作。这项工作，涉及到的科研单位、生产厂、使用单位，总有一百多个，虽说上面还有柴局长牵头，那不过是挂名而已，实权都在岳拓夫手上。柴局长六十八了，再过几个月，恐怕也要参加湖边上那些从"岗位"上下来的行列了。

比方，最近几次局党委扩大会议，都请了岳拓夫列席参加。

…………

想到这些，岳拓夫的眼睛显出一种更为成熟、更为持重的样子，下巴也不由得往回收了收。像演员一样，他进入了角色。

岳拓夫几步就撵上了小段。在学校的时候，同学们就这样叫他，因为班上数小段年龄最小。现在，小段已经开始谢顶，岳拓夫还改不了这个口。他当了处长之后，更不知不觉地在有些同志的姓前，加上了一个"小"字。这样称呼下面的同志比较合适，既显出领导的亲切，资格不够老的嘛，这么一来，也就显得老起来一些。

小段朝岳拓夫咧了咧嘴。

岳拓夫不过分热情，也不过分冷淡地说了一句："跑哪？"不等小段回答，便继续向前跑去。岳拓夫有意如此，从现在起，他就应该和"老关系"保持一定的距离。将来如果真是到了"岗位"上,再和他们疏远,便显得太突兀了。人家会说你架子大、忘旧。为了工作的需要,他必须和"老关系"保持一定的距离,否则,他们要是到他这里打听个"精神",让他透透风可怎么好?告诉他们,违反组织原则。不告诉他们,又伤了彼此间的感情。

小段脑子里却没这根弦,就算岳拓夫有朝一日升到副总理那个"爵位",有事没事,他也会拖住岳拓夫聊上一阵。他可没注意岳拓夫那不咸不淡不冷不热的态度,紧巴巴地跑了几步,跟上了岳拓夫。

"嗨,昨天晚上你干吗去了,找你你不在。"

"有点事情。"岳拓夫没问小段找他有什么事,反正不会是什么正经事。

小段并不介意岳拓夫含混的回答,他原就没想知道岳拓夫干什么去了,他只是觉得白跑一趟,又没办成事情可惜了那时间。"惠芬没告诉你吗?"

"我回来的时候她已经睡了。"

"女人就是这个样子,净给你误事。"

岳拓夫斜睨了小段一眼。小段跑步的姿势不对,两只手臂不是前后摆动,而是像绕线拐子那样在胸前画着圈。

"你听说了没有?干部司前几天来了两个人,说是来考察蔡德培的,局里准备提拔他当副局长。"

一时间,岳拓夫竟没有反应过来。因为小段这个消息,和他目前的感觉相距太远了。但他还是接受了这个信息,不是用听觉,而是用全身心的细胞。

这消息太突然了,也太让岳拓夫难以接受了。他已经那么习惯于即将到"岗位"上去的感觉。这不啻于令一个直立行走了一辈子的人,突然用四肢在地上爬。

岳拓夫顿觉一阵疲乏从脚后跟开始,往他的小腿肚子,以及大腿的两个内侧上爬。有好一阵子他不能回答小段的话,他全身心都浸透在一种绝望的破灭感里。他不在乎第一梯队的那些人,别看他们还在"岗位"上,用不了五年,全得换下来。然而这第三梯队一上就是二十年哪,等到他们下来,他自己也就该完了。他能不为失去这最后的一次机会而失魂落魄吗?

等到这一阵冲动,像一枚卡在嗓子眼儿里的硬核,经过食道一番痛苦的蠕动,终于慢慢地进入胃里,整个食道只留下被狠狠磨擦过的残痛以后,他才怀着一种侥幸的心理,来分析这个消息的准确程度。

他不能相信。原因很简单,这消息出自像小段这样一个头脑里毫无形势、大局的书呆子。这种人完全可能把假象当真实,把真实当假象,对真真假假的世事,缺乏一种洞幽察微的本事。比起小段,他虽也不尽高明,但到底有过二十几年党内生活的经验。

但他又不能不动心,干部司确实来过两个人,如果真是为了考察蔡德培——这样的大事,他岳拓夫不可能不知道,至少比小段这种人先知道。

他心里上上下下地翻腾着,嘴里还得像没事人一样答对小段的话。他好像丝毫不感兴趣地说:"没听说。"

就算他听说了,这种消息,能这么随随便便地扩散吗?

瓦灰色的天空,像被包裹在里面的那个又红又烫的太阳球烤裂了,突然绽开了一条条的缝隙。暗红色的阳光,从云缝里投射出来。天气变得又潮又热,岳拓夫的头皮,像要出痱子似的一乍一乍地刺痛起来。

然而一个强有力的念头使他冷静下来:烦躁能阻止他所担心的事情发生吗?果然,这念头有如十滴水对于一个中了暑的病人。他按捺下自己的烦躁,冷静地分析着形势。

"第三梯队"的说法提出来以后,岳拓夫很快地就把局里三十五至四十五岁之间的人捋了一遍。对他们的政治面貌、资历、业务水平、领导能力、上级印象,甚至像受过什么奖励或处分,亲属中有无"杀、关、管"这样的情况,都做了全面的了解和比较。在做这些调查以及掌握这些情况的迅速、准确方面,岳拓夫这个技术处长,一点也不比人事处长逊色,也许还要略高一筹。高就高在这工作完全是在人不知、鬼不觉的情况下进行的。就是在他妻子闵惠芬的面前,他也没有露出过半点蛛丝马迹。纵观历次政治运动,许多人败就败在自己的嘴上。古人有训,祸从口出啊!

捋来捋去,有的业务水平、领导能力还算可以,可惜不是党员,有的是党员,能力又不行,还是他的条件比较居中。业务上可能比不上那些尖子,可也是名牌大学的毕业生;比起第一梯队的同志,党龄不算长,但也有二十六年零七个月的历史;政治上也算经过风雨、见过世面,"整风""反右""大跃进""反右倾""文化大革命",总算闯过来了,档案里还查不出他的"黑材料";他领导的技术处从没出过大娄子⋯⋯

"老岳,对蔡德培的提拔,群众的呼声还挺高呢,我看他这次有希望。你说呢?要是上不去,可能就卡在一个问题上,他的组织问题还没有解决。"

着哇!连小段也看透了这一点。

吸——呼,呼。

岳拓夫刚才有些乱套的脚步和呼吸又都恢复了正常的节奏。

吸——呼,呼。

这才是要害。"入党做官论"翻过来覆过去地批臭了,除非对那些特殊人物，作为体现政策的表现，谁习惯于任命一个非党群众担任领导职务呢？那些"传达到党内十七级以上"的文件怎么办？

这是一条不成文的法规。幸亏有这一套框框，不然真是乱了套。想到这里，岳拓夫觉得心里有了谱。

"小段，这样的事情，由组织上去考虑吧。"这会儿，轮到岳拓夫来看别人的"干岸"了。

小段打量了岳拓夫一眼，好像在掂量他说的是官话，还是实话。那劲头跟在自由市场上买小菜差不多，别看他跟真的似的盯着小贩手里那杆秤，其实呢，没有一回不让人家给蒙了。他断定这是岳拓夫不够经心而随口说出的一句话，因此，仍然怀有很大信心地对岳拓夫说："我说你是不是帮他一把？他是你们那个支部的嘛，给他抓紧解决一下，再有三个月他就满四十六岁啦，一过四十六，可就过了第三梯队的杠杠了。咱们都是老同学了，你是了解他的情况的，你在大学里就是我们的党支部书记嘛！他提申请，总有二十四五年了吧？在大学的时候就提了嘛。"

岳拓夫心里一惊，连小段也看到了这步棋。

小段巴巴地望着岳拓夫，为要跟上他较快的步伐，两只像绕线拐子的胳膊肘，在胸前更快地晃动着。啪啪的脚步声，显得更加杂乱和拖沓，汗水从鬓角、额头上淌下，淌过他那总是呈菜色的脸颊。

哦，真是奇怪，有他什么事？他来什么劲？不过他倒是说到点子上了，成败的关键也许就在这三个月的期限上。"正因为是老同学，我更不好说话了。小段呀，容我说句直话，你的老毛病还是没改呀！办事要讲原则，说话要注意政治，凭感情用事怎么行呢？党章上怎么说的？我们参加党，是为了共产主义的理想,而不是谋求个人的私利和特权嘛。"

这番话,岳拓夫说得很恳切。一双眼睛,深沉地,甚至有点忧虑地望着前方那弯弯曲曲的尚未跑完的沿湖小径,只是当一滴汗水从眉梢掠过眼皮滴下来的时候,才眨了眨眼睛。

小段无话可说了,只是怔怔地盯着眼皮底下,被双脚丈量过去的水泥小径,听着自己杂乱而拖沓的脚步声。和岳拓夫那有板有眼的脚步声一比,连自己的脚步声似乎都透着一种自由主义、毫无原则的劲头。而身旁的岳拓夫,不慌不忙地跑着,他是那样的自信,好像他知道终点准有个大白馒头在等着他。

"你应该了解我,从学生时代到现在,我什么时候徇过私情?"岳拓夫很知己地又加了一句,好像在请求小段的谅解。

实话。小段记起大学五年期间,岳拓夫苦口婆心地轮番找班上的同学谈话,对他们进行帮助的情景。那是五年,不是五天、五个月,岳拓夫为他们每一个人的进步,无私地贡献了自己在学业上的前程。岳拓夫是他们每一个人的挚友、净友,就连给哪个女同学写了一封情书这样的事,他们都向岳拓夫做如实的汇报。可是临到毕业,他们班没有发展一个党员,为这,他们全都觉得对不起岳拓夫为他们付出的心血。

重提这些旧话,小段更加感到气馁和惭愧。是啊,岳拓夫说得对,他还是老样子,岳拓夫呢,也还是老样子。

大家都没怎么变。

岳拓夫只好从沙发上站起来。闵惠芬已经用眼梢瞥过他四次。如果他再坐下去,她准会说:"你怎么了?""你是不是哪儿不舒服?""都七点十分了,你还不赶快洗脸、刷牙、吃早饭?"

……

在岳拓夫看来,家和机关没什么两样,凡有第二个人在场的地方,便有一种让他不能松弛的感觉。

哼,她穿着那条姜黄色的尼龙百褶裙,腰部和下摆收进去,腹部和臀部高高地隆起,活像一个两头打了箍的大木桶。

她是心宽体胖啊!终日大事不想,全身心地投入了居家过日子的平庸生活之中。

岳拓夫走进了洗脸间,不由得对墙上那面窄长的镜子瞄了一眼。不知怎么,觉得自己突然间像是老了许多。他又往镜子前凑了凑,更加仔细地打量着额头上、眼角上的皱纹,果真像是加深了许多。他差不多是带着惶然的心情,伸出手掌去摩挲那些皱纹,好像这就可以把那皱褶起来的皮肤抹平。腮帮上的胡茬有些刺他的掌心,也许这不过都是因为胡子太长,使人显得憔悴了。

岳拓夫倒了一些热水在脸盆里,蘸了把毛巾润湿了面颊,挤了一些剃须膏在须刷上,转着圈地刷满了面颊和下巴,一直刷到喉结那里。他开始刮脸。

三个月……年龄是黄金哪,差一岁就可能上去,或是下来,他吁了一口长气,想。

糟糕,他的手腕抖了一下,刀片立刻在脸上划了一个口子。殷红的血,在泛着泡沫的剃须膏里浸润开来。他用毛巾抹去了脸上的泡沫,看清了那个不到一寸长的、渗着血丝的刀口,伏身在水龙头下,用冷水冲洗干净,然后绕过那个刀口,很快地把胡须剃完,接着洗净了脸,刷完了牙。

只要把这三个月拖过去,他想。他的思绪像一滴沉甸甸的,放在小钵里的不大好分割的水银。即使分开了,又会聚拢在一起。

岳拓夫拿起梳子,梳理着他那浓密的黑发。突然,他拿梳子的手在半空里停住了。鬓角那里,有一根白发,夹在他那又粗又黑的头发里,非常醒目。

今天怎么了?

以前也不是没有发现过白头发,但全不及今天这样让岳拓夫感到年龄、岁月的紧迫。他并不怕老,但是,在这种关键的时刻,他绝不能给人一种老之将至的印象。

岳拓夫放下梳子,伸出食指和拇指去捏那根白头发,由于前天洗头抹了一点发蜡,头发很滑。那根白头发像有意和他捉迷藏,怎么也捏不住。拔了几次,拔下来的全是黑头发,这倒无所谓,反正他的头发很多,不像有些人,未老先衰地早早地谢了顶。

他的胳膊举得有些发酸了,但他不愿让闵惠芬来帮忙。这种事情和这种心情,怎么好让第二个人知道呢?再说妻子对他,不过是到了一定年龄就该长的那颗智齿。

哦,终于拔下来了,他嫌恶地把那根白头发扔在地板上,无知无觉地,像被他击毙的一具虫尸。

他走出了洗脸间。

孩子们和闵惠芬已经吃过,他那份早餐,仍然摆在门厅里的餐桌上。岳拓夫在餐桌前坐下,顿了顿没有摆整齐的筷子,然后闷声不响地、很快地吃完了早餐。抹了抹嘴,便从门后的衣架上拿下黑色人造革的手提包,并不对任何人地说了一声:"我走了啊。"

闵惠芬从厨房里走出来,叫住他:"别着急走,把这十几个咸鸭蛋给蔡德培带去。"说着便把手里的一网兜咸鸭蛋递了过来。

那十几个蛋皮怯青的咸鸭蛋,安然地躺在那个让人一览无遗的网兜里。

"唉,真啰嗦,带这东西干什么,他想吃自己买去嘛!"岳拓夫皱着眉头往后躲闪着。他,一个处长,提溜着一网兜咸鸭蛋到机关去算怎么回事？这个形象也太不佳了。

"买？他有那个耐心烦吗？一个独身的男人，还不是胡乱填饱肚子就算拉倒。"说着，又把网兜塞了过来。

岳拓夫知道躲不过去，只好说："你是不是找个塑料口袋装上，这样我也好放在手提包里，不然提溜一网兜咸鸭蛋多难看。"

"这有什么，谁还不过日子？"闵惠芬睁圆了那双本来就很大的眼睛。不过她生性随和，并不固执己见，还是去找塑料口袋了。

那大概是个装过奶粉的口袋，一抖搂净往下落白色的粉末。闵惠芬一面抖搂那个塑料袋，一面说："那件事，你跟二妹谈过没有？"

那塑料口袋不会弄脏他的手提包吗？"算了，算了。"岳拓夫从手提包里找出一个装文件的封筒，把那一网兜咸鸭蛋塞了进去，然后又塞进手提包。

他没有回答闵惠芬提出的问题，他不愿参与这件事，因此他没有和二妹谈过。一种奇怪而复杂的心理影响着他。

撮合二妹和蔡德培？二妹跟着他能幸福吗？他是个离过婚的人。假如二妹同意——他看出二妹对蔡德培的印象不错，只是这层窗户纸还没捅破——他该怎么对待蔡德培呢？前一段评职称，蔡德培评了一个七级工程师。七级工程师管什么事？在他们这种单位里，工程技术人员多得可以论簸箕撮，可是七级工程师再加上一张党票，就是如虎添翼了。

"小段昨天晚上来说……"

"知道了，刚才早跑步的时候碰到了他。"

"你是支部书记，蔡德培的组织问题，你不能帮个忙吗？"

"他自己条件还不成熟嘛，我个人有什么办法。要是支部大会上党员们不举手怎么办呢？我总不能命令人家举手吧？"

闵惠芬一听,以为困难不小,关注地问:"群众到底对他有什么意见?"

"这个……"岳拓夫一时语塞。"条件尚未成熟",不过是一句无懈可击的托词,不论什么时候,用在任何人身上都是可以的。谁身上找不出几条缺点?谁敢断言自己已经是改造好了的无产阶级知识分子呢?

事实恰恰相反,党内外群众对蔡德培入党没有什么意见,支部的党员发展计划里,蔡德培也是头一名。只不过是他这个支部书记在拖,没有抓紧讨论就是了。

"……比方,嗯——骄傲啦,联系群众不普遍啦,头脑里没有政治啦……还有,他为什么要离婚呢?不声不响地突然把婚就离了,离婚的理由也不向支部汇报……反正,群众反映不少。"

这些个话,只要一开了头,就会源源不断地从嘴里流出来。用过多年了嘛!就跟拉碾子的小毛驴一样,往上一套,甭吆喝,自己就会一圈一圈地转下去。

闵惠芬松了一口气:"我还当什么大不了的问题呢,你找找有意见的个别党员做做工作嘛!"

笑话,如果人人都入了党,还显得出党员的金贵吗?竞争的对手,不是更多了吗?

"你是想让我把他拉进党呀?这种没原则的事,我不能做。"岳拓夫义正词严地拒绝了闵惠芬的游说。

"哟,你毕业论文的提纲还是他帮你拟的呢,没有他,你当时非砸锅不成。"

这真像"文化大革命"中那些"揭老底"战斗队。这就是凡事都向老婆说的好处。岳拓夫回避了这带有挑衅性的对话,两分钟里第三次看了看手表,说:"时间不早,我该走了。"

闵惠芬一点不明白,岳拓夫怎么这样不近人情,居然对她、对老同学也端起官架子来。连她自己也没想到,怎么会冷不丁地冒出了一句话:"我看,你们班上的同学其实现在都比你有出息。"

这话真是戳到岳拓夫的心尖上了。

人能两全吗?早先,谁知道日后有一天就会凭业务吃饭?说这些都晚了。他能回大学去重新补课吗?他能拉回这二十多年的时光吗?他已经没有退路可走,只有顺着这条路走到底了。蔡德培前头,已有一条阳关大道,再往六级、五级、四级工程师上升就是了,干吗非挤他这条道呢?他的心没那么黑,绝不想卡住蔡德培一辈子,等这次干部调整之后嘛!

"话不能这么说,那时要不是我给他们把住方向,今天他们能出这样的成果吗?唉,我也算对得起党了,培养了这么一拨有作为的人才。"说完,岳拓夫愤愤地把手提包往胳肢窝里一夹,带着一副殉道者的模样快步地走出了家门。

岳拓夫心事重重。但进得办公室来,目光依旧习惯地扫过办公室的每一个角落或物件。恰恰因为这是他自己的办公室,所以更加显得一丝不苟,他好像随时都在准备着迎候一个什么检查团的莅临指导。

还好,一切都井然有序、安分守己地待在自己的位置上。

年历上那个女娃儿,像电影明星一样歪着脑袋,斜睨着眼睛在笑,下面却用童体字写着:"妈妈只生我一个"。另一面墙上贴着"五讲四美三热爱"和"向张海迪同志学习"的标语。在"向张海迪同志学习"的标语四周,那一圈一寸宽窄的墙壁颜色稍白,显得不那么顺眼。因为从前这一块地方,张贴的"向雷锋同志学习"的那条标语,比现在这张稍大一些。不过问题不大,也许过不了多久,又会换上一张和原来那张大小差不多的标语。岳拓夫喜欢标语,可以使人一目了然、提纲挈领地了解当前的中心任务。这比去细细地领会那些决议啊,文件啊,通知啊,纪要啊,报告啊收效更及时一些。

岳拓夫把手提包放在靠窗的一张椅子上。里面那十几个咸鸭蛋辘辘作响。他对着手提包胸有成竹地一笑,好像那是蔡德培的后脑勺。

他在写字台前坐下,搓了搓手掌,拿起电话,果决而迅速地拨通电话,请大刘到处长办公室来一下。

放下电话之后,岳拓夫从抽屉里拿出一本精装的《三中全会以来》放在写字台上一个醒目的地方,又拿出一大摞文件,一分为二。一摞放在自己的右首,一摞放在自己的面前,随手翻开几页,从笔筒里抽出一管粗大的红蓝铅笔,点上一支香烟,真像回事似的读了起来。

"笃笃",响起了敲门声。

"请进。"岳拓夫头也不抬地回答。

大刘推门进来,岳拓夫点头示意"马上就完",然后用红笔在文件上的不知哪个地方画了一道红杠,这才放下手里的笔,转过身来招呼大刘:"坐,请坐。"并且顺手把烟盒递给大刘,"抽一支,云烟。"

大刘也不客气,抽出一支点上了:"最近烟又降阶了,不降行吗?也不知这些人怎么想的,以为只要涨价就能赚钱,结果呢,人家都不买了,你还怎么赚?"

要是往常,听了这段话,岳拓夫也许会缄默不语,这回呢,却宽容地笑笑,并且说:"慢慢来嘛,我们搞了多年的计划经济,搞市场调节,经验还不多嘛。"

大刘把烟气深深地往肺里吸进去,没错,这是好烟。

"你看我忙的，"岳拓夫用一个含混的手势，往写字台上摊着的文件啦、笔记本啦比了一比，"总也顾不上问问，你父亲的病，好些了吗？"

大刘不喷烟了，从椅子靠背上挺直了身子，忧心地说："恐怕够呛，去年刚做完手术的时候，有几个月情况还不错。最近我母亲来信说又不大好，我怀疑他是不是扩散了。医院呢，又不大容易住进去……"

岳拓夫深表同情地点着头，还把电扇打开，调整了一下方位，好让风力往大刘那边吹送过去。

"别着急。"岳拓夫好像考虑尚未成熟地征询着大刘的意见，"你看这样好不好？××项目的主机研制工作，需要了解一下进度。前些日子，他们打来一个报告。"岳拓夫说着从抽屉里找出那份报告，递给了大刘，"好像还有一些困难需要局里帮助解决一下。你是不是可以跑一趟？争取这次把情况摸得透一些，问题解决得扎实一些，连同那些有关的协作单位，必要时也一并跑一跑。这些问题和单位跑下来——时间嘛，我大约估计了一下，怎么也得三个多月。同时可以就便在那里帮助你母亲照顾一下你父亲。我爱人有个同学，在你们老家那里当医生，是一个很不错的主任医师，我可以写封信给他，让他帮帮忙。只是——不知道你有没有什么困难？家里是不是离得开？"

岳拓夫的话，像垂钓者手里往回收的渔线，越收越紧。听到最后，大刘巴不得地说："那太好了，正是求之不得的差事呢。还是你考虑得周到，公私兼顾了嘛。"

"不然怎么办？你父亲这个病一时半会儿也好不了，你母亲又需要帮助。请长假不太好办，反正那边的事情，也需要有人去解决，你不去，别人也得去嘛，只是——"岳拓夫沉吟了一下，面有难色，"只是这个任务来得比较急。重点工程嘛，上头抓得也比较紧,三天一个电话,五天一个汇报,但愿不要在我们这个环节上卡壳就好。你是不是这两天就能动身呢?"

大刘忙说:"你放心,没问题。"

"那好,你今天就把工作交代一下,回家准备准备吧。"岳拓夫干净利落地结束了这个谈话,"我一会儿还得开分房子的会去。唉,又得争个面红耳赤。上上下下地平衡好几次了,有些同志真成问题,已经在为自己的儿子、孙子张罗了。咱们处里的老温呢,五口人,三代,大儿大女地挤在两间屋子里,怎么成呢?这回不知方案定下来没有,要是再没老温的房子,我非把这个问题提到局党委去不可。"

确实,处里的同志有目共睹,岳拓夫为老温的房子,腿都快跑细了,嘴唇都快磨薄了。而他自己,一个处级干部,也不过住着两间房子。幸亏他养了两个儿子,要是一儿一女如何是好?

送走了大刘,岳拓夫拿了个笔记本,安心地去参加分房子的会议。他甚至觉得,连脚步都迈得更加稳当了。

开完分房子的会,岳拓夫向全处同志传达了新房子的分配结果。房子,终于为老温争到手了,三间一套的。老温感激得差点没给岳拓夫磕个响头,好像那房子是岳拓夫盖的,又是岳拓夫给他的。

看着老温因分得了房子而欢喜若狂,而对他感恩戴德,岳拓夫的自信又恢复了一些。最后,他真是动了感情地说:"这是落实中央关于知识分子政策的结果,今后我们应该更加努力地工作,为四个现代化的早日实现,贡献我们的聪明才智。"

岳拓夫回到了处长办公室。像胜利地跑完了一场马拉松赛,疲倦而又惬意。他泡了一杯上好的茉莉花茶,怡然地拿过当天的《参考消息》《人民日报》,从头版头条开始往下浏览。

学习张海迪精神;即将召开的第六次人民代表大会和政治

协商会议;党员教育……这些似乎很远而又贴近的消息……

电话铃响了,他伸手去拿话筒,眼睛仍未离开报纸。读报纸是岳拓夫每日必不可少的一项内容,要是他有一天没读报纸,心里就会觉得不那么踏实,就连"文化大革命"后期,人们对报纸上"四人帮"的那些谎言,都嗤之以鼻的时候,他也还是那么认真地、逐字逐句地读下去。

"喂,哪里?"

"我是陈锦辉。"

"哦,陈局长,您有什么事吗?"岳拓夫立刻丢下手中的报纸,谦恭地问道。

"我想了解一下,蔡德培的组织问题,进展到什么程度了。"陈局长的嗓音里,有一种唱彩票的味道,也许就跟刚才他通知老温终于弄到了一套房子差不多吧。

岳拓夫觉得自己的头皮猛地缩紧了。原来小段的消息有来头!否则,好端端地怎么会想起蔡德培的组织问题呢?又为什么不问技术处整个的党员发展计划,而单单问蔡德培的情况呢?陈局长是负责人事的局长,亲自过问这件事,想必此事已在局党委内酝酿过了。

这个局面如何应付呢?他必须谨慎从事。

"这个嘛,我们是准备发展的……"

陈局长打断他:"是喽,据了解这个同志的表现不错嘛!"

这回,岳拓夫连心脏都缩紧了:"是,是。我们已经让他填表了。"

"填表有多长时间了?"陈局长似乎有些不满地追问。

"呃——六七个月吧。"这种事情含糊不得,岳拓夫说的句句都是找不到任何差池的真话。

"怎么到现在还没有讨论呢?"陈局长是行家,一把就抓住了问题的实质。

岳拓夫苦笑了一下。"总是开不成支部大会。工作忙、人手少,不是这个出差就是那个蹲点,还有工作组什么的,总也凑不齐人。这不,他的入党介绍人,组织委员又出差了。"岳拓夫暗自庆幸自己一上班就快速地把大刘派遣走了。

"去多久?"

"三个多月吧。"

"啊呀,这样久?"

"是的。"

"你们的工作要抓紧嘛,要注意充分发挥中年知识分子的作用,这是中央的精神嘛,我们应该很好地贯彻执行。"

"是,是。等介绍人出差回来,我们立刻抓紧召开支部大会。"

"他本人的态度怎么样?"

"很端正。他一再表示,早一天、晚一天解决没关系,不论在党内还是在党外,都要努力地为党工作……其实,处里对他的使用,和党内同志没什么两样。"

陈局长干笑了两声。跟他说这种话,不是在关公面前耍大刀吗?"好吧,就这样吧。"陈局长放下了电话。

岳拓夫心情烦躁地放下了被汗手攥湿了的电话筒,瞪着一双眼睛茫然地望着"五讲四美三热爱"的标语发愣。啊,这一场戏算是对付过去了,接下去怎么唱?他不知道这一着棋是他赢了,还是蔡德培赢了。未来的三个月,是吉凶难卜,充满猜测、不安、痛苦的日子。他巴不得这三个月像二秒钟那样飞快地过去。

但是,三个月过得平平静静,陈局长再未催问蔡德培的组织问题,岳拓夫也再没有听到过有关蔡德培提升副局长的传闻,他心里坠着的那块大石头,随着日子一天天消消停停地过去,而渐

211

渐地减轻着分量。

大刘终于回来了,汇报了工作情况,问题都一一地得到了解决,主机研制任务将会按计划如期完成,只是他父亲的病未见好转,仍在一天天地恶化下去。

岳拓夫说:"没问题,让我们再想想办法。"

大刘不明白,岳拓夫何以会带着那样感激的神情,过分热情地拍着他的肩膀,他难道不是做了一件该做的工作吗?真怪!

岳拓夫并未在大刘回来后立即召开支部大会,但他也做好了准备,如果陈局长催问,他会说:"已经通知大家,后天召开支部大会,正要请您参加呢!"

陈局长好像忘记了这回事。

十月里一个星期三的上午,岳拓夫又被通知去参加局党委扩大会,岳拓夫稳操胜券地去参加这种眼看就要从列席变为正式成员的会议。大家讨论、研究了当前的中心工作,会议结束时,陈局长宣布:"中央要求各级党委的组织部门,以改革的精神加速领导班子的革命化、年轻化、知识化、专业化,从组织上保证社会主义现代化的早日实现,并且尽快地制定出改革领导班子结构的规划。为贯彻中央的指示精神,局党委对一些同志进行了考察。大家一致认为,蔡德培同志比较接近中央对干部的选拔标准。他长期接受党的教育,政治素质比较好,年富力强,工作经验丰富,有事业心,有责任感,兢兢业业,埋头苦干,是业务上的骨干。在建设第三梯队的工作中,可以作为后备干部,有计划地加强培养,在适当的时候,提拔到副局长的岗位上来……"

完了,全完了。岳拓夫甚至感到悲从中来。

香烟头灼疼了岳拓夫的手指。他忙瞥了陈局长一眼,生怕他看出自己的心思。便尽力做出反应淡漠而又认真在听的样子。陈局长又说:"蔡德培同志虽然年龄已经超过四十五岁的杠杠,但内定还有一个小小的、可以浮动的幅度。他虽然还不是党员,并非条件尚未成熟,而是我们的工作没有抓紧之故。"说罢,陈局长讳莫如深地看了看岳拓夫,岳拓夫觉得简直像在医院里拍 X 光片一样。

啊,早知不是党员也可以当领导,早知年龄上内部还有一个控制的浮动幅度,还操那个心干什么?

这不是坑人嘛!

岳拓夫极其痛悔,然而不动声色地接受了这个事实。你不接受行吗?就像一个失败的跳高运动员一样,他失去了那个最能发挥能力的起跳点。过了这个村,没有这个店了。

他也不知他痛悔什么,他总解不开这个疙瘩。他觉得这是由于他自己没有抓紧而白白放走了一个机会。他太大意了,也太相信他自己以往的经验了。

党委扩大会之后,他立即请大刘通知全体党员,星期五上午召开支部大会,讨论蔡德培的组织问题。

支部大会开始之前,蔡德培在厕所里碰见了岳拓夫。

岳拓夫知己地在他耳旁低声说道:"别紧张,情况不错,我已经做了工作,会顺利通过的。会上,不论同志们提什么意见,你都要本着有则改之、无则加勉的态度去对待……"岳拓夫又考虑了一下,像抛出传家宝那么割舍不得地补充了一句,"千万不要解释。带上笔记本,认真记录每一个人的发言,嗯——最后还要表示,不论通过或是不通过,今后仍要继续努力改造自己的世界观,继续用共产党员的标准要求自己,努力争取做一个合格的共产党员……就这样吧。"

蔡德培惶惶然地点头,又一片赤诚地感谢着岳拓夫:"是,是。你太关心我了,二十多年,从大学到现在,你对我政治上的帮助太大了。"

岳拓夫嗔怪他:"别说这些见外的话,咱们是老同学了,应该的。我真高兴,你的组织问题终于解决了。咱们班的同学都能光荣地入党,这就是我最大的心愿了。"他只字未提蔡德培就要到"岗位"上去的事,好像这档子事从未发生过一样。

走出厕所的时候,岳拓夫又很神秘地对蔡德培说:"噢,差点忘了告诉你,晚上下班以后,到我家去吧,惠芬准备了一点菜,我们来庆贺一下,二妹也要来。另外,惠芬和我还有一件私事要和你谈谈。"说罢,岳拓夫极其严肃而庄重地走进了会议室,在那里,他将投出他那神圣的一票。

红蘑菇

最后一句台词是梦白的——

"我梦见我疯了,赤身裸体地在大街上跑。又梦见在一条黑黝黝的河上划船,却有很冷的月亮在照,将一束冷冷的光,投射在我的船上。除了这束冷冷的光,周遭还是没有指望地黑着……黑着。"

她将一条痉挛的手臂伸向空中,像是要抓住那束冷冷的光,将它撕得粉碎,又像是对它发出一种谶语似的诅咒,也或许是要扑向那昏天黑地——没有指望的黑,并和那没有指望的黑拼一死战……总之,这是以前排演时没有过的动作设计,完全是不受她控制的神来之笔。

可是谁也没有表示出什么,连导演也像没瞧见似的。他站立在舞台的中央,叉着两条短腿,双手抱拳,干吼一声:"朋友们,再好好体会体会吧。"便翻身下了舞台,头也不回地消失在天幕后面。

临回家的时候,下起了雨,雨很大,满街都是泥泞。

梦白呆呆地瞧着雨水泼洒下的街道发愣,想起回家少不得要在这泥泞和风雨里上下车,以及穿过一条没有下水道的胡同。

那条胡同不下雨都是湿漉漉的。胡同里的家家户户成年累月地往上喷洒着来路各异的脏液,走在上面老有一种与陌生人的肌肤相狎的感觉。

而下雨,就更甭提了。

她看了看脚上的鞋,想,幸亏没穿好鞋。

因为挤公共汽车,她经常不穿好鞋。否则还没穿坏,就让人踩坏了。

可是这双风里来雨里去的鞋,会把前厅和前厅通向卧室的过道踩脏。她不喜欢脏。虽然有小云照料家务,可是也不能因为用了一个保姆就随便作践,一点不珍惜别人的劳动。谁的力气不是力气?

这样想着,就拿起了电话。电话铃响了很久没人接,也许小云出去买菜了,她刚想放下电话,电话却通了:"喂,哪一位呀?"

一听是吉尔冬,就说:"我呀!"

"你是谁呀?"

难道吉尔冬还听不出是她吗?于是她知道,家里肯定有客人,而且是个女客人。

只要一来客人,吉尔冬就和平时不一样了,特别来了女客人,那就更是面目一新。客气、周到、文质彬彬、女士优先、喝不加糖的咖啡。吃饭时像洋人那样,在每个菜盘里放上一把叉子和一个勺,说很多的谢谢和对不起……总之是一个地道的西方绅士。

越是这种时候,她越是有意收起从小的洋化教育,偏偏来个极土、极不绅士、极不配合。她看出丈夫当着客人无法表达的对她的不肯配合的恼恨,心里就涌起天长地久的快意。

"我是你老婆呀。"梦白油腔滑调地说。

吉尔冬咬了咬牙根。他那暂时搁在一边的仇恨,让她藏在话里,而且藏得不甚高明或许根本就没打算好好藏一藏的挑衅又翻腾上来了。

除了和她干到底之外,他觉得他和她之间没有更好的出路。而且和她干,看着她气得死去活来,他觉得特别解恨。

想气她还不容易。

吉尔冬早就恨上了梦白。

这是一种时有时无、时来时去、时深时浅、不便清清楚楚去恨的恨。

和梦白的生活,不像和他已故的妻的生活。那时的生活,一切都是明明了了,要恨就恨,要爱就爱,不论什么要求都可以直通通地表现出来。可是谁料到半途里,她就撒下他去了呢,使他不得不再结一次婚。这种半路上的婚姻,只能是一种三心二意互相都留有后手的婚姻。

他很难说清这恨是从什么时候开始的。

也许还在没有结婚的时候就开始了。

"我们全家都反对我和你结婚。"梦白说。

"他们为什么反对你和我结婚?"

"最大的理由就是一个大姑娘为什么去当四个大儿大女现成的妈。根据计划生育的规定,这么一来,我这辈子别想做母亲了。"她像鼓励他、安慰他、糟践他似的贴近他的耳朵,亲昵地说,"他们以为我还能生得出来呢!"

他听了之后不知怎么想起了小时候的事。冬天,下雪的日子。那时候的雪真大,厚厚的齐着膝盖,早上醒来,推门一看,白茫茫的一片新雪,遮盖在残败破碎的大地上,就像谁又重新做了一个干干净净的世界。他总是怀着一份新奇,一份惊讶,对着那白茫茫的新雪看上好半天。可是这干干净净的世界很快就会被人们的脚丫子、车轱辘,踩得、压得乌漆麻黑稀巴烂,这每每让他生出无尽的惋惜,可是过不了一会儿,他也和人们一样,毫不犹豫地踩上去。

"还有最不大的理由呢?"

"没了。"

"怎么没了?既然有最大的理由,就有次之再次之的理由,对不对?"

她就像看一个外星人那样地看着他:"你这个人怎么回事。"

从那以后,他就常常让她像看外星人一样地看着他了。

所谓相女婿的那一天,他就发现他们全家人像是合计好了,先拿他们家的那份臭摆谱,给他来了个下马威。

偏偏到本市最好的一家饭店去吃西餐。一进那家饭店的门,吉尔冬立刻想到他费了不少口舌讨价还价,以及精心挑选的刚刚上市的水蜜桃,简直就是寒碜自己。他立刻想到他们肯定以为他不会吃西餐,所以才用这种办法让他出丑、现眼,好让她退了这门亲事。

他偏偏非常规范地举动着刀、叉和勺子,气势汹汹地吃着。

吃着,吃着,他不自在起来。

他看到大姐梦红明明看见他规范地举动着刀、叉、勺子却又装着没看见的眼神,知道自己一准出了差错,可是他又不知道错在哪儿。到了后来的后来,他才知道,他什么也没错,他缺少的只是一种气氛,一种"味儿"。这种气氛,这种"味儿",是那样的人家一代一代、年深日久、日积月累地熏陶出来,并且一代一代传下来的。

吃甜点的时候,他发现梦白的脸很长。怎么以前就没有发现这一点呢?吉尔冬想起他们老家对这种脸的说法,"驴脸"。

难怪梦白从来没演过什么重要的角色。就凭这张"驴脸",什么重要的角色也别想演喽!

吉尔冬被自己的幸灾乐祸和对梦白的诅咒吓了一跳,生怕这些歹毒的想法会流露出来。他偷偷观察着她的言谈举止,见她仍是满面春风、谈笑风生才放了心。可是方才还拿她们家的那种气氛,那种"味儿"来压迫他的梦红,却冲他诡秘地一笑。

梦红的笑让他颇费猜测。

最后,他们还是像许多互相不满意,也终于结了婚的人一样地结了婚。

结婚以前,梦白真像电影《家》《春》《秋》里的小姐,甚至包括丫头,那么温婉,那么懂礼教,那么深明大义……谁知道后来发现她简直像个精神分裂症患者。她爹就有这种病,这种病遗传。

晚上醒来,吉尔冬常常点上一支烟,两眼空空地瞪着前方。

她的后背朝着他,浓密的头发在床头灯的暗影里,堆砌成一种显而易见的暗喻,撩拨着他,也拒绝着他。

她轻微的鼾声,像一切吃饱喝足什么都不缺的人的鼾声一样,均匀而平稳。每到这时,他都恨不得掀开她身上的被罩,给她一顿好揍。

的确,她现在什么都不缺,就是缺揍。

就凭她买东西那个冲劲,可想而知她手里有的是外汇。

家里的冰箱、洗衣机、彩电、录像机、微波炉,乃至佐料,都是进口货。动不动就去丽都饭店或是建国饭店买什么甜点、奶酪……

他们家哪儿见过这些东西,全都是手工操作。直到现在,他看见好木头的洗衣板,还有一种不管用得着用不着,先买它一个存起来的冲动。还加上一种"俱往矣"的说不清是惆怅还是欣喜的复杂心情。

除了房租水电,家里的一切费用基本上由梦白开支,可她就是不把财权交给他。

刚结婚的时候,吉尔冬也不考虑财权的问题,有福享就行了。比起从前一天只有几角荤腥钱的日子,已是不可同日而语。

那时候吉尔冬就知道大鱼大肉好吃,梦白老叫小云给他做大鱼大肉吃。

他一面吃一面想着她为自己的破费和她的体贴,觉得真是从天上掉下来的福气。

他吃得很开阔,很诚恳,一点也不装模作样。

她就抚摸着他的手,静静地看着他吃。

他毫不回避地对她说:"以前根本吃不起这个,连我岳母,我们家一共七口人,一人一块鸡,就是七块;一人两块,就是十四块,一只鸡有几块正经肉呢。更何况我爱人长期卧病在床。"

到后来,梦白就开始指导他改变这种吃法。那些东西显然比大鱼大肉有营养,热量高而又不会让人发胖……在这方面,梦白很舍得花钱。

梦白还是那样,一面抚摸着他的手,一面尽着他吃。就像一个慈爱的、上了年纪的女人,照顾着一个收养的流浪儿。

吉尔冬很快就学会了那样吃,而且比梦白还挑剔。

点心也至少是丽都饭店或是建国饭店的,连友谊商店的也只能算是差强人意。

不论他多么爱吃的东西,连着吃上三次,他就不吃了。

不爱吃他也不说,所以冰箱里老是剩得东一碟、西一碗的。梦白是个不管家的女人,这种事情常常由他料理,剩的时间长了他就拿给小云吃。

他觉得小云可能就是为了这个恨上他的。

而且他发现小云才是这个家里的把家虎,特别是梦白不在家的时候。

小云偏偏就问:"午饭吃什么?"或是"晚饭吃什么?"

再不就"洗衣粉没了"。

再不就"炒菜的油没有了",等等。都是不得延误、立刻见钱的事情。

他就说:"随便。"

小云说:"随便也得花钱买呀。"

"那就等阿姨回来再说。"

吉尔冬觉得小云就是想让他掏钱。

没有了这个,没有了那个,为什么前一天晚上不对梦白说,偏偏等到梦白不在家的时候对他说。

"你知道咱们这个家是以阿姨为主,阿姨当家,以后这些鸡毛蒜皮的家务事别跟我说。"说着吉尔冬就拿起厚厚的英汉字典。对付小云这种宵小之徒,就得用拿起厚厚的书本,特别是外国书本这种办法,来杀一杀她身上那股铜臭味儿。

"您不是说过,买什么东西别向阿姨要钱向您要吗?"

对,他说过,那是当着梦白的面,所以他更觉得小云刁得实在太狠。

吉尔冬只好忍痛往外掏钱。真把钱掏出来了,小云又说:"我先垫上也行,等阿姨回来再还给我。"

221

他有逃过一次暗算的侥幸之感。

当他把钱装回钱夹里的时候,他忽然想到,什么午饭吃什么、晚饭吃什么、洗衣粉没有了、油没有了,全是假的,不过都是小云设下的圈套。

有几次他都建议梦白把小云辞了。梦白却装神弄鬼地问:"为什么?"

他想不出什么理由,就说小云太精。

梦白说:"只要不害人,太精算什么问题,我差的就是精。"

渐渐地,吉尔冬觉得梦白不辞掉小云有更阴谋的打算。

一旦有了这样的想法,吉尔冬就觉得财权不在他的手里,什么享受都显得像是嗟来之食。

每每看到梦白花钱花得那么不必瞻前顾后,吉尔冬就想起他那几个做着一份毫无油水可捞的小职员工作的孩子。

梦白难道看不出他们是如何的穷困吗,她怎么就想不到减少一点挥霍,对,一点就够了,去支援支援他的孩子。她不是说过吗:"我爱他们,因为他们是你的孩子。"

爱,爱为什么看着他们受穷而不帮他们一把呢?

可是这种问题怎么开口和她讲呢?"把财权交给我!"要是对死去的妻,他爱怎么想怎么说怎么做都行,现在他老得忍着。

忍是一件十分难受的事情。

而且她还会说:"你的财权也没交给我嘛,我问过你挣多少钱,把钱花到哪儿去了吗?"

吉尔冬也曾做过这方面的试探。他说:"像你这么花钱我真担心,要是我死了,你怎么办?无论如何在我死之前,要给你存上四万块钱,这样,哪怕你没收入光吃利息也够了。"

她说:"别担心,车到山前必有路,黄泉路上无老少,也许我还死到你前头呢。我要死在你前头,你不就省心了吗。再说,不认识你之前,没有你管,我不也活这么大了吗。"

无论如何也算不上有心计的梦白,居然能说出这样滴水不漏的话来,不是经过周密的设计又是什么!

她不肯把他们的钱伙起来管理,显然是因为他那两个钱区区可数,要是他的钱也像她那么源源不断,不用他说,她就会主动提出伙着管理的主意了。

他觉得她阴谋在这里。

说梦白阴谋,还有更充分的证据。

她老是宣扬:"我赞成西方的办法,夫妻之间,各自管理各自的财产。他们在组建家庭之前,就先确定好婚后各自财产的管理办法。合起来是一种方式,一部分合起来是一种方式,根本不合起来也是一种方式。"

"那么家庭里的共同花销怎么处理?"

"半儿劈呀,有账单嘛。"

"那还像两口子吗,简直像轧姘头了。"他终于找到这么一个机会,迂回曲折地表示了对她不把财权交给他的不满。

梦白听出吉尔冬的声音里,有一种过分克制后的颤抖和尖厉。

她不说话了,静了一会儿,突然问:"你还需要什么吗?"

她不说话的这一会儿,可能想了很深、很远、很多。

吉尔冬本希望着梦白听出他话里的弦外之音,但她的明晰具体又让他羞恼而全然不可遏。

谁不愿意做个不贪钱财的清高君子?

可是还有那四个日子过得紧紧巴巴的孩子,那都是他身上的肉啊!他已经把自己的每一分钱都给了他们,他甚至把自己

223

的脸皮也给了他们,他们还是穷啊。难道一分钱、一分钱地从梦白那里往外刮吃,对一个男人来说,是一件容易的事吗?

可是梦白偏偏把他逼得只好赤膊上阵。

既然已经脱了背心,还在乎脱裤衩吗!

吉尔冬说出了压在心里很久的话:"我什么都不需要,我只是觉得你说话出尔反尔。刚结婚的时候,你说每个月给我一百五十块钱,后来又不给了。"

梦白把吉尔冬的脸读了很久,心里凉凉地想,原来他另有所图。

吉尔冬说得对,刚结婚的时候,她是说过每个月给他一百五十块钱,后来又的确没有给。因为婚后的开销太大了,她也感到奇怪,开销怎么会大到这个地步。就算是七大姑八大姨这个给她一些,那个给她一些,她也不能老指望着别人。

她花钱花得冲,并不是因为她真的钱多,而是因为她不把有钱没钱过多地放在心上。有就花,没有就不花。这也许是长期的单身生活落下的毛病,反正是一个人吃饱全家不饿。

倒是结婚以后,她才知道没钱可不行。

一觉得没钱不行,才知道不能像过去那样随便乱花,便先收敛起自己的需要,甚至改变了好吃的毛病。哪怕有一点好吃的,自己也舍不得吃,而是给吉尔冬留着。看着他吃,比自己吃还香。她知道这是"贱",她很高兴自己学会了"贱"。这"贱"让她觉得自己像个女人了。

没钱的时候,梦白宁肯跟娘家要,或是向朋友借,也不会向吉尔冬借。她没有向吉尔冬借过钱,但她感到,那样做不但吉尔冬会不自在,甚至还会感到无名的担忧。而她也会让那笔不大的债,弄得像是押妻典地那么六神无主,心神不宁。

即便家里急需添置一件必不可少的东西,她又因为抽不出时间，或是体力不够，不得不让吉尔冬代劳的时候，对吉尔冬垫付的货款，也是立即补还，只多不少。因为吉尔冬从来只说大概，十几块，二十几块，一百多块，二百多块，等等。梦白绝不会让吉尔冬吃亏，总是往上数个数。这样的填平补齐一个月下来也不少。

她又觉得养家糊口是她义不容辞的责任。

爹说："为什么是你义不容辞的责任呢？"

她想了，想不出："我也不知道，我就知道我不愿意花男人的钱，而且我的确比他多，当然应该由我养家。"

"既然是你义不容辞的责任，为什么没有尽了责任的愉快呢？这说明你的脑子里是一锅糨子，逻辑思维一塌糊涂。问题不清、情况不明就想当救世主。你以为救世主就是那么好当的吗，你有问题。"爹说。

她想不出来，她有什么问题。

她就记住了那句话：你以为救世主就是那么好当的吗？

你以为救世主就是那么好当的吗？

你以为救世主就是那么好当的吗？

你以为救世主就是那么好当的吗？

……………

这句话就像回声似的，一递一声地在她的脑子里绕来绕去。

可是她也没有再和爹讨论这个问题，爹信教，和他讨论这样的问题是讨论不出所以然的。

爹根本不知道她的智商有问题。除了她自己，谁也不知道她的智商有问题。姐姐妹妹，一个比一个聪明，而且像许多聪明人那样，活得十分忙碌和劳累。

只有她，不论在什么问题上，都表现出一个弱智者的缓慢。她有时想，她也许根本不是这一家的孩子。也许母亲在怀她的

225

时候吃错了药,影响了她的正常发育……可是这个问题,随着母亲的去世,已成为一个不可追寻的谜。

她之所以有这种想法,是因为从她懂事的时候起,梦红的言谈话语中就老是闪烁着什么隐秘。

梦红一定知道,可是她别想从梦红嘴里掏出什么,梦红不会告诉她。梦红若是告诉她,梦红也就少了一份折磨她的工具。

除了房租水电,其他一切,包括他的袜子内裤都是由她开销。既然如此,他真的还需要那一百五十块钱吗?

他不是口口声声说:"像你这么花钱我真担心,要是我死了,你怎么办?无论如何在我死之前,要给你存上四万块钱。"既然如此,干吗还要再给她增加一百五十块钱的负担?他又不是缺吃少穿。

假如他真没钱花,她会给他的。

便想起日常生活里的种种琐事,那从不觉得有意思的,忽然都有了意思。

每次上街买东西,到了付款的时候,吉尔冬从来都是遗憾无穷地大喊一声:"哎呀,忘带钱包了。"

过去她从未怀疑吉尔冬总是忘带钱包的遗憾,现在知道这实在值得推敲。

那一年她被借去拍电视剧,一出外景出了几个月,小云的工资是由吉尔冬垫付的,她一回家就把他垫付的钱还给了他。当时他直推说:"不要,不要,保姆我也用的嘛。"

可是她刚一扭头,就听见他气急败坏地大叫:"这是五百块钱吗？这是五百块钱吗？"

她还给他的那些钱，便于清点，也便于对证：

"是五百呀，每张五十，一共十张，你再好好数一数，这都是新钞票，容易粘在一起。"

这回没有了推辞，急于当面验证地数了一遍，果然如她所说，有两张五十块钱的票子粘在了一起。

他不是不会数数，这很可能是一种先天性的亏损症。处处，事事，老觉得有人的算计会快过他，骗术会高明过他。时时让这防不胜防的苦恼搅扰着。反过来说，先天亏损症很可能就是先天贪婪症。

她很快地扭过自己的头，不好意思再看他在得到证实那的的确确就是十张五十块钱的票子的样子。

现在她回想起他在质问"这是五百块钱吗这是五百块钱吗"的穷凶极恶。

每当吉尔冬想让她给他买些什么的时候，他就会不停地念叨，什么什么东西，他跑了多少多少地方也买不到，等等等等。

她就会奋勇地买了回来。一点也没怀疑过他跑了多少地方也没买到的东西，她怎么一买就买了回来。

现在他越是念叨什么什么东西，哪儿哪儿也买不着的时候，她就越是装傻不吭气。他为什么不直接了当地告诉她，他想要什么，那她反倒会奋勇地去买。

可是他为什么呢？

她觉得为了让她入彀中，他暗示得很用心，用心到不要说不像一个教授，连一个智商有问题的人所应有的那点智慧、那点瞻前顾后都没有了。

每当吉尔冬一遍又一遍地重复着他想买，可又不知道在哪

227

儿才能买到的那点值不了多少钱的东西,梦白就惋惜地想,难道他连那点——比如说一双拖鞋的钱也不值吗?

当他摆布着他那些连环套的时候,她差不多总是想着这样的心思。

她从不小气,但那要在她自愿的原则下。她总觉得给别人一些什么,是一种快乐。特别是人家又真是喜欢她的所赠的时候。越是对她没有所图的人,她反倒越想给人家一些什么。但是谁要以为她在钱上马马虎虎、大大咧咧就可以算计她,她偏偏计较得很。

可是她也只能在心里计较,她不好意思为了钱,说出一清二楚的话。

既然说不出口,又有这些想法憋在心里,梦白对吉尔冬也产生了一种时有时无、时来时去、时深时浅、不便清清楚楚去恨的恨。

"有什么事吗?"

"下雨了,我怕把家里的地板弄脏,请你把我的拖鞋放在门后,这样我就不用把脏鞋穿进屋子里去了。"

"好,让我研究研究、考虑考虑怎么放合适。"

好像她一家伙被错打成反革命,他决定和她一起上刀山、下火海那样地不惜献出自己的一切。

吉尔冬很知道怎么惹梦白生气,偏偏给她来个夸张。

哈,他生气了,梦白想象出吉尔冬的小尖脸一气之下就更尖的尖样。

他一生气,哪怕让他帮个芝麻大的忙,他就会做出即使她让他来个公鸡下蛋,他也会赴汤蹈火、在所不辞的姿态,她不能让他占这个便宜。

"这种小事何至于考虑考虑,研究研究?"

"你说是门后,这是很模糊的概念。门后的地方大了,到底放在左边还是右边,还是中间?如果放在中间或是左边,一开门就够不着。至于放在右边也应有个范围。"从实际意义上来说,她的意思很清楚,只要把拖鞋放在一开门、一伸手就能拿到的地方就是了。根本没有如此咬文嚼字的必要,什么左边、右边、中间,等等。但是她在逻辑方面一向糊里糊涂,只要把争论引向这样一种所谓缜密,其实是胡搅蛮缠的地步,她立刻就蒙了,傻眼了。

虽然不是传真电话,吉尔冬似乎已看到梦白无以应答的窘迫,便发出报仇雪恨的一笑。

梦白果然觉得自己"门后"的说法概念模糊,不够严密,让吉尔冬钻了空子,只好败下阵来。

"好吧,那你就研究研究,考虑考虑吧。"

"哦,还有一件事,酸奶没有了,我到处买也没买到你吃的那种脱脂酸奶,你明天早上吃什么呢?"

当然是买不到,要是能买到就不是他了,更何况还是她吃的:"算了,一个早上不吃也没关系。"

"那怎么行呢,你越来越瘦了,我真担心你的身体,这样饿一顿饱一顿的非把身体搞垮不可,你说,晚饭你想吃什么,我给你买去。"

他不是关心她今天晚上吃些什么,更不会关心她明天吃什么,也未曾关心过她昨天吃什么,反正他知道,到了吃饭的时候,总有时鲜的菜给他吃就是了。那种处理的、一块钱一堆的菜她是绝不会买给他吃的。他这样操心她今天晚上吃什么,是因为家里没有像样的菜了,这不过是拐弯抹角地让她买菜而已。

"算了,算了,电话里讨论这些干吗。我会把晚餐的菜带回去的。"讨论来讨论去,他还不是一个买不到。

"我对你有意见,你和别人打电话,一说就是一个小时,和我就老是'算了,算了'。"

他难道真不知道,她不和他讨论今天晚上吃什么菜的问题,是为了什么吗?

所以回家的路上,她就拐了弯,拐到一家咖啡屋去喝咖啡。

咖啡屋叫作"爱之穴",漆一色的粉红。胳膊肘往桌子上一撑,就被塑料桌布上积存多日的咖啡渍粘得黏黏糊糊。

杯子上有一种可疑的腥味。

灯光倒是暗的。

录音机音乐里是清一色的一会儿爱,或一会儿不爱。

而且咖啡是真正的坏,热不热,凉不凉,还有一股煳锅巴味。

这一切都和"爱之穴"无比相当。

"爱之穴"的这一个角落或那一个角落,坐着的尽是青春年少,爱得颠三倒四的情侣。

难舍难分,恨不得日日夜夜厮守在一起。

吃糠咽菜、因陋就简,只要能在一起待着就好。

以为对方就是另一个自己。

以为非他莫嫁,非她莫娶。

以为离了那一个一定天塌地陷无法活下去。

信誓旦旦海枯石烂永不移。

恨不得把自己的一腔热血倒给对方,还觉得疼他爱他不够……

看着他们她才觉着自己不对劲,觉着尴尬,觉着牛头不对马嘴,觉着她上错了车,觉着那些少男少女都奇怪地看着她……

可是梦白就是不走,她得待够让吉尔冬生气、起疑的时间。

雨还在下着,咖啡屋的生意显得格外好。

不断有双双对对的人来寻找座位。梦白一人独占一个火车厢,难免惹人讨厌。她看见一对又一对的白眼,就想,你们是来寻找快乐的,我也是来寻找快乐的,我不是来寻找快乐又是来干什么?

她就开始嘟嘟囔囔,自言自语地说:我不是来寻找快乐又是来干什么?

我不是来寻找快乐又是来干什么?

我不是来寻找快乐又是来干什么?

……

看着那一对对的白眼,她明白了所有的恋情其实没什么两样,不管八十岁上的爱,还是十八岁上的爱。

她恋爱(?)的时候年龄可不算小,三十九岁还没着落。

原先是太不急着嫁人,后来又太急着嫁人。

在百货公司看到一块好看的窗纱,也会想到一个家,一个和男人共有的家。好像一个独身女人的家就可以不用好看的窗纱,即使用了,也绝不会有那种和一个男人共有的家用起来的温馨。

更不要说在朋友家里做客,即使看到那种瓢碰瓢、碗碰碗的日子,也觉得是一种气氛。

她又太迷信知识分子,迷信所谓的共同语言。

介绍人说吉尔冬是五十年代名牌大学的毕业生、教授、鳏夫,有四个孩子,但是都已独立。

更主要的是第一次在饭店吃饭的时候,吉尔冬吃饭时没吧吧唧嘴,喝汤时没呼噜出声,出门时还拿着她的大衣站在她的身后给她穿大衣。如果说吃饭不吧唧嘴,喝汤不呼噜出声还算不上稀奇,现而今上哪儿还能找到给女人穿大衣的男人呢?

她不是女强人,相反,她是一个十分愿意依赖男人的女人,而且把这种依赖有可能落实到一个具体的男人的身上,视为女人的幸福。

当时她就做了决定。至于四个孩子,可以按照西方的办法,分居就是了,反正他们都已独立,节假日请他们来聚一聚,甚至比终日厮守在一起更能增进感情。

好在政府退赔了她们家几处房子,只要他愿意,分居是不成问题的。

梦红问:"你看上了他的什么?"

她说:"社会主义初级阶段难找的文雅。"她也可以反问梦红,你看上了大姐夫的什么,可是那不太残忍了吗。

在梦红心里,一定觉得她嫁吉尔冬就是她对她的一个打击,她的一个胜利,梦红看不得她的胜利。

梦红说:"还挺罗曼蒂克。"可是后来梦红经常心怀叵测地问她:"怎么样,你丈夫的文雅缩水没缩水,掉秤没掉秤?"

"你也不嫌累得慌。"

梦红就意味深长地拍拍她的脑袋,手心里充满了假情假意的怜悯。她总是一个巴掌把梦红的手掌从她头顶扒拉开。扒拉开之后她又有些后悔,这一扒拉不恰恰说明情况不妙吗。

结婚以后,除了吃饭不吧唧嘴之外,其他都是南辕北辙。

南辕北辙还不算,梦白的思维方式从来是捡芝麻丢西瓜。

她捡的是他那一套"西方绅士"的节目。瞧着他乐此不疲、毫不避讳地当着她的面,在每一个不是他老婆的女人面前一而再、再而三地表演,她就恶心。

她惊奇的倒不是他的表演,而是他根本不在乎她对他毫不忌讳地当着她一而再、再而三地做假有什么看法。

这是他的问题,还是她的问题?

可是,这算不算问题?

二叔又寄钱来了。

梦红本来可以等到星期天,等到梦白回家看望父亲的时候再把这份钱给她。

可是,为什么不马上送去呢?特别是趁她在家的时候。所以下班之后梦红没有回家,而是直奔梦白的家。

想到这样做可能给吉尔冬和梦白带来的种种微妙反应,她有一种压抑的兴奋。

电车很挤,从人们身上散发出来的汗水和雨水的馊气,在空隙里弥漫着,直冲她的鼻孔,不时可以听到人们的抱怨和龃龉。因为有人不脱雨衣蹭了别人一身雨水,或是被谁网兜里的臭鱼弄脏了裤腿,或是谁踩了谁的脚……

可是梦红的脸上却一直挂着一个白日梦的微笑。她的脸色因为专心思索变得白糟糟的,额上那条遮盖在额发下的如蚯蚓般的暗紫色的瘢痕就更显眼了。

门铃发出悦耳的叮咚一响,让人觉得门里一定是个温馨平和的小窝。

小云开的门:"大阿姨好!"接着就向里边通报,"大阿姨来了。"

梦红不无戒备地看了看这个周周到到的小丫头。按理说,梦红不应该戒备她,她是梦白从娘家带过来的小保姆,可是梦红觉得小云心里有杆偏心的秤。

233

只有吉尔冬在家。

见到她,吉尔冬几乎是欢快的,至少表面上看来是这个样子。他早已不再用那种不分青红皂白,把她们全家一锅煮的目光来看她了。

她有点意外,没想到那么快就突破了他的第一道防线。第一次见到这个人的时候,他给她的印象是城府极深。一个城府极深的人如此快速地与人接近,一定有他重要的原因。后来的事实证明,她的猜测是对的。他恨梦白。

他恨梦白,可是他又不愿意放弃梦白。这里面自然有他的盘算。

逢到梦白出外景,或是巡回演出的时候,他总是买些花不了多少钱的小东小西给她送去,好比说信远斋的酸梅膏,或是稻香村的糖姜片,或是一本传说官方要禁的书刊。不送到家,就送到机关里的传达室。也不上楼,在传达室打个电话,通知她到楼下拿东西。当她从楼上下来以后,总是见东西不见人。

这是一个十分懂得怎样使用力气的人。

好比让他带着梦兰办理出国护照,以及入境签证的时候,一应手续缜密周到,凡是可能产生麻烦的环节,他都有备无患地预料到了,所以没费什么周折。

可是梦兰回来说:"下次你别让二姐夫给我帮忙啦,跟他一块办事,真让人丢脸。"

"怎么回事?"

"回来的时候,我想顺便照张相。让他先走,他又不走,只好一起去照相馆。我当时净顾着梳头,忘了先交钱的那回事。

梳着,梳着,就听见几个女孩吃吃地笑。回头一看,原来是二姐夫正忙着掏兜呢。他身上的那几个口袋,左掏右掏,掏来掏去,就是不见掏出什么,我想,二姐夫这是干吗呢?后来才想起来,我还没交款,二姐夫是要替我付款呢。那几个女孩,可能就是在笑他的左掏右掏,却不见掏出什么的掏呢。想必在这之前,二姐夫已经掏了不少的时候了。等我付了款,他才算是把他那左掏右掏也掏不出来的钱包掏了出来。"

梦兰是个铁面滑稽。什么事到了她的嘴里,不可笑的也变成可笑的了。更何况她说得惟妙惟肖,梦红可以想见当时的场景。这不是梦兰的夸张,吉尔冬绝对干得出那样的事。

梦兰说:"他那钱夹可真难掏啊。他也不看看,咱们家的人,是那占便宜的人么。"

吉尔冬绝不会,也绝不敢给她来这一套。他知道把力气使在哪儿,也知道使在什么人的身上才能发挥最大的功效。

"没错,是他托人给我买的飞机票,可是我把走门子的钱给他了。给他了他还老对二姐说,为了给我买飞机票,他给人送了多少条洋烟什么的。我能对二姐说,我已经把钱给他了吗?保不准二姐还得加倍还给他。他算是看准咱们家的人好算计了。"

梦兰老怕她不相信,使劲对她瞪着一双又圆又傻的眼睛,好像她那双眼睛比她的话还有说服力。

她能比梦兰,甚至比梦白对吉尔冬了解得更深、更透吗?

但是这些话梦兰可以说。梦兰说就是童言无忌,她却不能说。其实梦兰说,也就等于替她说了,她又何必亲自出马呢。虽然有时说得不够深透,或说不到点子上。

梦兰说的这些事,既让她笑不可遏,又卑微得让她觉着窝心,又让她如愿以偿地想:这就是梦白左挑右挑挑来的丈夫。

235

她不是幸灾乐祸梦白嫁了一个内心里如此卑微的丈夫。实事求是地说,谁的内心里不藏着这样那样的卑微,甚至是卑鄙、卑劣、卑下……包括梦白,包括她自己。她是高兴这个男人一定让梦白有得受。

然而她更多的是畏缩,好像她怕对吉尔冬了解得更多。如果是个男人,她宁肯他卑鄙、卑劣得更加高山大河,而不愿意他卑微得如此见缝插针,而且插得如此绵密。

梦白出外景或是巡回演出的时候,他也常打电话给她,传递一个社会上流传的新闻:提醒她防备地震的可能,或是问一问家里有什么出力气的活,要不要帮忙,等等。

他们会在电话里聊很久。当她发现她和他东拉西扯,甚至是废话连篇并不仅仅是为了谋害梦白,还有拖延谈话时间的因素在里边的时候,她简直是大吃一惊。

无论如何,他比她那瘸腿的丈夫有力气。

不过这真不是她的初衷。

一旦梦白从外地回到家里,东西是不送了,电话也少了,但是还打,多半是在上班的时间。她估计他是在机关打的电话。

这样说来,他一定也知道她心里想些什么了。否则他为什么会选择她做同盟者呢。一个能看出她心里想些什么的人,也算得上是厉害的人了。

但是他到底知道多少呢?

要是他全都知道呢?

梦红有一种玩火的感觉。

"梦白还没回来?!"

这话听上去也可以说是盼望,也可以说是失望,也可以说是关心,也可以说是责怪,也可以说是怀疑。最后,也可以说是挑唆。梦红说话,给人想象和选择的余地从来是很广阔的,但是吉尔冬做了最后的选择。他一进这个家,没用很多时间就看出来,在对付梦白这一点上,梦红和他是心照不宣的。

他用不着对梦红使什么男人的招数。像梦红这种女人,实在是太厉害了,可不能轻易着边。再说她额上的那条瘢痕除了丑之外,还有一种神秘得令人怵森森的感觉。还让他老是想到一条盘成一团的巨蛇。

可是为了整治梦白,他想方设法地拢着她,讨她的欢喜。

让她们亲姐妹互相残杀吧! 也就是说,静观梦白怎么挨整吧。这不是比他亲自动手更省力,更有戏好看么? 说到底,他对她们全家都有一种说不清楚的恨。

如果让他和梦红打对手,他都得费一番心计,何况梦白。但是,不论梦红把梦白杀到什么地步,梦白只能是哑巴吃黄连,肚子里清楚,有苦说不出。

谁不知道梦红是家里的有功之臣? 梦白要是对梦红说半个不字,那就是自绝于她们那个家族。她担负不起这个道德上的谴责。不要看她闹得挺邪乎,咋呼得挺厉害,其实是个名副其实的纸老虎,银样镴枪头,就像夏天的雷阵雨,一会儿就会过去,甚至于连雨都下不来,不过打几声吓人的雷罢了。或者像现在街上流行的印着许多警句的 T 恤衫,其中有一句是"架不住三句好话"。就是这么回事。

这真是一步好棋!

每每想到这步好棋,吉尔冬都会自斟自饮一杯上好的苏格兰威士忌,不是梦白、梦红、梦兰的姨妈,就是梦白、梦红、梦兰的叔叔从外面带来或是寄来的。反正是梦这个梦那个的梦家的。

237

所以他有一种把它们全喝了的感觉。

他把玩着盛了冰块和威士忌的磨花玻璃杯,听着冰块在杯子上撞击出轻微的金属般的声响,惬意极了。

"快了吧。"吉尔冬懒懒地看了看墙上的挂钟,一副不上心的样子。

小云问梦红:"大阿姨,您喝什么?"

"你不是知道我从来不喝别的,只喝绿茶的么?"

小云不卑不亢地说:"是那么回事。可是万一这会儿大阿姨想换换口味呢。"

梦红怔了一下,小云是无可挑剔的,可这丫头分明是给惯坏了。就挥了挥手:"去吧。"她转过来接着对吉尔冬说:"我们梦白是艺术家,和艺术家过日子就是这个样子,你别在意。"是一副名副其实的大姐的样子,她的变换之快,也是令人难以捉摸的。

"我也惯了。"

这话听上去也可以说是宽厚,也可以说是谅解,也可以说是忍让,也可以说是抱怨,也可以说是控诉。

梦红点点头。不管是什么,她全领会了。

小云这时端上茶来,问吉尔冬:"晚饭怎么开?"

吉尔冬就对梦红说:"大姐在这儿吃晚饭好吗?"

"那还用说。"

"给大阿姨做些好吃的啊。"吉尔冬画蛇添足地嘱咐着小云。

小云想,反正又不是花你的钱,好听的尽管说。

"爹好吗?"除了春节,吉尔冬不到老丈人家去。当初是因为受不了梦红的盛气,才有了这样的办法,没想到结婚以后梦红倒成了他和老丈人家的纽带。

"还是老样子,无所谓好,也无所谓坏。"

"可就累坏了你自己。"

梦红没搭茬。吉尔冬想,这就是默认了。他击中了要害。

吉尔冬这句话确实触动了梦红的心思。她低下了头,珍爱地、细细地察看着她的每一个手指,十个指甲尖被指甲锉锉成光滑的圆弧,上面涂着贝色的指甲油,甲沟深凹,甲面呈饱满的拱形,半月形的界线清晰整齐,这是一个极度敏感的人的指甲。而在十年之前,这些指甲没有一天不处在水深火热之中,不是让刀切了,就是让针扎了。

这指甲上甚至映射出她额上的那条让她死不瞑目的瘢痕。

每每她这样察看她的十指的时候,眼前都会浮现出那一幅终生难忘的景象。

她站在挺高的楼梯上,突然觉得楼梯摇摇欲坠。

"妈——妈——!"

妈甩了甩烫得很时髦的长发,她赢了钱,显得十分高兴,十分沉醉。妈没有听见梦红的叫喊,结果是她为她的没有听见受了一辈子的苦。

梦红是从楼梯上滚下来的。滚下来也没有什么,很多孩子都从楼梯上滚下来过,问题出在她从楼梯上滚下来的时候,额头刚好戳在压楼梯地毯的铜条上。

除了她突然觉得楼梯摇摇欲坠之外,这件事从头到尾没什么蹊跷。

可是从那以后,再也没有人对梦红说"多么美丽的孩子"了。

要是有人多分一份礼物给她,那并不是因为他们确实爱她、喜欢她,而恰恰是因为她丑,因为人们可怜她,怕她自惭形秽,怕她伤心和多心,怕她生气。

后来妈偏偏又生了梦白,凡是见过没破相之前的梦红的人,见了梦白都会说:"这不是又一个梦红么!"

生什么不好,为什么偏偏生了又一个当初的自己。

如果说妈净顾着打牌,没有听见她的呼喊,还是可以原谅的话,再生一个当初的自己,却足够她恨了。

旧恨没消,七三年,娘一撒手,走了。梦白那时二十岁,显然是因为漂亮,因为和各路革命派的领袖轮着番地谈恋爱,道道遥遥地度过了革命的年月。梦兰才两岁,差不多就是她带大的,加上爹又瘫了。

因为额上的那条瘢痕本来就很难出嫁,更何况拖家带口地穷着。那时谁能想到有一天不但美金可以再次坚挺,而且流逐海外的亲戚又能卷土重来。随着海外关系的恢复和美金源源地流来,她额上的那条瘢痕眼看就被美金和海外关系所抵消。可是她已经是往五十岁上走的人了,更何况她又担当起一份相夫教子的义务。

丈夫当然得是门当户对。除了出身都划归在另册之外,连婚丧嫁娶也概莫能外。那个时期他也像她一样,勉勉强强找了一个额上有疤的女人就结了婚。正像她也不看他的瘸腿一样。

等到晚上,万事都已安排妥当,比如说,把儿子转到了重点学校;安排好了保姆明天的工作;给梦兰矫形的牙医已经找好;或是梦白的陪嫁还缺什么……而终于能够舒筋松骨地躺在床上的时候,她就会想到命运的不公。

现时人们都信起了麻衣相术,易经八卦。她不信。不信还能怎么样,她反正已经倒透了霉,再倒还能倒到哪儿去。

梦红不相信报应。

等到梦白回到家,拖鞋就在一开门的地方放着,她立刻就后悔了,何必在"爱之穴"咖啡屋里坐那么久。

换完拖鞋一抬头,客厅里却坐着大姐。

刚刚准备放松的精神,激灵一下又竖了起来。

"等了你好半天了,怎么才回来?我差点儿要走了。"说着梦红站起身来,拔脚要走的样子。其实她是不会走的,她怎么能走呢,那不是白来一趟了吗。

"那怎么行。快坐,快坐。"尽管梦白做好了迎战的准备,但她还是巴不得梦红马上就走。她其实非常害怕和梦红这种听不见枪炮声,看不见血流红的交锋。可是她在临阵前又往往做出胸怀韬略、胜利在握的模样。

但她每每觉得自己是没有了指望,不论在台下还是在台上,她的戏演得都不行。她觉得梦红才应该去演戏,梦红是个天生的演员。可是,梦红做什么不行呢?只要她愿意,没有她不能干的事。

面前的丈夫,又成了一位和她尚未成婚时的地道的西方绅士。接过她手里的雨伞,又给她倒了一杯冷饮。

明知道她要是把雨伞给了吉尔冬,她要是接过吉尔冬给她倒的那杯冷饮,就是给吉尔冬当了道具,可是当了梦红的面,她只好把雨伞给他,她只好喝他倒给她的那杯冷饮。就像她每每在他那些客人的面前所常做的那样。

特别当着别的女人,吉尔冬更是变本加厉地让她一而再、再而三地当这样的道具。弄得她甚至会那样想:他不过是借尸还魂地向那些女人挑逗,瞧瞧,没嫁给我这样的男人遗憾不遗憾,后悔不后悔。

这会儿,他就当着梦红的面,冷不丁地在她的屁股上捏了一把。而且捏得相当夸张。她没防备,"哎哟"一声叫了出来。吉尔冬就对她,其实是对梦红很 sexy 地一笑。

客人走了之后,她气得一整夜、一整夜地睡不着觉。为了那明知是给吉尔冬加分、给自己抹黑的道具,可是还乖乖地去当。而且她知道,明天、后天、后天的后天还会没完没了地继续地当。

客人走了之后,吉尔冬就会从一个地道的绅士,变成一个地道的地痞。

好端端地就会找茬子,发脾气。找不到扇子也急皮酸脸地数落她:"都是因为你。"

"扇子找不到跟我有什么关系?"

"怎么和你没关系?你刚才在桌子上切西瓜,让我把扇子拿开,可不就找不着了。你要是不让我把扇子拿开,我能找不着扇子吗?"

她觉得吉尔冬真算得上是胡搅蛮缠的行家里手。

结果扇子就在冰箱上放着。

接着她明明记得录音机就在写字台中间的抽屉里放着,却怎么找也找不到了,而她第二天又急着用,自然就问他一声:"你看没看见我的录音机?"

吉尔冬莫名其妙地就尖了脸:"什么录音机?什么录音机?你从来就没往家里拿过录音机。"

"你看,因为耳机和录音话筒特别小,很容易当成烂线头给扔了,我还特地拿着耳机和录音话筒让你瞧一瞧,然后就放进写字台中间的抽屉里了。"

"什么耳机?什么录音话筒?没有,没有,就是没有。"她不相信吉尔冬是耍无赖,一个堂堂的男子汉,怎么能说出这样赖皮的话呢,她只能这样想,他是成心要找茬子打架,可是时间已经很晚了,第二天她还要排戏,她必须养精蓄锐,应付每一个她从来就是力不从心的角色。

"好,好,好,不找了,不找了,亲爱的,不早了,咱们睡吧。"

她叫"亲爱的"的时候,甚至笑了起来,想着当初叫出第一嗓子亲爱的的人,才算得上是真正的黑色幽默派。

她不想吵架,她想休息。

她甚至害怕吵架。她不是怕吉尔冬,她是怕那种哪儿哪儿都夯着毛、滋着刺的日子会把她那本来就不多的,而又是演戏这个行当所需要的敏感、细腻、纤巧全锉没了。

尽管演戏对她也许从来就是一个误会,可是她还是热爱演戏。她很自量,并没有当大艺术家的痴心妄想,仅仅是因为,有时候——有时候,戏里有她向往而世间根本就不会有的生活,或者是她想说而又无法说出的话。

所幸剧院的领导和各个导演并不嫌弃她。

导演还老是启发她:"你应该想,这是一个春天的晚上,月色朦胧,小白桦树在月光下叹息,夜莺在婉转地啼唱什么的,就会找到这个感觉了。"

说得容易!

她就是听不见夜莺的啼唱,更何况月色朦胧,小白桦树的叹息什么的。她老是听见她自己的叹息,连叹息都不是,而是大喘气。叹息是多么温存、多么浪漫、多么诗意、多么抽象的动静。而她的大喘气,是一个憋了好久也得不到喘气的机会,好不容易得到一个机会,哪儿管它文雅不文雅、文明不文明,赶紧抓紧时机,先来个大喘气再说的大喘气。

导演仁至义尽,说:"这段戏等我们拍外景的时候再补拍吧。有了一个真实的环境,就比较容易找准感觉。"

可是吉尔冬是打定主意非吵不可了:"你想说我昧了你的录音机对不对?我告诉你,我们吉家从来都是清白的读书人家,不要以为你们家有两个臭钱就像暴发户似的压人一头,我姓吉的不是拆白党,从来不占女人的便宜,从来没花过你一分钱,家里不就是你买的这几件电器吗,什么冰箱、彩电、录音机、洗衣机、微波炉、切菜机、咖啡壶……拿走,拿走,明天全拿回你娘家去,还有你给我买的那三件西装什么的。"

三件西装!

梦白想,他的账算得真伤人心啊。

伤心归伤心,梦白是绝不会跟他算清这笔账的。如果那样做,就会大大伤害吉尔冬那男人的自尊心。

她可以当众控诉吉尔冬沾花惹草(冷静下来一想,这种控诉其实也是适得其反,谁又真正同情过她呢。特别她在那个时候的表现又是那样的恶劣,吉尔冬又是那样的委曲求全,谁让她是个女人呢。对于一个女人来说,比之男人的忠诚,其他一切都不那么重要),可是她绝不会和吉尔冬算这个账。哪怕背着人,哪怕只有她和吉尔冬两个人面对面地算,她也不能。

正像吉尔冬所常常表白的那样:"我不是拆白党!""我从来没占过女人的便宜!""我从没花过你一分钱!"这既是他的心计,也是他的心病。越是这样,就越是不能点破。

所以每每一同上街买东西,吉尔冬虽然每每做出忘带钱包,顺理成章地免去扮演一个慷慨的骑士的角色之后,回到家里,总会找茬子吵架。

她根本不在乎他的忘带钱包,不在乎他是不是一个慷慨的骑士。他本来就比她的家庭负担大,而她也比他的经济来源多,自然她该负担这个家。

而且她也能想见,一个心气很高的男人,不但不能真正尽到一个慷慨的骑士的责任,反而还要显出只是因为没有得到机会表现他的慷慨的男人心里的苦闷。

可是他这样找茬子吵架,反而把他自己吵坏了。

他难道看不出来,每当他多少年如一日地用这老一套的办法,回到家里又这样找茬子和她吵架的时候,她在用什么样的眼光看着他吗?

她为他感到痛苦,也替他害臊。

"谁说你想昧我的录音机了,我问问你看见没看见不可以吗?你用得着这么着吗?实在找不到将来再买一个就是了,这些都是身外之物,不必为这种事情生气。"

在这个家里,连她自己的东西她都不能问。

刚结婚的时候,看见他瞎捣鼓梦白还说一说。开始吉尔冬还听,可是很快就露出一副青皮的模样。他不但不会停下来不干,反而会冲着她的脸说:"我偏要这样。"说完还挑衅地,一动不动地,久久地看着她。

后来她不再自讨苦吃。每当他捣鼓坏了什么,弄丢了什么,她宁肯花钱再买,也不愿去感受一个妇道人家,面对一张恶狗似的嘴脸的飘零感。

她相信爹爱说的话,"财去人安乐"是很有道理的。

"你说再买是什么意思?还不是说我昧了你的录音机。"

吉尔冬的法宝就是恶狗先咬人,再不就是胡搅蛮缠,不面对事实,一到论理的时候,他就东拉西扯,你说东他说西地回避实质问题。

"再买一个怎么就是说你昧了我的录音机?"

说再买一个,旨在息事宁人,结果还是不行。

"你口口声声说是放在写字台中间的抽屉里,现在没有了,不是说我昧了又是什么意思呢?"

这和前一天需要她做个好主妇,去服侍他那小情人的嘴脸是截然不同了。

忍到这里,梦白再也忍不下去了。

"你为什么昨天对我态度那么好,今天就没事找事地吵架?因为昨天你怕我翻车,怕我口出不逊,怕我对你那小情人伺候不周,那样人家就会迁怒你,你以后就没有膀子可吊。"

"你给我滚。"吉尔冬把扇子往地上一摔,就乒乒乓乓地翻箱倒柜,他得证明他没有昧过梦白的录音机。

结果录音机是在他的提包里找到的。他想起这是上周教研组里评定职称的时候,他拿去录大家的评定意见的。

在录音机上他是没得可说了。一没得可说就像每次没得可说的时候一样,恼羞成怒就是了。

话锋一转,就像从来没有发生过关于录音机的口角:"我手里有证据,你去年拍外景回来不久就做人工流产的孩子不是我的,是你拍外景的时候,跟别的男人睡出来的,结果还算在我的头上,打着我的旗号去做人工流产。"

梦白真是傻了,她怎么也不能相信吉尔冬会这么卑鄙。为了和他结婚,正如她们全家早就指出、反对的那样,她不但永远享受不到做母亲的乐趣,甚至在她已经做了母亲的时候,生生地把她的孩子杀死了,吉尔冬不但没有半点歉疚,反而说出这一番惊天动地的话来。

梦白就是轮回三世也忘不了对吉尔冬的仇恨了。

"吉尔冬,你要多卑鄙就有多卑鄙!你把自己老婆的肚子搞大了,反过来却说是别人干的。亏你还长了那么一个高头大马的男人身坯。你真是个无赖流氓下流坯,我看不起你,我要不和你离婚,那才叫见鬼。我明天就向法院起诉你,你不是有证据吗?我要请法院向你查实,有关我孩子的生父问题。别以为我要证明的是我的清白,我才不在乎这种清白呢。一个女人,就是和她所爱的男人,生了一个非婚生的孩子,算得了什么问题?再一说,对于一个能说出你这种话的丈夫来说,清白又怎么样,不清白又怎么样?我要证明的是你的卑劣。"

说完这些话她就出去了。

到了街上才发现已经没有了公共汽车,在投币电话里要了半天出租汽车,怎么要也要不到。

这能难倒她吗?她走也能走到……走到哪儿?

她突然在街心站住,想,幸亏没要到出租汽车,否则出租汽车问"上哪儿"她可怎么说呢?

到娘家去吗?到娘家去是可以的。她也不是没到娘家去躲过这样的灾荒,但都不是在这三更半夜的时候。

这个时候一进家门,编什么瞎话都瞒不过家里的人了。

那可趁了梦红的愿。

爹也会着急,爹一着急的样子挺让人心酸,想说几句劝慰的话又稀里呼噜说得挺费劲,还老想举起他的手摩挲摩挲她,或者是拍拍她,可是光见他使劲,使得面孔通红他那双手还是纹丝不动。

她往北走几步,又往南走几步,她往西走几步,又往东走几步,走来走去还是在原地转悠。

她发现,原来十字路口的红绿灯夜半三更也是绿了又红,红了又绿的。

不管那灯是绿了又红,还是红了又绿,总而言之东南西北都没有她的去路。

247

现在她可真是有家不能回的人了。

半夜三更的,路上几乎没有行人。她害怕遇见坏人,只好走在两行汽车道的中线上。偶尔有一辆汽车擦着她的身边驶过,开得飞快,就像要开到她的身上来。汽车转眼就撇下她远远而去,留下的还是来回变换、所以就觉得还是有点活气的红绿灯和脚下以及四周一栋栋凝固的、没有活气的水泥。

她一面信马由缰地走着,一面草拟着给法院的起诉书。那起诉书拟得气壮山河,简直就是第二个《独立宣言》,字字句句,铿锵作响,掷地有声,她禁不住大声地把它念了出来。

《独立宣言》在马路上激越地回荡,自她结婚后所受的种种看不见、摸不着、说不出,只能心领神会的窝囊气,全都泄了出来。渐渐地,她进入了角色。

可是她最终没能到法院去起诉。

仅仅是因为第二天她们家的电话坏了。电话拨通以后,打电话的人可以听见电话铃响,收话的地方却毫无动静。

吉尔冬恰恰在这一天往老丈人家打电话,只听电话铃响,却不见有人接电话,如此再三。他想,一定是出了事。梦白,就算梦白躲着他不接电话,还有梦红、梦红的丈夫和孩子、梦兰、保姆,不算老丈人,不会全出去吧,总会有一个人在家,怎么没有人接电话呢?这太不可能了!他慌了。他想,一定是全家一起中了煤气,或者是老人不行了,送到医院抢救,全家都上医院去了……

反正是出事了。

冒着摄氏三十八度高温,吉尔冬撂下手里的工作,从大学跑到老丈人家看个究竟。

梦白一看吉尔冬热得连裤腰都让汗水浸湿了一圈,头晕恶心,脸膛黑紫,一副中暑的模样,心就软了下来。又是打毛巾,又是开电扇,又是倒冷饮,恨不得自己也变成毛巾、电扇、冷饮一起上去给吉尔冬防暑降温。

在这一通打毛巾、开电扇、倒冷饮之后,还怎么上法院起诉呢?

电话早不坏晚不坏,偏偏在梦白就要起诉的那一天坏了。

这就是命,是她前生前世没做好事,欠了吉尔冬的,这笔债她还没有还完,她得继续还,什么时候还完了,什么时候自然就解脱了。

人不能胜天。

再一说,她若是起诉,看笑话的首先不是别人,而是梦红。吉尔冬再不好,至少还是个整人,不像大姐夫,腿还短一截呢。

每当春节全家吃团圆饭的时候,就看出梦红的气短来了。

大姐夫也许没有吉尔冬的心计,他不吵也不闹,可他显然不把自己看作是这个家里的成员。爹的病好也罢,坏也罢;梦兰拿得到还是拿不到签证;甚至他和梦红的儿子进不进得了重点学校;电灯不亮;水箱漏水……这个家里就是天塌地陷,他也不闻不问,该吃一碗饭,绝不会吃两碗,也不会吃半碗,该睡七个小时零三分钟,绝不会睡六个小时五十五分,或者是七个小时零八分钟。

梦白知道,她即使有个给她受着摸不着、看不见、说不出的窝囊气的吉尔冬,也比等于没有的那个大姐夫,让梦红处处没得可与人攀比地难受要好。

吉尔冬绝对是个闲不住的男人。

他在床上的表现可以说是贪得无厌。真不知道在他前妻卧病那几年,他是怎么过的。也许正因为如此,他现在有一种强烈的补偿欲。

加上她又常常出外景和演出。

可是她爱吉尔冬吗？

不能说很爱，也不能说不爱。

如果说爱，确实像吉尔冬所说的，为什么不把财权交给他？虽然他没说出来，可是她处处都能感到，吉尔冬的邪火：乱找茬子吵架；整治她，为了整治她甚至不惜把她们姐妹间的矛盾推向极致，无一不是出自这个原因。

如果说她不爱吉尔冬，为什么她容不得他那沾花惹草的毛病呢？

除了她对吉尔冬那点不多的爱（像她这种高不成低不就的大龄女，不爱吉尔冬又能爱谁？是啊，她可以爱别人。可是别人让你爱吗？吉尔冬人高马大，仪表堂堂，如果不想其他的方面，说到哪儿也是一个体面的丈夫），使她嫉妒他和别的女人的关系之外，也许她还没觉悟到她对吉尔冬怀有一种统治意识吧。

她心里其实也在盘算着，她一天到晚花钱养着他、供着他，他这样的沾花惹草还有没有良心？他好意思让她喂得红光满面之后，穿着她给他买的裤衩背心、西服革履，戴着她给他买的手表，坐在由她花钱装备起来的舒适的家里，花着她的钱来款待他的情人，也许就在她新买的那条床单上做爱呢？

梦白觉得实在是太亏了。

哪怕吉尔冬稍有收敛她也不会这样计较，她天生是个容易忘怀的人。她和吉尔冬谈过很多次，吉尔冬根本不承认他是沾花惹草。既然不是，当然就可以接着往下干。

吉尔冬有时当着她的面就和他那些女人调笑起来。

人说了："你老笑什么？"

"你笑我才笑嘛。"

"我笑你傻。"

"和你这样的漂亮的女人在一起谁都得变傻。"

"骗人。"

"不敢骗,不敢骗。"

"谁信呀!"

"要不要我证明一下?"到这时,吉尔冬那双眼睛就是她每每一上床就可以看到的眼睛了。

要是不当着她的面,又会怎样呢?

要不就在电话里无穷无尽地扯,一扯就扯上一个多小时,有一次竟然扯了三个小时。

"喜欢不喜欢?"

大概是吉尔冬给对方送了什么东西,自然又是算在她账上。

"不喜欢?"

撒娇呢。

"猜猜看那是什么意思。"

"猜不着?骗我。好好猜一猜,要不要我提醒你一下?你忘了,在……好,好,好,不说,不说。"

当然是一段和偷情有关的回忆,一件让对方想起一次偷情的物件。

"你喜欢我就满意了。"

"给她留着!给她留着干吗!我跟她不来这个。"

吉尔冬说的这个"他",一定是个女"她",这个女"她"肯定是自己。

"瞎说,对你没有从前好还想着给你送这个去。给你送这个去还不能说明问题?"

吉尔冬笑得浑身发软,软得几乎摊成一堆烂泥。吉尔冬说话的声音也变得黏稠起来,好像他不是对着话筒讲话,而是一头扎进了一对丰乳的乳缝中间,那声音经过一对丰乳的挤压,自然就浓缩得黏糊起来。

这样的电话一打就打到深更半夜。她好不容易有个可以早睡的夜晚,生生地就让这个欲火中烧到都能嗅出吉尔冬的精液味儿的电话给搅黄了。

她其实软弱得很,从来不敢正面和他们交锋。有一次实在气极了,给他那位小情人打了一个电话:"劳你驾,能不能在白天打电话,晚上我需要休息。"

人家说:"这话你跟我说不着,谁让你没把自己的丈夫看好。"

一句话就把她噎得没词了。

言之有理,言之有理。自己的丈夫要是非这么干,做妻子的有什么权利指责别人。

人家不跟你扯什么休息不休息,人家一句话就指出了要害,什么休息不休息,你吃醋了,你不好受了,你没本事看住你丈夫你活该,一边待着去,少找别人的茬!

吉尔冬还在一旁大声斥责她:"你这个臭娘们儿,把电话给我放下。我的同志全让你得罪光了。"

她用手紧紧地捂着话筒,她不能让电话那头一句"这话你跟我说不着,谁让你没把自己的丈夫看好"就把她噎得没了词的女人,听见她的丈夫正是为了她在劈头盖脸地斥责着她。

哪怕回过头来,吉尔冬再跟她大闹一场都行。现在她无论如何得给自己保住这个面子。

可是吉尔冬偏不让她保住这个面子,吉尔冬的声音大得出了邪,她估计这是为了急于向对方洗清自己,而对方也一定听见了吉尔冬对她的斥责。人家正在电话那头,不知怎么奚落她呢。

她受到了两头夹击之痛。这两头之中,还有一头是她的亲夫。这比任何一种的两头夹击都让人心伤欲裂。

有时她真让吉尔冬气得神志恍惚。

有一次说好了出去吃饭,正好碰见一位漂亮的、据他说是大学里的女同事,人家坐着一辆 taxi,他一迈脚就进去了,说声"饭馆见"就走了,把她一个人撂在那里等公共汽车。

她气得几天不知东南西北。房管处的水暖工来修理厕所的水箱,她一迷怔,给了人家整整一条"万宝路"。小云说:"给他几包就行了,您干吗给他一条?"

不为什么,只是因为她让吉尔冬气晕了。

这些气攒多了,又没地方排泄,她就会没头没脑,没有原由,不分场合地点地当众给吉尔冬一个下不来台。

好比大家谈的正是时下的水灾,是不是应了前几年某个招魂师的话。招魂师请来了老人家,老人家十分担忧,说的是他死后多少年全国一片水,多少年全国又是一片血,等等。参加招魂会的百姓们都叩倒在地,哭声撼天动地。大家求老人家投胎转世,拯救黎民百姓于水深火热之中,等等。

她却冷不丁地冒出一句:"对,老人家快快转世吧,转了世还是先救救我吧,谁都没有我的苦大,再不救我,我就让吉尔冬给整死了。"

这时吉尔冬就潇洒地扬头一笑,特别亲密地搂过她的肩膀,说:"你真会开玩笑。"

这样说是很解气的,解完气之后紧接着的就是后悔,不明白自己怎么能做出如此残酷的事,她为自己虐待了吉尔冬深受良心的谴责,她的脸让难消的仇恨和极度的懊悔揉搓得歪歪扭扭。

而在这种时候,吉尔冬从不计较她不顾大局、败坏他名声的恶行。

这时梦白又会想,也许吉尔冬真有点爱她。

吉尔冬算个男子汉。

她在心里赌咒发誓,一定改过自新,以后再不这样欺侮、败坏、虐待吉尔冬了。

这以后,在相当长的一段时间内,她会带着一种赎罪的心情,心甘情愿地忍受吉尔冬的算计,以求得到心理的平衡。

等到吉尔冬又用种种样样的算计,打破了、超过了这个平衡,梦白说不定又会在一个什么公众性的场合,给吉尔冬来这么一下。

她的生活,就是在这么一个怪圈里,一圈一圈地运转着,说不清哪儿是头,也说不清哪儿是尾。

转来转去,反正都是她的错。

没有一个人不说梦白欺人太甚,没有一个人不说吉尔冬是曲意求全。

人们全都同情吉尔冬。

梦白更气了,越气越不知道分寸,越气越不知道怎么才能对付、招架吉尔冬,越气越不知道怎么才能让人了解真相。

她老觉得,早晚她非让吉尔冬整疯不可。

梦红果然赞不绝口地说:"像这样会伺候老婆的丈夫上哪儿去找,你姐夫从来就没有这样对待过我。"

梦红的赞美里,压抑着让她不得不检讨自己的刁钻古怪,以及难以伺候的不平。

她不但比吉尔冬慢了几个拍节,更比梦红慢了几个拍节。不论她怎么盖着、掩着,以梦红的精明,绝不会不知道她是在怎样受用着吉尔冬那摸不着、看不见、说不出、只可意会不可言传的窝囊气,可是她还偏偏这么说。梦白巴巴地看着梦红,心里说,梦红,梦红,我的亲姐姐啊,你什么时候才能饶了我呢?可是嘴里偏偏说的是:"这可是应了那句老话,'孩子是自己的好,老婆是人家的好'了,现在可以改成'孩子是自己的好,老公是人家的好'。"

梦红极表同情地说:"是啊,有个好老公到底是好事,还是坏事?"她停了一下,好像在等梦白的回答。她明知这个回答会让梦白相当尴尬,可还是要尴尬梦白一下,梦白没有搭茬,"怎么说都行,是不是?"

梦红极表同情的另一种含义还等于是说,她早就知道,吉尔冬把她耍了,不但吉尔冬把她耍了,吉尔冬还伙着别人,特别是伙着别的女人把她耍了,现在就伙着她在耍她。

小云在厨房里嘟嘟囔囔地说:"你觉着好,你嫁给他算了。"

梦白心里凄楚地动了一下,姐姐妹妹的一大堆,可是她却好像只有小云这一个亲人了。

梦红没有听清,吉尔冬也没有听清,但梦红知道小云说的绝不是好话:"你说什么?"

"什么'什么'?"

"我问你说什么呢!"

"我说阿姨天天都买菜,偏偏今天没买,没有什么好东西给大阿姨吃。"

梦红清清亮亮地笑出了声:"小云多大了?该出嫁了吧。姑娘该出嫁了就得让她出嫁,留不得,留长了就该出事了。"

吉尔冬对着厨房喊了一声:"冰箱里不是有对虾吗?"说的是对虾,声调里就有了平时单枪匹马所没有的胁迫和倚人仗势的凌厉。

"恐怕来不及化冻了。"梦白脑子不够用地说着大实话。

"拿到微波炉里化嘛。"

又让吉尔冬抢了先,好像她舍不得招待梦红似的。她怎么

255

就忘了微波炉可以化冻这件事。

真真地只剩下了招架的份。想来想去,也想不出摆脱被动局面的办法。

于是她开始支支吾吾,现出满脸的暧昧、做贼心虚、欲盖弥彰,而且容光焕发,凡是一个女人和另一个不是她丈夫的男人,共度了快乐时光之后,一概都有的那种容光焕发。自从说完最后那句台词,她的艺术感觉极好,不论什么情绪,说来就来,绝对真正地投入。

她注意到吉尔冬暗暗地把她的脸看了又看,于是又觉得她在"爱之穴"咖啡屋里没有白白地喝那温不温、凉不凉的泔水汤。

尽管吉尔冬无时无刻不在想着整治梦白,连一个针缝那么小的眼和机会也不会放过,从这一方面来看,他对梦白的感情几乎是无,可是听到她和另一个男人共度黄昏的事情,心里还是生出很传统、很古典的仇恨。

她还添油加醋地对他们说:"要不早回来了,碰到一个老同学,一块去喝了一杯咖啡。喝完咖啡副食商店就关门了。"

梦红说:"吃什么都行,我还缺吃吗?我今天主要是来送钱的。二叔又给咱们寄了一笔钱。"说着,她就打开了手袋。

一提钱,梦白就有些不好意思,甚至有些理亏地扭过头去,好像她一直藏着私房钱,如今被梦红一把戳穿了似的。

梦红想,这就是梦白的不成气候。是她的私房钱又怎么样?这是娘家来的钱,又不是从吉尔冬身上刮下来的,有什么可不自在的。

吉尔冬却听得很仔细,两道目光嗖的一下射向她的手袋。是个干经纪人的材料,不知他为什么学了自然科学。

梦红不知道他们在经济上是怎么处理的,可她早就感到梦白已被吉尔冬牢牢地掌握在手心里。

她本来想用这笔钱,给他们、当然首先是给梦白制造一点麻烦。这笔钱数目不小,吉尔冬心里首先就不平衡起来,他心里一不平衡,就得找茬子闹事。

她就是要眼见着梦白受那摸不着、看不见、说不出、只能意会不能言传的窝囊气。她的窘迫,她的失败,她的失态……不管那窝囊气、那窘迫、那失败、那失态,是大还是小。

等到眼见了吉尔冬那两道阴阳交错的目光,又不知不觉地改变了态度。

梦红脸一正,"啪"的一声,气势压人地把钱摔在茶几上:"梦白,收好你的钱吧。"

"你的"那两个字,她说得很重。

吉尔冬看着梦红额上的瘢痕心里恨恨地想:活该,这条瘢痕还是太小,怎么不长个满脸呢?长个满脸才好。臭娘们儿,你以为我眼馋这几个美金呐,嘴里却很随意地说:"听说电影明星绿莹又离婚了,让她丈夫敲了十几万。我最讨厌男人揩女人的油了。"

"是啊,那些没文化的痞子,能有什么高尚的精神境界?"梦红兴致勃勃地和吉尔冬谈着影星轶事,两个人再投机不过的样子。

据梦白所知,他们谁对影星的生活都没兴趣,她觉着梦红或是吉尔冬都挺怪,挺难捉摸。

梦白对这种话题没兴趣,又觉得和梦红待在一起,心智不够用,实在累得慌,就到厨房里张罗小云备饭。

按照书上的说法,腌的咸鸡蛋今天可以吃了。

"咱们再来个咸蛋蒸肉吧。"她和小云研究过菜谱,这是她们一块选定的一道好做的菜。

菜上全了她就招呼客厅里的人吃饭。大家坐好以后,她刚把一只对虾夹进梦红的盘子,吉尔冬却郑重地站了起来,又郑重地找来一只干净盘子,夹了一只对虾、一个鸡腿、两块熏鱼笑容可掬地给小云送到厨房里去。

这是每次有客人来家里吃饭时的常春藤节目,而梦白又总是忘得死死的。

凡是见到这个节目的人,都会显出凡人见到圣人显圣的神情。

梦白放下筷子,静静地等候着这场表演的结束。

梦红又是莫测高深地微笑着,像是赞许、像是观赏、像是阴谋得逞、像是正中下怀、像是如愿以偿、像是幸灾乐祸、像是……像是……

小云一见吉尔冬那专为这种活动准备的微笑,浑身就凉飕飕地发麻。

小云不但没说一句客气话,连看都没看那盘菜。她明白不过地想,这是家里来人了。平时梦白阿姨不在家的时候,吉尔冬连最必需的下饭菜也不给她留,净拣些馊了、臭了、他不吃和不爱吃的剩菜给她吃。

要是有更多的客人,特别是有那几个常来的女客,吉尔冬在上最后一道菜的时候,还会把小云拉出去,对大家说:"让我们感谢小云同志,给我们做了这么好吃的饭菜。"

吉尔冬带头先鼓起掌来,大家也噼里啪啦地鼓上一通。

人们在吃完饭后,多半会走进厨房,对小云说:"你们家的吉伯伯对你真好。"

小云也不说对,也不说不对,只说:"阿姨对我特别好。"

客人们就会显出对牛弹琴的神情,转身离开厨房。

小云心里有本账,吉尔冬只能糊弄梦白阿姨,糊弄不了她。家里的事她记得一清二楚,她也不知道记那些事干吗,总觉得好像是有用处,她得照顾好阿姨,因为阿姨对她好,做人可不能像吉尔冬那样不讲良心。

咸蛋蒸肉看起来很成功,上了桌子才知道有些咸了。

吉尔冬笑着说:"这不等于让我吃盐嘛。"那非常绵软的笑里藏着奸凶。

"不至于是吃盐吧,下稀饭正好。"

吉尔冬挖出蛋清,一面吃一面伸舌头闭眼睛,好像他吃的不是咸鸡蛋,而是酸杏。说:"没办法,老婆让吃,不敢违命。"

梦红说:"瞧你丈夫多怕你。"

梦白说:"我丈夫可不怕老婆,别这么编派我丈夫,要是别人这么说还情有可原,你这么说,可就有点奇怪了。你真相信吉尔冬怕我吗?"

梦红默契地扁了扁嘴。

吉尔冬觉得往好说,梦红是墙头草,往坏说就是挑动群众斗群众,以便坐收渔人之利。

梦白对吉尔冬说:"你要是嫌咸,就留给我和小云吃。"

"那哪儿行,咱们家从来就是有福同享,有苦同当。"

"得,得,得,你还是别吃吧,回头又该说我逼你吃盐了。"

"谋害亲夫的事也是有的。"

梦红张嘴大笑起来,可是梦白不知道梦红笑的是吉尔冬还是她,也许笑的是他们俩。

梦白生气了,可是她又不敢直对他们的脸,只好两眼对着盘子说:"要是这么说,和别人合起来算计自己老婆的人也是有的。"

梦红和吉尔冬同时有些变了脸色。

"多吃一点。"梦白乘胜追击,往梦红的盘子里夹了一只对虾。

吃完饭,小云端来了西瓜。

梦白一看,说:"哟,这个瓜可没昨天的那个好。"

梦红说:"别挑挑拣拣了,这个品种的瓜都挺甜。快吃吧。"

尽管梦红是在数落她,可她知道梦红这是给她解心烦的好话,怕她觉着没给梦红吃上好瓜心里又犯嘀咕。

"是呀,这个品种的瓜是甜,可是沙瓤的也不容易碰。你要是昨天来就好了,昨天那个瓜是沙瓤的呢。"

瓜是小事,梦白是真想让她吃个好瓜。梦红看着梦白那张苦巴巴的脸,出了一口长气,就招呼着吉尔冬:"吃瓜,吃瓜。"

吉尔冬看了看那个瓜说:"我这个人一向不大吃零食,有口饭吃就行了。"是一副节俭惯了、绝无更多物质要求,在这个家里尽量把自己压缩得很小的样子,"你们吃吧,多吃一点,多吃一点。"又是克己为公,照顾着大家。

梦白说:"咦,你昨天一个人就吃了半个,怎么今天就说从来不吃零食,有口饭吃就行了?"

梦红白了梦白一眼,什么事难道都要说出来么,放在肚子里难道就会放烂了?

"那是遵老婆之命,不吃不行。"

"今天怎么就不遵我的命了?"

"今天吃得太饱了。"

梦红想,绕来绕去,还不是人家赢了?

到了晚上,灯尽人散的时候,梦白一个人斜倚在沙发上看电视上的广告。

现在的电视,除了广告,没什么可看的。

摩丝,香波,金利来领带,男人的世界,高乐高,娃哈哈,我只用霞飞增白粉蜜什么的。

这比什么形式的休息都好。

吉尔冬拖了拖鞋,换了睡衣,走进客厅,俯下身来,悄声悄气地对她说:"亲爱的,我觉得你今天太累了,还是早点休息吧。"

她挺乖地点了点头。关上电视,准备就去洗漱。她跟着吉尔冬的话往下想,她今天累吗?不,她没干什么,比演出或是真上镜头的日子,可是轻松多了。不,她一点也不累。

转过身来,吉尔冬冲着她张着大嘴,打了一个震天动地的哈欠。吉尔冬的哈欠就像他的喝汤一样,肆无忌惮,无遮无拦,不管不顾。

梦白想,差点又上他的当。明明是他困了,想睡觉,却对她说,她累了,需要早点休息。连这针鼻大的问题,连对自己的老婆,吉尔冬也不肯放过虚他一伪的机会。

换了她,她一定会说:"我困了,咱们早点睡行不行?"要是吉尔冬说不行,她还会不高兴。

"可是这有什么不好呢?"爹说,"他无非是想要讨你的喜欢。"

"我偏偏不喜欢。我宁肯他别这样讨我的喜欢,也许我反而会更喜欢。"

"你不能让所有的人都按着你的标准过日子。"

导演连连叫道:"停!停!"

摄影机第九次停了下来,她没有哭,导演却是憋了两泡眼泪哭不出来,受尽折磨的样子。

导演的脖子上、胳膊上、脸上,凡是露在外面的地方,全是让小咬咬的大红包,那些大红包使梦白觉得,再不把导演的要求表现出来,简直就是罪大恶极。

"你这几天到没到林子里去走一走?"

"去啦,当然去啦。"梦白不但白天到林子里去过,晚上也到林子里去过,她不听人们的劝告,晚上林子里不安全,有时还会有熊瞎子或是野狼出没其间,可是她还是去了。

月光下,那些低垂着头的、忧伤的、袅袅婷婷的小白桦树,让她想起芭蕾舞剧《吉赛尔》第二场里的、为负心的男人而死的、变做鬼魂的少女。

她甚至听见一种极细微的,不是人类发出的哭泣。可是她就是听不见夜莺的啼唱。别人在白天都可以听到的夜莺的啼唱,她在夜深人静的晚上都听不到,她觉得她真的有问题。

虽然人们不断地安慰她,会有的,会有的,他们说的是感觉。

可她还是停留在上一句台词上:

"我梦见我疯了,赤身裸体地在大街上跑……"

她不明白,为什么一个梦见自己疯了的人,还能听见夜莺的啼唱呢。

听见夜莺的啼唱还不说,心里还要想着每当夜莺啼唱的时候,就会有人来找她——当然这是永远不可能出现的事。导演这样启发着她。

导演还说,正是因为她疯了,所以才老是听见其实并不存在的夜莺的啼唱。

所以梦白觉得不是女主角发了疯,而是她自己有问题。像爹说的那样,她有问题,她一定是生下来就有问题。

傍晚时分,还是天气晴好,风平浪静,吉尔冬甚至觉得——也许是盼着——春天就要来了。

日子总该有所不同,这一天,或者是那一天。

过去他觉得天天都不一样,现在他觉得天天就像一天那么一样。

擦黑的时候,却刮起了不安的风。

开始的时候,风很紧,从每一条缝隙里钻进来,他在黑暗中坐着,任那风紧紧地裹着他。

红木椅子很硬,硌着他的背,是从梦白她们家的祖上传下来的,现在很值钱了。坐上去虽然不够舒服,但却有一种坐在很多钱上的充实感,而且是一种不会贬值的钱。

刮着,刮着,他就发现,这个晚上的风,是分不出东、南、西、北的乱风。

这风还刮得有点让人害怕,连小孩子都不哭了,更不要说是大人,好像一出声就会招灾惹祸,不如早早地躲进被窝。

他就觉得要出点什么事。如果不出点什么事,就不该有这样的风。

小云做晚饭的时候,梦红来了,告诉他们,爹的情况,正在往好的方面转化。这本是值得高兴的消息,不知怎么,他们并没有想象的那样兴高采烈,倒好像有些惋惜,有些黯然。他们之间这种相安无事,风平浪静的日子,就要结束了。

吃过晚饭,梦红对小云说:"这些天把你累坏了,今天就放你的假。前些日子你不是说要到亲戚家走一走吗?这就去吧。"话是对小云说的,眼睛却一直瞟着吉尔冬。

小云眨巴眨巴眼,说:"我不累,阿姨还在医院陪床呢,我还是去换她吧。"

"我刚才不是说了吗,老爷子没事了,梦白一会儿也会回来的,你就放心地去吧。"

小云有些为难地说:"这么去是不是有些突然?再说,我也不能空手去呀,现在商店都关门了,想买点什么也来不及了。"

"那还不简单,"梦红在柜橱里翻了一翻,就翻出来一瓶果珍,一瓶雀巢咖啡,"把这个拿去。"

小云笑了:"他们哪儿喝咖啡呀。"

"喝不喝是他们的事,你的意思到了就行。"

吉尔冬听了就有些恶心,她们姐姐妹妹全是这个德行。梦白给他买电动剃须刀的时候,连价钱也不打听,二百块钱说买就买。后来在别的商店,同样的牌子,同样的日本货,才一百六十块钱。

梦白哪儿是为他的胡子着想,梦白是拿钱买她自己的形象。

好一个只许他不仁,不许她不义的贤妻啊!

好一个高尚的、好事做尽的人啊!

那么,他为什么要对她感恩戴德呢?

可是对他真正的需要,她却装聋作哑,托人在深圳买壮阳药,足足花了他一百二十块。他多次对梦白说:"嘻嘻,买这点东西,整整花了我一百二十块呢。"

"你买这个干什么?"梦白很不明白,他又不是阳痿、早泄,或者不举,不但不是阳痿、早泄、不举,而是相反,而是 double 的 double。

"为了更好地为人民服务呀。"

梦白说:"你愿意给谁服务就给谁服务,反正是别找我。"

"那就是说,这一百二十块钱由我自己付了。"

梦白没有搭腔。

"前些日子,外地的老同学来了,为了招待他们,我差不多也花了三百块。"

"这笔钱我可以给你。"梦白立时从手提包里拿出三百块钱给了他。

可是梦白就是不给他报销那一百二十块钱。

说三百是虚报了,实际上是一百五十左右。按说,多报那一百五十,早已补上了买壮阳药的亏空,可是吉尔冬在心理上就是搬不过来。他老觉着那一百二十块没有得到名正言顺的补偿,所以就算不得是补偿;既然算不得补偿,就是没有得到补偿。

结婚这许多年来,一应开销,无论什么东西,他已经习惯于在梦白那里报销。这回突然不能报了,而且不是小数,而是一百二十,那感觉是只能用极其惨痛才可以明了的。早知道她不给报销这笔钱,他绝不会花得这么大意。

这口气一直憋在他的心里,没有找到出口。

小云闹不过梦红,勉勉强强地接受了梦红给她的休假。

"好吧,我刷完碗就走。"

"放那儿吧,你不刷也行。现在就走,有的商店也许还没关门,你愿意的话,再买点什么也行。"

不但小云觉得梦红这么急着打发她走,有点奇怪,连吉尔冬也觉得有点奇怪。还有她瞟向他的眼神,让他感到有点狼狈为奸的局促。

也许他应该表示些异议,可是他没有。他没有,就更有了狼狈为奸的意味。

为什么没有,他也说不清楚,也许他正盼着梦红这么安排呢!

反正藏在他心里的、企盼着任何一种破坏的机会的欲望,随着老丈人可能康复的消息,又卷土重来了。

小云一面换衣服,一面琢磨着梦红非让她休息的安排有点邪。

按理说梦红对她不错,可以说比梦白还周到。可是梦红的好,是用心造出来的好,是一定要人说好的好;梦白对人好,是因为她为人本就厚道。

临出门以前,小云说了一声:"我走了啊。"

梦红似乎很称心地说:"好,好,好。"

吉尔冬把脑袋深深地埋在胸前,似乎在问自己的心智,会出什么事呢?

有几次他觉得已经接近那询问的结果,可是刚轻轻地一触,它就滑走了。

接着"吧哒"一声,一块瓦从房上掉下来了。

他激灵了一下,想,开始了。便换了一口长气,准备好等待。

然后却是长久的沉寂,于是那从房上掉下来的瓦就像一个试探。

他想不清楚那沉寂有多久,反正他等困了,蒙眬得差不多快要睡去,突然,房顶上响起了一阵鬼哭狼嚎的猫叫,那叫声撕扯着风,撕扯着沉寂,也撕扯着他的蒙眬。

这时,门上响起了犹犹豫豫的敲门声。

"谁?"他有些心惊,也有些明知故问地问。

小云走了以后梦红没有走,坐在客厅里有一搭没一搭地和他聊天。一直聊到过了十一点,梦红才想起来看看表,说:"哎哟,十一点了,没车了,怎么办?"

吉尔冬也可以说,叫出租车嘛。可是他没说。要他说干吗,其实梦红早该想到了,早该想到而又不那么做,是一定要留下住了。

反正小云的房子空着,换床被单就行了。

"我。"

"你还没睡?"他还坐在椅子上没动。

"你要不要喝点咖啡?"梦红顽强不屈地在门外说。

他想她的顽强不屈,也想她说的咖啡。

一个女人一旦敢对一个男人顽强不屈,一定是因为那男人给了她可以顽强不屈的理由。

他该负什么责任吗?

老丈人进了监护室。能不能熬过这一关,原来说就是几天的事了。

家里乱成了一锅粥。

除了小云还有些头脑之外,工于心计如梦红,伶牙俐齿、有勇无谋如梦白,饭来张口衣来伸手如梦兰,全都无了用武之地。

梦红的丈夫依旧是早上六点半起床,七点吃早饭,七点二十去上班,连医院都没去过,更不要说晚上在病床前值班,梦红对此无可奈何。

只有吉尔冬和梦红、梦白、梦兰、小云,以及那边的保姆一起竭尽着家人的责任,不分黑夜白天地连轴转。

他是这里面的唯一的男子汉,自然而然地成了她们的领导核心。

医院决定头部手术,术后颅脑发生积水需要及时排水,等等重要的决策,反倒是吉尔冬拍板定下来的。

其结果至少是没有比不手术、不排水效果更不好。

在这种情况下,他们个再找茬子斗嘴、斗心、斗智、斗气,反倒显出多年少有的安定团结的新局面,他们彼此甚至还能诚诚恳恳地谈谈老爷子病情以外的话。

吉尔冬发现,梦红可能寂寞得很,因为她身上散发着一种他很熟习的味儿。

入冬以来,吉尔冬狠吃羊肉炖枸杞子。梦白不给他报销壮阳药,却挡不住他狠吃羊肉炖枸杞子。

小云不吃羊肉,梦白也不吃羊肉。

吉尔冬一个人喝着酒,吃着羊肉炖枸杞子,一直吃到连他身上也冒出了一股羊膻味,远远地就能嗅到。

他不能白吃几个月的羊肉炖枸杞子,既然有人送货上门,他为什么不能开门呢?

梦红斜倚在门上,是少有的娇媚,她穿了梦白的睡袍,齐胸以上,只有两根细细的带子,吊在丰腴的膀子上。如果不往上看她的脸,那是男人难逃的温柔乡。"猫叫得挺怪,我一个人睡在那边有点害怕。"

吉尔冬鬼使神差地说:"我不爱喝咖啡,喝点酒怎么样?"

"那敢情好,累了这么多天,也该慰劳慰劳自己了。"梦红的言谈话语中,流露出了对这一时期良好合作的留恋,也明白不过地暗示他,这恐怕是他们可以单独相处的最后的时机了。

他们谁也不说话,一杯接一杯地喝着闷酒,好像是在较量各自的酒量,或是在积蓄着各自的力量。

吉尔冬甚至眯着眼睛,尽力保护着留在他身体里、头脑里、心智里的最后那点勇气,不肯让它轻易地流泄出去,他得用它来抵抗他的恐惧。

说到底,梦红毕竟是梦白的姐姐,他要是干点什么总有些顾忌。

同时他又拒绝看梦红那张脸,只看她脖子以下的部位。

一瓶酒快要见底的时候,梦红伸了一个懒腰,丰满的胸向吉尔冬直挺挺地杵了过来。

梦红看见吉尔冬的咬肌上,滚过了一棱棱的肉块。

这时房顶上又响起了鬼哭狼嚎的猫叫。

"要不要吃一点枸杞子炖肉？"

梦红不答,只是吃吃地笑,看不出吉尔冬调情的方式相当地等而下,等而下有等而上所没有的猛烈。

梦红一笑,她那丰满的双乳就在薄薄的、丝质的睡袍下,抖动得让吉尔冬心慌意乱。他借着给梦红斟酒的机会,深深地吸了吸她身上的那股味,接着摸了摸她的肩头:"冷不冷？"

"冷。"接着梦红就倒进了吉尔冬其实等待已久的怀里。

吉尔冬说:"你不是说,梦白一会儿就回来吗？"

"想不到你真信了,不然我怎么对小云说。"

就是在黑暗中,吉尔冬也闭上了眼睛,他不愿意看见梦红的脸。

可是后来他睁开了眼睛,还开了灯。

为什么不？

他得看着这个不可一世的丑女人,在他的揉搓下如何地揭下她最后的廉耻。

他要比较一下这姐妹二人在这种情况下有什么不同和相同。

他更要充分地感受他把她们全都揉搓了的感觉。

他每用一下力气,心里就说一句:

我让你们花钱养着我。

我让你们觉得你们有钱。

我让你们看不起我。

我让你们一分一毫地让我刮吃得没脸没皮。

我让你们不给我报销一百二十块的壮阳药。

我让你们把着你们的美金、财权不交给我。

我让你们再给我送来一个钱罐子。

……………

可是越往后来,他越看出,这是一场棋逢对手将遇良才的交锋。不论他怎么折腾梦红就是没有一点声息,更不要说是放出被揭下最后廉耻的模样。

他的羊肉炖枸杞子和一百二十块的壮阳药难道都白搭了吗?

他就这样败在梦红,也就是梦白的手下了吗?

可是,他的肌肉,他的骨骼,他的血液,他的皮肤,他的躯壳却不受他的控制,它们无限地涨大、飞驰、消溶,总之是不复存在了,他的眼前一片朦胧。这阵朦胧过去,他看见了极乐的世界。

他禁不住像一头猛兽那样地大吼起来。

吼完之后,他大汗淋漓得像从一场大梦中醒来,不知身在何处地转过他巨大的身坯,这时,他发现,梦白就在门口站着。

他幸灾乐祸地说:"你都看见了。"

"看见了。"

"好看不好看?你姐姐送来的好货。"他等着看梦白会如何扑上来咬梦红。

可是梦白却拿过一条毯子给梦红裹上,她紧紧地搂着梦红说:"谢谢你,梦红。"

梦红披着那条墨西哥毯子,披头散发,筋疲力竭,像从大战上下来的一个伤兵。她们偎依在一起,一动不动,一言不发,面无表情,居高临下地看着赤身裸体的他。

1991年7月21日脱稿于北京

耕耘播种的人们

当我还是一个没有阅读能力的小孩子的时候,我在文艺上的启蒙教育,便是盘腿坐在打麦场上,由那些演"皮影子戏"的民间艺人来完成的。"皮影子戏"那紧密的锣鼓、慷慨激昂的唱腔、淋漓尽致的情绪,很像陕西人爱吃的"哨子面",又辣又酸,很合我这个野生野长的人的胃口。

时间,在夹着泥沙和金沙的记忆之河里,摇着自己的小筛箩。几十年过去了,那些戏文和剧中的人物已经渐渐地模糊。可是包公,这个公正的铁面无私的形象,不仅使我终生难忘,我想,它也会使那些生活在野蛮愚昧里的、难得感情冲动的山里人终生难忘。他们就像长在深山老林里的一棵棵阴沉的老树,没有若干级的大风,是难以摆动它们的枝丫的。因为它应允给我们一种神话似的希望:当被人欺压得实在活不下去的时候,也许能遇上一个包公?同时,它也把那最粗糙的正义感给了我们。

说起来,我得到的这些似乎少得可怜。好像在黑咕隆冬的旷野里,遇见了一个提着破纸灯笼的人。那灯笼至多不过照亮了方圆几尺的地方。可是,在那黑茫茫的旅途上,那小小的光亮毕竟给了我一点安慰。

解放那一年,就连我们那个山沟沟里,也来了文工团。那些文工团员,身上穿着没有线条的、直筒筒的粗布军装,脚上穿着黑布鞋——别说高跟鞋,就连胶底的解放鞋也没有。他们的表演艺术,别说和正规剧院里顶尖儿的角色相比,就是和顶不起眼的一般演员相比,也还差着一截。他们,也还是在那个打麦场上,为乡亲们演出了《白毛女》《赤叶河》。一道薄薄的布幕就分了台上台下。谁都可以绕过这道布幕,串到后台去看热闹。只要你不跑到正在演出的场子当中,没有人会轰你。化过妆还轮不到上场的演员,也会戴着假胡须、假发髻,盘腿坐在布幕前头,从看戏的婆姨们手里接过光着屁股的娃娃,或顺理一下我那毛栗子一般的头发……

那些曾把希望寄托在包公身上的山里人,这才知道了他们为什么受苦,才知道不能靠神仙和圣明的皇帝来搭救自己,只能靠共产党领导下的、参加了八路军的王大春们。于是许多青年后生、镇上中学里的学生,跟上队伍,进军四川、新疆、西藏……去了。

这下我看到的可不只是纸灯笼发出的那一小点亮光啦,到处是金灿灿、明晃晃的。因为天亮了,太阳出来了。

以后,我有了阅读能力。我才知道,包公也好,赤叶河也好,全在书本里写着呢。我好像找到了一把神奇的、可以打开这个世界的钥匙。我已经记不清读了多少,但如果我把我读过的老一辈作家们的书目开列出来,则要影响今天这张报纸的版面了。

也许他们自己并不知道,他们辛勤的劳动,为我开拓了精神上的那块不毛之地。它使我看到我虽然已经具有了人的形体,而在精神上却还是一只需要向人,向一个美丽的人进化的、无知而丑陋的猴子。

有时,我也会偶然地生出无限的感慨,假如我不读那些书,我的生活也许会轻松一些？我何必去苦苦地向往着比现实生活更高的东西呢？但细想起来，我并不觉得后悔，人类不正是这样才得以前进的么？

我多爱那些书啊！也许正是因为这个原因，"文化大革命"期间，我干了一件意想不到的事。我当然知道，偷东西是不好的，即使是偷书。但当我看到，我在其中长大的那些书在大火中焚烧，火舌像是戏弄我、奚落我，肆意地伸缩着，满怀恶意地、幸灾乐祸地舔着一页又一页的书页的时候，我再也抑制不住自己，终于偷了几本书。我并不觉得可耻或心虚，反倒觉得非常悲哀。对于那些心爱的书，我所能做的不过如此而已。逢到我觉得窒息得几乎不能呼吸，那几本薄薄的书，便使我记起我曾在人的世界里生活过，而当时的一切不过是一场噩梦，等这梦醒了，我们还会回到人的世界里去……

我常怀着感激的心情，想起老一辈的作家们。他们在人的心灵里播下了那么美丽的种子，那种子是谁也挖不掉的。他们一定会得到丰收——我们和我们的后代绝不会忘记他们。

而我甚至还不会忘记那些唱"皮影子戏"的民间艺人和那些带着泥土气息的文工团员们。

但愿我们人人都不会忘记，一切为我们做过好事、做过贡献、做过牺牲的人们。

1979 年 9 月

梦

现在想起来,仿佛已是很遥远的事情了。在我很小的时候,我常梦见我在溜冰场上大显神通,像陀螺般地旋转,像流星般地飞驰,像燕子掠水般地滑翔。我也梦见过在海浪里嬉戏,跃上浪尖,纵入浪谷。其实我既不会滑冰也不会游泳。我甚至连海也没有见过,而且那个时候我连冰鞋也买不起一双。我还梦见过我既是我自己又不是我自己,我是那样的端庄妩媚、仪态万方,完全不像现实生活中那样畏瑟、灰暗……在梦里,我扮演过多少在我醒时渴望着的美好角色,做出过许许多多毕竟是异想天开的事情。

前些日子,我梦见我重又回到少年时代生长过的地方。那山坳、那流水、那树林,宛如我曾爱过的一样。可是,当我张开双臂,扑入那树林里去的时候,我发现我已经不认识它了。

林木都已长大,再也找不到儿时的痕迹。而那一棵树呢?大概也早已被人砍伐。当然,谁也不会留心我曾在那上面刻过自己的名字。除了我自己,那名字对谁也没有意义。我怅然地在那树林里徘徊,用手掌抚摸着每一棵树的树干,懊悔着自己曾被那许多微不足道的理由所羁绊,而在这样久的时间里,丢失了我曾爱过的这山坳、这流水、这树林……我还能追捕回来这许多年里所丢失的欢乐吗？人有时是多么愚蠢、多么迟钝！又是多么地苦着自己、折磨自己啊！

我喃喃地对那树林低语：看看我，还认得我吗？我是大雁啊！原谅我过了这许多年才飞回来看你，尽管我已经没有多少力气，尽管我翅膀上那些曾经美丽的翎羽已经所剩无几，可我毕竟带着一颗从未忘怀的心回来了！

风儿刮起来了，所有的树木全都摇曳着它们的枝丫。树叶儿飒飒地响起来了，我听懂了它们的絮语：不，我们不认识你，你不是大雁，你不是她！她不是这样长满皱纹的，她的心上也不是这样落满尘埃的！

啊，岁月和生活就是这样地改变了它们和我，我们不再互相认识了。

我感到累极了。我能不累吗？真的，我早已不是那头蹦蹦跳跳的小山羊。于是，长叹一声，我躺在长满野草的山坡上。

变幻的云朵，悠悠地从我的头上飘过。我重又看见，在童年的幻觉中出现过的神话：骏马拖着的彩车，飘飘欲仙的美女，富丽堂皇的宫殿……我的心突然变得甜蜜，在那云朵里，我好像看见了童年时代的自己，那曾经可爱的小姑娘，光着脚丫，吧嗒吧嗒地向我跑来，戴着用毛笔勾画的眼镜，还有毛笔勾画的皱纹和胡须，张开没有门牙的嘴巴，嘎嘎地笑着，并且对我说："你这傻老太婆，为什么要找我呢？我并没有离开你，我一直住在你的心里。不然，你何以有一颗儿童的心呢？"

天哪！天哪！毕竟还有人认得我啊！

她笑着，从我的身旁飞快地跑过。跳过小溪，跑进树林里去。浅蓝色的衣裙在树干后面闪动着，留下了一路天真的笑声。我紧紧地追赶着她，任凭树枝抽打着我的脸颊，灌木丛刮破我的衣衫,可我无论如何也追不上她。笑声渐渐地远去了,树林里重又恢复了沉寂。久已不见的、温存的泪水,涌上了我那干枯的双眼。我哭了。我以为那不过是梦,可是等我醒来,我的枕头却湿了一片,我再也睡不着了。我在想,我曾有过许多虚妄的梦,但我为什么永远没有满足的时候呢?我想追求的究竟又是什么呢?我忽然醒悟:我最想留住的,还是那永远没有长大、永远没有变老的心啊!只有它,才使我的心里永远充满了诚挚和热爱!只有它,使我过去从一次又一次的失望里,不止一千次地得到重生!只有它,使我的心,拂去岁月的封尘,重新变得年轻、奋发!

已经零散了的回忆

——代自传

童话里常常这样写道:在很久、很久以前,有一个小姑娘……

我呢,也想这样写道:

在很久、很久以前,有一个小姑娘。她的爸爸早就不要她和她的妈妈了。那时候,一个没有多少知识、多少能力,无依无靠的妇女,带着一个小孩过日子,该有多么艰难哪!妈妈给人当过保姆、工厂的收发员、乡村里的小学教师。因为她没有什么学识,只能当代课教员,领半工资……她们常常吃不饱饭,穿不暖衣服。

穷人家的孩子的童年是寂寞的。没有人送给那小姑娘玩具,也没有人送给她书籍、糖果和花朵。妈妈整天为生活而挣扎,来不及,也没有能力顾及那小姑娘在想些什么?需要些什么?为什么她的眼睛里有时会充满泪水?又为什么会翘起尖尖的嘴巴?

回忆里也不记得有过很多的朋友、伙伴。由于过分地认真,也过分地珍惜,反而变得傻气,没完没了地追求,以致那认真的、没有竭止的感情会使伙伴们害怕而逃走——为了逃避由于不能同样地给予而带来的良心上的歉疚。

为什么要责怪他们呢？孩子们的感情常常是容易改变的。可那时候，却还不能带着这样宽厚的微笑想起过往的一切，不能对那冷情的遗忘，淡然地一笑付之。于是，寂寞的感觉过早地来到心头。而那些仅有的呢？也都由于命运的分异，时间的冲刷，渐渐地变成了一片混混沌沌的亲切的怀恋，一种对于已经逝去了的、遥远的友情的模糊的渴望。

她独自一人，在大自然里，野生野长地摸索着长大了。

看见那小姑娘么？她在哪儿？

她在秋天的田野上。在那撒满了白色的、浅紫色的、浅黄色的野花的田野上。她就在那儿，孤零零的一个人，在寂静的田野里采集那些野花呢！野风掀动着她的衣裙，吹乱了她的头发。

看见那小姑娘么？她在哪儿？

她正在那树干搭成的独木桥下，拔着水灵灵的野芹菜哪！她为什么低下了头？又为什么笑了？一群鱼儿正咬着她的脚丫儿。

看见那小姑娘么？她在哪儿？

她正躺在高高的麦秸垛上，一面咬着麦秆，一面数着归巢的阵鸦……

后来，她背着书包上学了。在乡村，在那所破庙改建的校舍里。那儿有一架破旧的风琴，它发出吱吱嘎嘎的声音，像患了重感冒的老年人的喘息。就是从那架破风琴上，她平生第一次听到了旋律，便立刻爱上了那残破不全的乐句。那儿还有几本旧书，里面写着"白雪公主"的不幸和"小小"的寂寞。她懂得了她原也是寂寞的，并且在寂寞中开始了不寂寞的生活：幻想着自己到森林里去，遇见了那七个小矮人……上数学课了，上地理课了,上常识课了……可那小姑娘还留在森林里没有回来,迷失在那幻想的世界里。

吃尽了苦头的妈妈,期望这孩子有出息啊!没用,没用!打也打了,骂也骂了。啊,这没出息的小姑娘,谁也不再喜欢她。你拿她有什么办法?看起来好像挺聪明的样子,却没有一样功课学得顶呱呱。一天到晚睁着一双视而不见的眼睛,她在做梦么?

她就这样在人们失望的叹息声中长大了。

于是,她开始把那睁眼做过的梦记录下来……

怀念关中

"我是东北人。"

但每每这样回答过人们的问询之后,我又总爱加上这样一句:"不过我只是个象征性的东北人。"

因为我很惭愧,故乡,在我的记忆里,几乎没有什么具体的印象。虽然我知道它是美丽而富饶的,就像那首歌儿里唱过的:

> 我的家,
> 在东北松花江上。
> 那里有,
> 森林煤矿,
> 还有那,
> 漫山遍野的大豆高粱……

可我不是在那儿出生的,也不是在那儿长大的。我倒是在关中,在一个叫作草坡的村子里度过了大半个童年和整个少年时代。

一九五二年春节,我回去过东北一次。下了火车,还要坐好大一截子马车。马车疾驶在弥漫着风雪的冰河上。也不知道是不是因为睫毛上面凝着的白霜妨碍了我的视线,我只觉得被包围在混混沌沌的、分不清天上地下的雪花世界里,好像那世界打从浑沌初开的那一天起,就只有这没有息止过的、飞旋着的雪花。我像一只遇到危急情况、只顾把脑袋埋进沙堆里去的鸵鸟一样,深深地把头缩进棉猴里去,竟不知一路上还有什么树桩子或是村落。

一进姥姥家,我立刻爬上了那个火炕,像张烙饼似的,四仰八叉地贴在炕上。我立时觉得自己就像一个放进了冷水盆子里的冻梨,渐渐地变软,把冰碴子从身体上脱开去。

第二天一早,我的鼻子就开始淌血,哗哗地,止也止不住。姥姥冷冷地说:"到底是城里的姑娘。"

她有一种执拗的偏见,以为除了她那个村子以外的人,多半都是偷汉的、二流子、财主什么的。这些人全都妨碍着她的生活:她的茅草屋四下透风啦;她的腰背一到天阴下雨就酸疼啦,她的母鸡不知怎么丢了一只啦……好像全和这些人有关系,全是这些人的过错似的。

她伤了我的心,好像她压根儿不知道,或者是根本不知道,我的童年和少年时代,日子过得是多么艰辛。我一下子觉得她离我更远了,也更觉得她陌生了。就连那个大火炕,那屋角里的酸菜缸、大酱缸,也都离我更远了,更加显得陌生了。

我一声不响地畏缩在火炕的一角,心里升起一种模模糊糊的思念,思念我在那里长大的草坡村。那里的风,吹在脸上是柔柔的;那里的太阳,照在身上是融融的;那里的麦苗,铺在地上是绿油油的;那里的窑洞,是冬暖夏凉的

我想念草坡,就像想念一个非常亲近而熟习的人。可我也说不清楚,我为什么老是想它,而且又想它的什么。

念小学的时候,我那个班主任老师,要求我们每天写篇日记。直到现在,我还能一字不差地背得出我当时记下的每一篇日记,因为那日记篇篇都是同样的内容:"今天,在放学回家的路上,我看见了一只狗。然后我就回家了。吃过了晚饭,我就做功课,做完了功课,我就睡觉了。"

我的班主任老师,总爱带着挖苦的、过分夸张了的抑扬顿挫的声调,在班上宣读我的日记,因此,同学们对我的日记,做了一个很高的评语:"模范尺牍"。我心里很不服气,总觉得生活本来就那么单调嘛,怎么能怪我没有写出丰富多彩的日记?

可现在,我却能清楚地回想起来,我在放学回家的路上,看见过美丽的晚霞。后来,我再也没有在别的地方看见过那样的晚霞。我总不能明白,为什么那里的晚霞,会比别处的更美丽呢?

我还能想得起来,在我放学回家的路上,总要经过一个绿树林子,每一棵树,都像一把张开的、绿色的伞,使我忍不住要去攀住那像伞柄一样的树干,我幻想着,要是来一阵狂风,连根拔起这绿伞,我就会飘飘摇摇地随着这绿伞飞到不知什么地方去……

而路边那个砖瓦窑,烧窑时窑顶上的浓烟,常会使我忘记了回家的时间,因为那变幻的浓烟,在我的想象中,全变成了那些荒诞的鬼神故事里的插图。

等到吃过晚饭,我真在蜡烛底下做功课的时候,逢到遇见了做不出来的难题,我就会呆呆地盯着爆花的烛芯出神,远处村落里的狗吠便会飞进我的耳朵。那声音显得荒凉而惊心,好像有什么可怕的、不幸的事情在发生着。

一到晚上,我顶爱躺在被窝里听那远处的狗吠。我在黑暗中睁着眼睛,猜测着远处黑暗里所发生的事情。那时,我会觉得被窝里格外的温暖,而那孔栖身的窑洞又是多么的安全。

到城里居住之后,再也听不见这声音了。这总让我觉得好像是缺了点什么,而黑夜也仿佛失去了那种神秘感,显得不像是黑夜了。

生活的阅历,教会了人们对比。这种对比常会起到一种显影剂的作用。而记忆有时像一张感光纸,那些当时觉得并未留下明晰印象的事物,经过这种显影作用之后,便会清晰地显现出来,我们也许会比当时更加深刻地理解那些画面的含义。

我后悔,为什么早先我并不在意那些呢?我记得我那时总爱站在山坡坡上,看着远处平原上一列列南来北往的火车,一看就是老半天。我曾巴望着自己赶快长大,有那么一天,我也能坐上火车,离开草坡。我总以为前头兴许有什么了不起的生活在等待着我。等到我年纪越大,经历得越多,我才感到,那其实是一个多么大的误会啊!

我为什么写《沉重的翅膀》?

我一直以为,作为一个作者,只要写出他的作品,那么他的任务也就完成了。至于文章发表以后的事情,就是读者和评论家的事情了。

我曾下决心,绝不写一篇关于如何写文章的文章。因为直到现在,写作对于我仍然是一桩浑浑噩噩、摸不着头脑的事情。我根本说不出一个道道。我老是怀疑:我写的那些东西,是小说,或者是散文吗?天知道!

记得有一次和一位外籍朋友交谈,他提到什么现实主义、现代主义之类的问题,在座者都能侃侃而谈,唯独我哑口无言。私下里我给自己打气:那些个关于什么主义之类的解释,应该是文学教授的事情而不是我的事情,否则我便去大学里教文学概论了。

就是这么糊糊涂涂地,我开始了创作生涯。我不怕说出这个,因为自始至终,我并不以为我是一个称职的作者,随时准备着有一天读者可能会抛弃我,我可以不干这个,再干别的去,比如:北京图书馆的管理员,或者哪个音乐厅的收票员。这是我从当学生的时候起,便有过的夙愿,我并不觉得这比当一个作者有什么不好。

长篇小说《沉重的翅膀》发表之后所引起的反响是我意想不到的,它把我所恪守着的界限给推翻了,把我拖进了我所力不胜任的范围——我必须回答那些可尊敬的读者:我为什么要写《沉重的翅膀》?我想我必回答不好,这如同让我回答"你为什么是张洁"一样。但我愿努力——希望这是第一次,也是最后一次——以报答那许多读者对我的关切。

去年,大约是五月,参加过在北京师范学院的一次座谈会。会上,有人递给我一张条子,问我:"你信仰什么?"

我非常严肃地做出了回答:"我信仰马克思主义。"我重又感到了当我还是一个少先队员,在队旗下响亮地回答"时刻准备着!"的时候,那种神圣的激情。这激情并未因岁月、熟谙世事、挫折……而褪色。

尽管我遭遇过许多冤屈、误解和困难,但如果我到浴室里去洗澡,仍然会不由自主地去关人家走开去搓肥皂而暂时不用的水龙头,要是我不关上那个水龙头,任它哗哗地白流,我连一分钟也受不了。我会低声下气,赔尽笑脸地说好话:"同志,您暂时不用,是不是先把水龙头关上?"

对方要么不理我,要么会瞪上我一眼,说句:"少来这个!"我只好苦笑,任她赌气似的再把我关好的水龙头拧开,哗哗哗哗,那水管子流得我心疼,甚至引起我情感上的痛苦,令我想哭。我是不是太大惊小怪了呢?我的日子过得一点也不轻松。我明显地感到我惹人讨厌,甚至引起人们的憎恶,可是我改不了。

要是我有接待外宾的任务,也会弄得有人不得不提醒我:"你是不是要看看对象,老宣传马克思主义也不行啊!"然而我绝非一个教条主义者。我会因为官僚主义、贪污浪费、冤假错案……而大发牢骚,但在洋人面前,我的民族意识和爱国主义会强烈到非常敏感的地步,容不得半点对我们国家、我们党的不逊或误解。

为了验证自己会不会当叛徒,我曾关上房门,用通红的火条烫过自己的胳膊,我嗅见皮肉被烧焦的臭味,感觉过最疼痛的感觉是在表皮,再深下去并没那么疼的疼痛的过程⋯⋯而那时我已经三十四岁,并不是少年儿童。

直到现在,我仍然认为《国际歌》是最壮丽的歌。我仍然记得我当学生的时候,每当"十一",站在天安门广场,军乐团的铜管乐奏出《国际歌》,那种撼动我整个身心的激扬感。那旋律仿佛充溢着整个宇宙,从我头上的天空,从我脚下的大地,从周围猎猎作响的红旗,从每一个人的心上发出强烈的回声,我热血沸腾,意识到一个信仰马克思主义的人的全部庄严和神圣,理解到人们为什么可以唱着这支歌去战斗、去赴汤蹈火。我清楚在我短暂而匆忙的一生中应该做些什么。

⋯⋯⋯⋯

说过了这些,也许人们就会明白,我为什么会去写《沉重的翅膀》。我明明知道,这景况和拧那水龙头差不多,可是我改不了。我就是被这么造就出来的:《卓娅和舒拉的故事》《普通一兵》《牛虻》《钢铁是怎样炼成的》⋯⋯这是供给我们那一代人整个发育期所需要的养料、水分和阳光。非常地傻气,但我并不后悔,因为我知道,幸亏还有成千上万的可爱的傻瓜,世界才会在更多的时候和更多的方面显得那么单纯和透明,让人生出满腔的热爱,而没有让那些"聪明人"弄得那么复杂,让人人都失去生活的自信和勇气。

我的思想老是处在一种期待的激动之中。我热切地巴望着我们这个民族振兴起来,我热切地巴望着共产主义在全世界的胜利,让全人类生活在一个理想的社会之中。人类所受过的苦难实在太多了。作为一个共产党人,有什么权利不为这一目标的实现,而义无反顾地献出个人的一切呢?我们在入党志愿书上写过的誓词,绝不是说给别人听的一种谎言。

当然,要实现这一理想,也绝非易事。但我以为解决的办法也很明确,那就是坚持马克思主义,发展马克思主义——党的三中全会和六中全会都在这一方面做出了卓越的贡献——而绝非躺在马克思为我们所创建的无产阶级的家业上,吃马克思主义,喝马克思主义,败坏马克思主义,沦落为马克思主义的败家子,虽然头上还戴着一顶共产党员的帽子,却早已把共产党人的天职忘得一干二净。不要不但自己不再奋斗,不再前进,还成为整个时代的绊脚石。某些历史现象的重复,绝不是毫无意义的偶然。即使是在"四人帮"时代曾兴风作浪的错误东西,在某种场合下,也不是不会出现。但这并没有什么可怕,我们的党,我们的人民都更加成熟了,他们已经知道如何去对待它们,并最后战胜它们。历史将会对我们每一个人做出最公正的结论,它只能是革命者的历史。

我们要对中国的前途满怀信心。不论在哪一种场合,我们都会遇到半途而废、中途退场的人。虽然我们希望大家携手并进,然而愿望代替不了现实。

我们也不必因为自己前进中出现错误而惊慌失措,而怀疑我们的方向。天底下没有那么便宜的事,就连小孩子走路还要跌上几跤,并没有一个人因为跌跤便永远坐在那里不学走路。一个人的错误要认真改正,不改不好,但是对于同志的错误要帮助,而不是兜头乱棍。我相信那句话,如果动辄把自己的同志置于死地,这么做的动机就足以引起人们的警惕和怀疑。毛泽东同志说过:"对待犯错误的同志,究竟是采取敌视的态度还是采取帮助的态度,这是区别一个人是好心还是坏心的一个标准。"

……………

我对未来充满了希望和信心。这绝不是一种盲目的冲动和乐观。赵紫阳总理在第五届全国人民代表大会上所做的关于《当前的经济形势和今后经济建设的方针》的报告,使我们看到一个扎扎实实的经济建设的高潮正在到来。随着物质文明的重大突进,必将使我们民族的精神文明焕然一新,人们将会在党中央的领导下,高举马克思列宁主义、毛泽东思想的旗帜,沿着建设现代化的、高度民主、高度文明的社会主义强国的道路向前迅猛地飞跑,不论是文艺创作或文艺理论界,都会出现一个崭新的局面,那是任何人也不能阻挡的。

终了,我要说的是,我所以写,是因为我对我们的党和我们的国家,还满怀着信心和希望,如果没有这一点,我便不再写了。

1982年1月

五色的海

又快到七月了，中国作家协会大概又安排作家们到北戴河去疗养了。日子过得真快，我记得这一年中的每一天，它充满奇异的故事……间或也有快乐的时辰，就像去年七月里的那些日子。

在原来的计划里，我准备九月到北戴河去。别人到北戴河是去消夏，我呢，只想利用那个机会看看海，同时狠狠地吃几顿螃蟹，据说那时螃蟹就肥了。住在北京，吃活螃蟹的机会实在太稀罕了。

可是，临了，不知怎么心血来潮，七月一日那天，我稀里糊涂地跳上了开往北戴河的列车。好像早年那些美国人带着黄金梦到西部去开金矿似的。因为有人对我说，我必须去疗养，必须休息，必须离开北京，十万火急……好像一离开北京就可以一了百了，万事如意。人有时会在认真得不能再认真的情况下，接受许多也是认真得不能再认真的、牵强附会的解释和推理。

直到开车，我仍然处在懵懵懂懂的状况之中，像背诵咒语似的不断想着，对，我应该到北戴河去，应该到北戴河去，到北戴河去……仿佛隆隆作响的火车轮子也在说着这几个字。然而，我觉得我丢下了什么。这感觉又分明,又朦胧。那是什么呢?我想不出。好像有一只鸟儿,总在我前面不远的地方飞飞停停,仿佛伸手就可以捉到它。可是等我一伸手,它又飞走了。我心烦、恍惚,像是丢了魂。

一转眼,我好像看见王蒙站在车厢的通道上,定睛再看,果然是他,继而又看见了吴泰昌、理由、徐刚……五个多小时的旅程,便在饱享王蒙的机智和诙谐中度过了。我望着几乎是和我同龄的,然而却远远走在我前面的这个人,再一次为他的才华所折服。我不可能不全神贯注于他说出来的,具有非凡的魅力的每一个字,每一句话。我不由得想,只消把这些话记录下来,甚至无需整理,就是一篇绝妙的文章。他写起来一定非常容易,非常轻松,我真羡慕他。于是我不再固执地想要理清我那扑朔迷离的情绪。事情简单得就像在房门上锁了一把锁。

到北戴河的当天下午,我们就下海去了。泰昌说他不会游泳,只在海滩上坐坐,晒晒太阳便可。

我朝海里走去。水凉,我感到肌肉的收缩。已经开始涨潮。一切声音都变得含混而遥远,耳边只剩下了海的呼吸——那一层层海浪互相冲击的,有节奏的哗哗声。我闭上眼睛,摊平四肢,随着涨潮的浪头上上下下,像海面上漂浮着的泡沫。哦,原来我不过是漂浮在海上的一个泡沫,一个既不懂得别人的语言,别人也不懂得我的语言的泡沫。我终于有点开了窍……

突然我听见人的惨叫。人只有在灭顶的时候才有那样的惨叫。这声音把我从关于泡沫的幻觉中惊醒,我张大眼睛四望,原来是王蒙在叫。只见他在海里扑腾着,两只手在空中没着落地乱抓乱挠,马上就要沉下海底的样子……我吓得魂飞魄散……但他突然不叫了,站定了身子,脸上露出小孩子才有的那种顽皮而得意的笑,没事儿人似的、笑嘻嘻地往自己的身上撩着水。

我问他:"你干吗这样叫,吓死我了。"

他说:"水凉,这样叫一叫,分散一下注意力,水就不显得那么凉了。"

他显然是在恶作剧。他高兴。由于海,由于风,由于水凉,由于自由自在,由于海阔天长……

他在海水里扭来扭去,学美国人"跳迪斯科",惹得我们捧腹大笑。他不再是大作家王蒙,而变成了一个顽童。以后,他每次下海都要这样"啊啊"地大叫。若是有一次偶然不叫,我反倒觉得奇怪,总是问他:"王蒙,你怎么不叫了?"

我不但习以为常,而且也非常想这样没命地大叫几声才好。可是我叫不出来,试了几次都不行。即使远离人群,周围只有我一个人的时候也叫不出来。可我真想叫,我想,那一定是非常痛快的事。

在海里得到的乐趣,显然吸引着只坐在沙滩上晒太阳的泰昌。他决定去百货商店买件游泳衣。

售货员递给他一条游泳裤,他看了看,收下了。也不付钱,也不走。问:"还有小褂呢?"

售货员不解地反问:"什么小褂?"

"裤衩有了,上身还应该有个小褂儿呀。"

"男同志就是游泳裤。"

泰昌将信将疑地回来了,直至穿上游泳裤还在疑疑惑惑地左瞻右顾。

听了他买游泳衣的故事,谁也不能不说泰昌憨得可爱,由此可以想见,他的《艺文轶话》何以会写得那样地扎实、朴素。

我说:"你怎么连买游泳衣都不知道?"

他说:"我没游过泳嘛。"

我说:"没游过还没看过吗?哪怕电影里,照片上也有嘛。"

291

有人开他的玩笑:"也许泰昌想买件最时髦的三点式游冰衣。"

他也不说什么,只是一味地摇头,一味地笑。

以后,他便套着一个汽车轮内胎做的大救生圈,在水里漂着,自得其乐地唱着。他那个救生圈,像海里的一个小岛,我们大家游累了便会攀在那个救生圈的周围休息、聊天、唱歌——那些五十年代的歌曲。

由于体力活动的增加,我们深感宾馆的伙食不能补充我们的消耗。就连我,都觉得那碗饭吃下去离"饱"字还差着好大一截。

有人说:"与其这样,食堂的盘底儿不如做成凸形,只消摆上三根扁豆便可成为满满的一盘。"

据说宾馆一年之中,就靠这几个月旅游旺季的收入支付一年的开支。

我们只好想办法来填充肚子。小街上有一家西餐馆,是天津"起士林"的分店。开始我们只在它的点心部买些点心。我们花了好长时间研究那些点心的名字。那些名字全都带着一种高傲的贵族派头,挺吓人。比如一种夹了葡萄干的蛋糕,却偏偏叫"布丁"。这和我们吃过的布丁大相径庭,可是我们谁也不好将自己的疑惑表示出来。因为那两个字,是带着那样一种不容置疑的果决态度写在一张考究的卡片上。还有一种照我看来不过是螺丝卷一样的东西,却叫什么顿,好像是嘉顿?那应该是一种传统的英国面包饼干。我忘记了,反正不是马其顿或是条顿。以致后来我们老是带着一种庄重而虔敬的口气彼此相问:"您那个什么顿吃完了吗?"好像在问:"某某公爵别来无恙?"

徐刚是诗人,会喝酒,也会吃肉。有诗为证:"李白斗酒诗百篇。"在友谊商店,他看见有三元多钱一斤的风干肠出售。开始不供内销,但售货员是通情达理的,在众人的游说下,终于卖给徐刚一斤。他回到宾馆立刻吃掉一半。由于来之不易,他舍不得一下吃光,可是到了下午,还是忍不住吃掉了。

泰昌还老是笑嘻嘻地重复着:"三元多钱一斤的风干肠,完啦!"

"完啦!"

老用点心充饥不是办法。我们采取轮流坐庄的办法,时不时去"起士林"加一次油。

北戴河那个小镇,那条小街,那些个小店,只要去过两次就会被人记住。

餐厅里有个像是领班的同志,显然记住了我们,看见我们总是客客气气地点头招呼。

那里的菜,价钱贵得吓人。我每次进那个餐厅之前,都要小声嘀嘀咕咕:"人家会不会以为咱们是个盗窃集团,不知刚在哪儿弄了一大笔赃款?"心里总是有些惴惴的。真像"做贼心虚"似的。

不是么,有那么一种人就是喜欢干涉别人的生活琐事,喜欢把人往歪处想。诸如:你为什么喜欢穿灰色而不穿红色?你这个人思想灰暗。你为什么不一个月洗一次澡而是每天洗一次澡?你这个人资产阶级思想严重。你为什么不把衬衣顶上面一粒扣子扣严?你准是个作风不严肃的人……有谁敢不谨小慎微,有谁敢不战战兢兢,有谁敢不屈服于这样的压力企图较量一番,准叫你一败涂地,头破血流,不得翻身。这力量无人可以匹敌。

哦,那些虚伪的、极左的、假仁假义的东西,却偏偏罩上那些立刻可以得到喝彩的、诱惑人的假面:道义啦,革命啦……说到底,谁知道他是为了革命,还是为了自己的什么?而我们的屈服也恰恰说明了我们在道德力量上的软弱和卑微。

不是么,从北戴河刚回北京不久,就听到了这样耸人听闻的话:"有些人躺在海滩上晒太阳,连衣服都不穿。"

好像游泳衣不是衣服,好像人们应该穿着长袍马褂,戴着瓜皮小帽,后脑勺上留着赵举人的长辫子再跳进水里游泳才是。可是,就连赵举人在革命军进城的时候,还把辫子藏进帽盔里去。可见赵举人还懂得在必要时,适应一下革命潮流。

我忽然异想天开,要是国际上举行游泳衣的赛会,不妨穿上长袍马褂,戴上瓜皮小帽,后脑勺上留个长辫子去赛一赛。没准出奇制胜,真能评上一个头奖。谁知道呢,洋人的口味很难说,再说,这本是咱们的"国粹"。

下午,我们基本上是在海里度过。吃过晚饭,我们便会沿着海边散步、聊天、开玩笑。比如王蒙会说:"张洁的游泳姿势非常标准,游了三十分钟,睁眼一看,却还在原来的地方。"王蒙不愧是才子,就连玩笑里,也透着深邃的哲理。

等到月亮升起来的时候,我们就会坐在那个高高地悬在海岸上的亭子里看月光照耀下的海。夜是严肃的,我们也不再开玩笑,谈的大多是严肃的话题。谈创作,谈自己要写到的东西,谈我们的责任,谈对祖国、对民族的爱,还谈到在活动频繁,并且往往是二三人,甚至是一个人的出访活动中,迄今为止,还没有发现哪个作家背弃自己的祖国和人民。这令我们感到安慰和自豪……

但是,到了北京,当我们在站台上握手言别之后,我再也看不到那个在海里大喊大叫的王蒙,买"小褂"的泰昌,买"风干肠"的徐刚。大家重又变成了原来的王蒙,原来的泰昌,原来的徐刚……我感到微微的惆怅。我们将回到各自运行的轨道上,周而复始。

我曾对王蒙说,我要写一写我们在北戴河的日子,但我不知做个什么样的题目,他说,叫"五色的海"吧。现在我在这篇文章前面,写下了这几个字。

1982年5月于羊城

他不是一个难猜的谜

——关于从老哥的闲话

我不敢肯定我绝顶聪明,但我敢肯定容易上当受骗的绝不仅仅是我一个人。他像我一样容易上当受骗,一点就着。有时我还能糊弄他一家伙。因此和他在一起便有一种安全感,便活得不那么垂头丧气,因为心理上得到了一些平衡。

看到这里,你不妨想一想,你周围的朋友中,有没有给你安全感的人,如果有,他和从维熙的本体特征一定差不离。

从苏州开会回来,火车上有一业余相士为从老哥看手相。人家刚说到"你这人太重感情……"他像被触动了心灵深处的隐私,立刻为业余相士一语中的的本事所折服。若有所思若有所悟地眨巴着翻向天花板的眼睛,微微地撇着嘴角。熟悉从维熙的人都清楚,逢到他脸上出现这种形状的时候,那便是他在进行严肃的思考。

他马上自作多情地补充,以证实他确实很重感情,好像这个头衔无比风雅。

业余相士是位极善揣度的人,并有从一只跳蚤身上分析出第三次世界大战何时爆发的才能。人家根据从老哥的片言只语顺藤摸瓜,不等人家说完,他便急不可待地提供线索,这相自然越看越灵。他则更加走火入魔。我躺在上铺掩嘴而笑。这样的相我也会看,而且一骗一个准,便忍不住拿他逗乐。说,这一切都是骗人的鬼话。

除了他,我有本事、有胆量欺侮谁?

他急扯白脸,结结巴巴地说,我信我信就是准就是准。他越急我越乐。

他爱急眼,而且,像他干所有的事一样认真。急过之后并不记仇,老是为是否伤了对方而后悔,而忐忑不安。既然如此,何必当初?可他当时就是控制不住。

一到苏州,便在与会者名单中看到了高尔泰教授的名字。但连续三顿饭,高尔泰教授都没有在餐桌上出现。从老哥开始不安地、反复地叨咕:"可别因为有我,他就不来吃饭。"

原来因为从老哥的《雪落黄河静无声》,二人理论上有过不同的看法,并见诸文字。

后来高尔泰教授终于在餐桌上出现,从老哥立刻走上前去握手言欢:"这几年多次聆听高教授的指导,受益匪浅,今后还望多加指教。我还以为因为有我,你就不来吃饭了。"说罢就望着高教授,有些尴尬地笑。

高尔泰教授果然一介斯文书生,坦然地说:"我一来就被拉去讲课,赶不及回旅馆吃饭了。"

原来二人并无芥蒂。

临别时,高尔泰教授还特地与从老哥郑重道别。

我每每和他谈及我的新长篇的稿费标准问题。他老是肃起脸子,略加不耐烦地对我说:"张洁,你怎么老提这种问题?这样提很不合适。"

嘿,瞧他那个正经劲儿吧。

在文坛,也只有他能当面把我骂得一愣一愣的。

看不出像他这样敦厚的人也能经营出版办刊物。在文学日益落价儿的情况下,作家出版社干得还很红火。不但出了一批高水平的文学作品,还略略有赚。在稿费这么低的情况下还能得到大批稿子,不是因为人品正、人缘好,还能有什么诀窍?

他刚走马上任时,背后就有人冷言冷语:"这回看从维熙怎么振兴作家出版社吧。"说话的人,真的没有看见走在他们前面的从维熙。

有什么办法?的确没有。

在这种"大氛围"中,不要说从老哥,就是比从老哥圣明的伟人,面对中国这条摇摇晃晃、被虫子蛀蚀了的大船,不也显得一筹莫展吗?

在作家出版社这方寸之地上,从老哥也只有一招:锲而不舍地将认定的事情做到底。这家伙极犟。

上台之后,他首先宣布了出版社的人事立法。后门兵、三姑六姨一概免开尊口。只要合格的编辑,力克中庸。

他提出出版社只出四种书:

1. 有特色的文学创作;

2. 近期虽然看不出明显的社会效果,但从长远来看,有文化积累的效果;

3. 有创新的作品;

4. 为了生存,也得出版通俗读物,但要坚持通俗而不庸俗。以此支持前三项出版计划的实现,所谓以文养文。他本不赞成这种办法,但目前不这样干,毫无出路。否则连工资和奖金都发不出。

出版的几套丛书销路尚好。如"当代小说文库","文学新星丛书"以钟阿城的《棋王》开篇,"作家参考丛书"在社会上产生了广泛的影响。

一九八八年十一月七日是作家出版社成立三十五周年的纪念日,刨去"文革"时期以及出版社停业的日子,出版社实际只有二十年的历史。全体同仁在这一天写了决心书:"一定让出版社从求生存到求发展。"

这个年头还有心思写决心书,不是难能可贵,就是神经有点不正常。

不过在各大出版社中,他们确实以最少的人力、在最简陋的工作条件下,缩短了出版周期,提高了印刷质量。他们所创造的经济效益,除少数几家外,在各大出版社中,还是名列前茅。到目前为止,全社上下畅通,总体来说,还没有出现什么大矛盾。

关于新办刊物的命名,他给我打过几次电话,终于定为《文学四季》,分春之卷、夏之卷、秋之卷、冬之卷。很符合他的浪漫气质,又有文学特色,还能雅俗共赏。他在这方面的本事极大。有一次与他及文夫兄去锦州,逢到文学青年要求题词,我便感到才思枯竭,想不出闪光的警句。文夫兄想必是偷懒,也道写不出醒人的警句,便二比一地举手通过,由从老哥题词,他果然妙笔生花。我负责签名,文夫兄负责签年、月、日。足见我与文夫兄之油滑,从老哥之敦厚。我还得了便宜卖乖,一面签名,一面咻咻地笑个不停,很为自己的鬼祟得意。从老哥却浑然不觉,很认真地题了一个又一个。

他一再说我给冬之卷的新长篇写得不好,又尖酸又刻薄,和现实贴得过于紧密,应该恢复我创作初期的文品气质。我倒是想温柔、想抒情来着,可他不想想现在是什么年月,我温得出来,又抒得出来么?我说你退稿好了,不要以为我非赖上你们出版不可。

不论从哪方面来说,我都后悔把小说给了他。明明我损失惨重,他倒好像救我于水深火热之中。

他既当总编,又生活在一个四世同堂的家庭里,又极尽孝道,又要拼命创作。

可谓百事缠身。

要面面俱到,又件件干得像个样子,是很艰难的。

于是他给自己约法三章:1. 力戒惰性;2. 要想追回浪费的二十年时光,不卖命不行。由于政治上罹难,他有二十年不曾摸笔。

特别在刘绍棠同志大病以后,有些人说"悠着点干吧"。从老哥却觉得上帝已经开始向他们这代人招手,更觉时间之紧迫。

对于目前令人眼花缭乱的潮流,他的态度是,固守阵地以不变应万变是不行的,抛弃自己的风格,盲人骑瞎马地跟着瞎变也不行。

一九八六年发表在《文汇月刊》上的《酒魂西行》可能就是这种想法的结果。

差不多的作家,都会以为世界级的文学桂冠非我莫属。从老哥对待自己的创作,却难得地持着客观的态度。

他老说,回头看看自己在新时期文学的早期作品,很惭愧。《大墙下的红玉兰》当时反响虽然很大,但也没有写到应当写到的深度。他感到脸红。

他不断否定自己,总结过去。

一九八六、八七、八八三年是他创作上的又一次高潮。这个高潮,正是在对过去的作品进行分析后重新动笔而达到的。

如果说《大墙下的红玉兰》还带着追求破碎的理想主义的色彩(即使这种作品,在当时也少到没有),但它贴近现实,直面人生。在当时的历史条件下,很冒了些风险。×省劳改局局长就说过从老哥攻击无产阶级专政。

而《风泪眼》和《阴阳界》就减少了浪漫的色彩——苦难的浪漫诗,更切近当时的真实生活。

他正沿着深化、完善、发展着的现实主义前进。(不要忘记,现实主义的内涵,也不是一成不变的。)

他给自己选择了这个吃力不讨好的马拉松项目。

他目前的创作是三挂马车同时奔跑:

一是创作反右斗争回忆录;

二是创作梦回摇篮的散文系列;

三是创作《鹿回头》中篇系列。

反右斗争回忆录,不仅限于他在反右期间的经历,也写了患难与共、思想相通的妻子张沪在严酷的环境里,如何坚持真理,直到解放。从一九五七年写起,一直写到七九年从老哥的刑满释放。此书题名《背纤行》,分上下两部。第一部是《走向混沌》,是一部带有开拓性质的纪实文学,柔中有刚,将来难免有风险。第二部是《饥饿的年代》。

梦回摇篮散文系列的第一章《指甲草》已由美国华盛顿一家刊物翻译发表。

《鹿回头》中篇系列的第一部,上卷《风泪眼》、下卷《阴阳界》已由台湾新地出版社出版。

一九八八年发表在《人民文学》上的《牵骆驼的人》已由日本《中国文学季刊》及岩波书店翻译发表……

但他也不一味敦厚,偶尔露峥嵘时,也有出乎意外的尖锐,不讲情面。在原则问题上,几十年的哥们儿交情也不含糊。

在反右斗争回忆录里,他写了一段当年北京文联反右斗争的实况。一天他见到邓友梅,便亮出了他的透明度:"哎,我写了你当时站在台上如何揭发刘绍棠的事。大家正要给你鼓掌,当时的文联秘书长田稼却走上台说,'大家不要给他鼓掌了,他现在也是右派了.'我不但写了你,也写了自己当时的很多弱点,比如懦弱、侥幸心理,等等。"

被愚弄的往事,使他们愀然、慨然。友梅说:"你大概不知道我当时的难处,开会前田稼找我谈了四五次,一定要我在会上发言。"

后来他对我说,友梅也是迫不得已,中国人迫不得已的情况太多了。

对别人伤害他的事,他却一字未提。

王蒙同志升任文化部长时,作协开会送行,他却在会上提请王蒙同志注意:"今后你要掌握几千个文化馆,这是大众化的文化。你上任后要注意雅俗共赏,不要忘了下里巴人。"

又有一次开会,王蒙、刘宾雁全都在场。从老哥又说:"今天你们二位全在这儿,我要谈谈对你们二人的看法。你们二人的起点和最终目的其实是一致的。但王蒙善于迂回,宾雁只会强攻。这里面有一个中国国情的问题。我的小说《风泪眼》里有这样一个细节,主人公用小火熬高粱面粥。政委问,为什么不用大火熬?他说,高粱面特别耐火,用大火熬容易嘎巴在锅上,也容易把锅煮裂,特别容易烧伤自己。"

王蒙听后哈哈大笑,说:"你这是小火熬高粱面粥的哲学。"

中央8号文件的精神是振奋精神向前看,不要纠缠过去。从老哥却说:"没有历史的反思,怎么向前看?"他在游记《德意志思考》中,对德意志民族在反思本民族历史时所表现的科学性、严肃性赞叹不已。对巴金老提出建立"文化大革命纪念馆"受到个别人指责一事,极为不满,耿耿于怀。

你说他像不像一头认死理的犟牛?

甚至从他的长相里,也能找到一头牛的神韵。黑且微胖。我老说他不漂亮,他很不服气,拿出年轻时的照片给我看,果然比现在清秀许多。并声称他的钢琴已经弹完了"拜厄"。因为这个"拜厄",文章里多有缠绵的景象,便接到不少爱慕者的来信,便时时露出掩饰不住的沾沾自喜。

我并不认为他的意见都对。但对他的批评往往言听计从。因为我知道,他的意见,无一不是为了我好,并且使我的言行符合规范,以免招灾惹祸,从而影响我的创作生涯。你既然生活在中国,就不得不按照中国的国情活着。留得青山在不怕没柴烧。也许我终究还是一个农民。

他不是一个复杂的人,和他在一起的时候,你也不必复杂。和复杂的人在一起真的很累。他们常把你的一言一行,以及不过脑子、疯疯癫癫的行为,如他们自己一样地复杂起来。连顶自信、顶问心无愧的人,也会对自己的光明正大怀疑起来。和这样的人在一起真让人害怕,一言一行考虑再三,让人觉得脑子不够使,担心自己真会像对方所暗算的那样复杂起来。

差不多有百分之九十的心事从老哥都会告诉我,剩下的百分之十不是因为要弄权术,而是因为没有必要或因为必须,不对我说。有这百分之九十就很不错了。有人除了对自己从无一句真话,这样的人万万不可深交。别看我说得头头是道,往往还是一箭一箭地被人射着。

在很长的时间里,他没有引起我的注意。虽然那时他还吃着北京作协的皇粮。我又极端自由散漫,很少出席作协召开的各种会议。再说此人既不光彩夺目,又沉默寡言。即便开口,也无令人振聋发聩的警句,又不妙语如珠。不像李陀,不论到哪儿,都会囊括与会者的全部目光和注意力。

我对他的注意,始自讨论他入党的支部大会。

他在介绍思想发展(?)转变(?)进步(?)过程中说到××年春节,他作为监管对象,被恩准回京探望老母,前往派出所报到、销号的细节。眨巴着眼睛,仰望着天花板,嘴角略略下撇。河北省玉田县的口音。语调平缓,尾音下坠,稍稍有些口吃。被叙述的往事时断时续,上几个句子和下几个句子之间,有令人黯然而短暂的等待。这是一个在解放之后的知识分子身上,常能听到的老故事。这样的故事我听过不少,但那次我仍旧泪眼模糊。我既理解又不理解,既感动又茫然。但我还是听清了他反复强调的重点:他入的是贯彻十一届三中全会路线以后的党。

记不清从什么时候起我们过从密起来。好像是一九八四年夏天,应天津《小说家》之邀,与陆文夫、李国文、邓友梅、张贤亮等人去北戴河。一到晚上大家便聚在烟气腾腾的房间里,谈很大也很小、很重要也很不重要的事。这些烟雾,全是文夫、维熙、贤亮几个烟鬼造出来的。只有不吸烟的国文兄和我,眨巴着被烟气熏得酸痛的眼睛,还舍不得离开。

谈着谈着张贤亮便委顿起来。这时他总要出去遛一圈,我们都说,"他吃鸦片去了"。半个小时之后回来,果然精神了许多,一个晚上总要如此反复再三。

有时我们还唱歌,差不多都是五十年代流行的苏联歌曲,《共青团员之歌》《喀秋莎》《晚霞中有一青年》,等等,从老哥还说在监狱中他曾将歌词改为"晚霞中有一公安,他徘徊在我家门前……"他的嗓音居然很美,但绝无现代先锋流行的意味,是传统的苏俄式。我渐渐地相信,他果然弹完了"拜厄"。

有一次张贤亮说起,坐监狱的时候,碰到过一个算命极准的犯人。此人断言张贤亮六十三岁时死于非命。他告诫我们,在他六十三岁的时候,不要与他一路同行,诸如同乘一架飞机、一列火车、一艘轮船,等等。并要求我们在他死后,每人每月寄给他儿子二十元钱。(按时下货币贬值的比率计算,到他死于非命时二十元人民币应折合多少元,现在还很难预测。)大家慨然应允,但对死于非命一说,并不信以为真。只有从老哥显出确有其事的伤感。

他如今算得上是功成名就了,却很念旧,不像有些人,一阔脸就变。

在北京团河农场当二劳改时,有个原北京石油学院的学生,叫作张忠贤的同志,大夏天地陪着从老哥骑着车从团河到通县的北京市第三监狱看望过张沪。后来张忠贤同志一批人被骗去新疆劳改,说是去了右派帽子全摘。从老哥和张沪一直记着此人,一九八六年他从新疆来京。从、张二人将他接到家里吃住,临走时还给他一百四十元钱,让他给家里人带些北京特产。

一九八五年他重返团河农场,当时的牛场长还在,送了从老哥一些他在团河农场改造时管理过的桃树上的鲜桃,牛场长说:"我们送你的几个桃子,远比你在这里付出的少得多的多。"

一九七六年"四人帮"即将垮台的前夕,可以说是黎明前的最黑暗的时刻。临汾地区文联主席郑怀礼同志,为了不湮没从老哥身上最后的余热、心里尚未熄灭的一线光亮,冒着风险,顶着第一个使用"右派"的罪名(当时正是"反击右倾翻案风"甚嚣尘上之时),多方奔走、几经周折,才把从老哥要到临汾,结束了他将近二十年的劳改生活,使他重新拿起了笔。"四人帮"覆灭之后,从老哥的创作如原油井喷,这和郑怀礼同志的奋斗以及他在临汾度过的时日是分不开的。

从老哥始终记着并敬重这位一九三六年入党的老县委书记,因为耿直得不善逢迎,仕途上终无发展。将从老哥从劳改农场弄到临汾,可能又是他官运不能亨通的一处"败笔"。

一九八三年从老哥约了斤澜、友梅、绍棠、心武同行,特地去临汾答谢他身陷囹圄时,帮他恢复人的尊严、恢复创作激情、为他雪里送炭的郑怀礼同志。

郑怀礼同志于一九八七年不幸去世,从老哥悲伤万分,当即挥洒出一篇感天动地的悼文,并附一笔钱寄给郑怀礼同志的老伴。

…………

这不是评功摆好,选举模范党员的上报材料。我还是就此刹住。否则就写砸了从老哥也写砸了我。

最后,我不能肯定我对他的理解十拿九稳,也不想强求人们接受我的体验。事实上,人们大多根据自己的好恶或利害,给别人冠上好或不好的符号。也许这就是人和仪器的区别。

1989年1月4日晚

没有标题的声音

——与无标题音乐无关

如果母牛听了音乐能够多产牛奶的话,我自然也算得上是音乐爱好者了。

但音乐是什么呢,如果我没记错的话,按照初中物理课本上的说法,音乐首先应该是一种声音,一种和谐的叫作乐声的声音。

我也一直这么以为。

后来我知道并不尽然,就像后来我喜欢上了马蒂斯的画。

后来我常想,一毛不毛的荒原上的狼嚎算不算音乐,水管子漏水算不算音乐,特别是在没有囫囵日子的日子里,哭丧算不算音乐。特别是农村老辈子妇女哭起丧来的时候,我甚至担心这种哭腔可能会失传。万人的齐声怒吼算不算音乐,如山呼,如海啸……

那 天去到工府井,想给我的先生买件夹克,我的先生突然之间不喜欢了西装,说是西装过于拘谨,更有在调配领带时的那番踌躇。

在每一家服装店里进进出出,看了一件又一件,却始终下不了买的决心。只因我的先生对衣装的要求要么随便到了极点，要么精细到了极点。

有些服装虽然做工、质地、式样无可挑剔，但是袖子那里总会出毛病，特别是西装。

我对先生的一切号码背得滚瓜烂熟：衬衣号码40，鞋子号码39。如果在国外，则买8号半的鞋、38号的衣服，以及M号的帽子……

但是西装……即使我买最小的38号，他穿上之后袖子还是长了半寸。所以实在不能怪我的夫君突然之间不喜欢了西装。

"这衣服怎么穿？西装袖子的长短一定要以露出半寸衬衫袖子的长短为准。"他伸着胳膊对我说。

"是啊，这衣服怎么穿，这衣服怎么穿……"我为每只长了半寸的袖子不安，觉得自己果然居心不良，至少是没有尽好妇道。

也曾拿出去修改，大店不干，个体户的小裁缝一看那份做工，便不愿与之比个短长。

顶好的办法是让我的先生亲自来选，可是我的先生和所有的先生一样，他们一旦成了一个女人的先生，就再也没有和那女人逛商店的耐心了。

风很大。北京的春风不但没有半点春的滋润，反过来还可能把你身上那点油水刮个精光。大街上的行人、车辆、房屋、树木……全都又干又黄，如尘埃般地悬浮在那看不见的，因而也无从知其大小的瓶子当中。

走着走着，我便站定在街心，突然地知道自己无处可去。

好在王府井是匆忙的。

只好就进了美尼姆斯快餐店，店里的人不多，买了一份披萨、一杯热椰汁，端到面壁的一隅慢慢地嚼。嚼着嚼着就发现面对的其实并不是墙壁,而是一面玻璃。玻璃上映着我的影子,影子上的我有一颗破碎的头。我吓了一跳,再仔细地将那头来来回回地瞧,原来是我头巾上那分裂的蓝、灰、红、黑的色块。

这时我听见了音乐,是早在三十年代就让小姐们弹滥了的《少女的祈祷》和差不多每个音乐门铃上都有的《致爱丽丝》。

于是万般景物渐渐看出些颜色,我那破碎的脑袋也逐渐正常化。

便想起去年年底,和国文伉俪、谌容伉俪、王蒙伉俪去大连开发区体验生活,一天晚上,不知谁在麻将牌桌上首先唱起了歌,不是红极一时的《妹妹你大胆地往前走》和《一无所有》,也不是非得用港台国语才能唱出来的"爱是 love,爱是 amor,爱是 love,爱是……"

随后就是两张麻将牌桌上八个人的混声大合唱。歌儿一首接着一首,凡是那个时代流入中国的苏联歌曲,无一漏网,伴着出牌的啪啪声和洗牌的哗哗声,在麻将牌的啪啪声和哗哗声里,每一首歌居然也带来了一个个瞬间的,甚至一个个年代的回忆。

我深深地嗅着歌声里的苦菊的味道……

我明明在唱,如醉如痴,可是我却觉得这些歌正渐渐地离我远去。我无法将它们留住。

罗曼·罗兰在《约翰·克利斯朵夫》里写过的句子,突然从记忆的深处跳出:"音乐,你曾抚慰我痛苦的灵魂。音乐,你曾使我的心恢复宁静。"便想,可以抚慰的痛苦,是什么样的痛苦?可以恢复宁静的心,又是什么样的心?

于是我对音乐不再苛求。

1991 年 3 月 27 日于北京

你未必知道的马蒂斯

有人建议我去看看洛克菲洛家族（Rockefeller's）教堂的彩色玻璃。

我不以为然地说："看彩色玻璃应该到荷兰去。即便在荷兰，烧制彩色玻璃的老工艺怕也后继无人了，要看还得到老教堂去。"

"那儿有马蒂斯（Matisse）设计制作的彩色玻璃。"人说。

这倒有点儿刺激。

我只知道作为画家的马蒂斯，喜爱他的画甚至胜过毕加索，竟不知他还制作过彩色玻璃，真让人不好意思。

本世纪初，洛克菲洛家族在纽约州南，地势起伏有致、玲珑可人的睡谷镇（Sleepy Hollow）附近，选中一块叫作 Kykuit 的地界，建造了他们的庄园。Kykuit 在荷兰语中是"瞭望哨"的意思，可以想见，那是一块高地。这种荷兰式的地名，沿哈德逊河还能找到一些，因为荷兰人当年正是从哈德逊河上岸的。这一带的老建筑，也有许多荷兰风格可寻。

洛家的教堂建于一九二八年。一九八四年，洛家的教堂和庄园一起捐献给了睡谷镇的文物保护中心，作为"睡谷"周围的一个景点，供人参观游览。

几次出访欧洲，在那盛产王国、国王、王子、公主、公、侯、伯、子、男爵的地方，也见识过一些皇亲贵胄，其中不少人拥有祖上传下的古堡、庄园，然而那古堡和庄园却衰败得让人无法相信，它们的主人是距那些如雷贯耳的祖先并不很远的后人。

这大概是世界的发展趋势，就连资本主义国家，也在用各种百分比极高的税率，作为平衡贫富差距的办法之一。再没有人能像从前的皇亲贵胄那样，养得起一座巨大的古堡或庄园了。那一笔巨额地产税几乎无人可以承担，还不要说无底洞般的修缮费用，而且使用起来麻烦不断。谁让我们有了所谓现代生活的观念？一定程度上，品位与所谓的现代生活几乎势不两立；谁让我们要求生活如此快捷简略，就是穿上滑轮鞋也不能在瞬间浓缩如此巨大的空间；谁说数码时代可以解脱我们对人际社会的依赖？如果没有成排的佣人供你调遣，你无法想象，一个再正常不过的生活，在这个被人艳羡的空间里竟如此不易……

享受几小时的浪漫情怀、拍两张"到此一游"的旅游者，绝对无法体会永无止境的维修、原汁原味保持那些古堡和庄园的品位的灾难。就看北京故宫，每年的小修以及为了迎接奥运的大修所耗，不是国有资产哪位大款负担得起？不论上了哪一家的财富排行榜，先想想能不能承包一个（不是多个）古堡或庄园的永无止境的维修，然后再说自己是世界首富也不为迟。

所以，那些古堡、庄园也都陆续捐献给了国家，由国家经营管理并开辟为旅游景点。

但古堡、庄园天生就是"情种"。不知道"浪漫"这个词儿的诞生，是否与它们密不可分，反正直到如今，不管是真"浪漫"还

311

是塑料制造的"浪漫",仍然是我们的梦魇。

教堂圣坛后的高墙上,装置着马蒂斯的彩色玻璃作品。它与马蒂斯的绘画风格大相径庭,如一枚几何图形,中规中矩地俯视着来人,还名为《玫瑰》。真不知道马蒂斯什么时候"玫瑰"过!

《玫瑰》使用了透明和半透明两种彩色玻璃,每块玻璃的颜色纯正,当光线穿过它们时,质量绝对不会打折扣——光线的质量。我不知道《玫瑰》由多少块玻璃组成,但整个作品组合协调,与教堂的氛围、格调也相当协调。马蒂斯在完成这一设计两天后离世,两年后(1956年)这一设计由工匠在巴黎完成。

马蒂斯曾说,这一创作是对他的挑战——在一个限定和指定的空间里表现。

可不,那是朝东的一扇窗,东来的光线在时间上的不同变化及其对作品的影响必得考虑在内,又是圆形,且尺寸早已限定。

这让我想起哪位高人的妙论:越是窄小的空间,艺术的表现越可能发挥到极致。

至少,窄小的空间限制了恣意泛滥——在这里,别指望用注水那套把戏浑水摸鱼,你只能真刀真枪、精益求精。

《玫瑰》代表了马蒂斯艺术生涯的最后阶段,据说构思来自剪纸艺术。

看到一个完全不同的,而且是艺术生涯最后阶段的马蒂斯是我的运气。甚至,艺术史上至今也还没有提到这一笔。

记不得大学时的哪一门课程,讲资本的积累、发展、死亡,不断提到洛克菲洛这个家族。物换星移,如今这个家族的显赫地位不得不让给财富新秀比尔·盖茨,而与资本有关的理论不知道在大学里还读不读?

但洛家的财富,为这个教堂收藏的彩色玻璃,提供了物质的可能。

教堂可以说是小型彩色玻璃艺术博物馆,因为另外几面墙上,还装有著名彩色玻璃艺术家 Marc Chagoll 的大小九幅作品。每一幅都是他用玻璃和光,而不是油彩和画布制作的绘画,表现手法非常超前,简直像是马蒂斯的绘画。其中最大的一幅在西面墙上,与马蒂斯的《玫瑰》遥遥相对。

在彩色玻璃制作上,此公的艺术成就当然高过马蒂斯。

我仰望着那朵《玫瑰》,不得不钦佩马蒂斯在八十五岁的高龄,仍然保持着一个艺术家的洒脱。他作为一名彩色玻璃艺术的新手,根本不在意与技高一筹的同行共聚一堂,不在意人们可能在他和 Marc Chagoll 之间做高低上下的铺排。

真不知道哪个犄角旮旯里藏着什么宝贝,我甚至不知道 Marc Chagoll 这么一个人。如果不是这方面的专门家,谁会想到来这样一个犄角旮旯,看这几面玻璃?

对于马蒂斯的"转行",研究他的一些专家解释为"超越"。

有那么隆重吗?

或许马蒂斯不过是和研究他的那些专家、评论家逗个乐子?

或是他睡醒觉之后,突然翻了个身把脊背露了出来?我们永远不可能知道人有几张脸,包括你以为是最亲密的朋友。特别是艺术家。艺术家是什么?是疯子。无人可以解释,也无从解释。当然不包括装疯卖傻的假货。

或许他玩腻了绘画,换个玩儿法何尝不可?

或许什么正儿八经的理由都没有,不过情之所至……

之后顺便来到洛克菲洛庄园,庄园里的收藏算得上丰盛——丰盛而已。不由想到,即便有了价值连城的收藏,未必桩桩件件都方便公众观赏。那些敞开的起居室、餐厅、厨房、使用过的家具器皿……就像主人并未销匿,而是一举一动,毫无遮拦地在公众面前过着往常的日子。

而驳杂的收藏,很可能会暴露收藏人兴趣混乱、缺少章法和艺术鉴赏力低下的弱点——又不是没有经济条件去收藏上乘的作品。

不过教堂里的彩色玻璃,真值得一看。

1999 年 12 月

有伏笔的人种

在全民大练足球之时也来妄谈一把足球,且不说有卖"酷"之嫌,更有被两至三"张"的人士归入老年精神病的危险。何况刚刚在法兰西航线上折腾了二十四小时,晕头涨脑,一切皆如雾里看花,着三不着两。

可谁让我恰恰在欧洲足球列雄于一只"杯"中兴风作浪之时来到葡萄牙,又在准决赛中返回北京!想不随波逐流都不行。

虽然前四战葡萄牙人所向披靡,或像有些专家分析的那样运气不错,他们的胜负对我却不十分重要。在葡萄牙人的征战中,我体味到的是一种阅读的快感,就像在读一篇好作品,比如博尔赫斯的有那么点诡异的诗作。

有研究文学的专家说,小说最高的境界是无技巧。也许如此。

虽然对文学理论一窍不通,不知是否可以根据实践经验冒昧地说一句:文学也好,其他什么也好,最高的境界不是无技巧,而是技巧高超到不着痕迹,所谓举重若轻是也。

葡萄牙人的足球正是这样一个境界,行云流水、不着痕迹,却又暗藏玄机。是一种适于细细品味、而不追求实利卖点的足球艺术,是中世纪骑士精神的一种再现或说是继承,是对足球艺术一种极致的追求……这种现象不知为什么没有发生在英国老绅士那儿?

比之欧洲其他国家的人种,葡萄牙人可能算袖珍型,大部分发色玄青,个子不高,体态稍显单薄,丝毫没有称王称霸的外部特征,但是他们的爆发力却让人无法想象。谁能想象生存在一块丁点大的版图上的人们,在世界航海史上,在发现、认知地球方圆和五洲四海周边环境上做出过那样的贡献?

虽然现在的葡萄牙人,与十五六世纪的辉煌时日已不尽相同,不再喜欢出人头地、不再崇尚冒险事业,过着不讲奢华甘于平淡的日子,并渐渐淡出人们的视野。可一不留神,也许就能改写足球趣味的走向,一现他们久远而神秘的爆发力。

小心,这是一个有伏笔的人种,说不准以后还会在哪个地界出奇制胜。

六月二十四日黄昏,我正顺着 Liberdade 大道的街心花园漫步,满城行驶着的汽车突然喇叭长鸣,数不清的脸刹那间变成一面面葡萄牙国旗,红红绿绿从车窗里探出,有些人干脆钻出窗外或掀开车篷,身披国旗或舞动着国旗,在竖立着佩特罗四世纪念碑的罗西欧广场,以及竖立着庞巴尔侯爵纪念碑的里斯本枢纽之地,来回行驶,用他们的欢呼和汽车的喇叭,狂轰滥炸着里斯本的这条"长安街"。

市中心繁华地带的欢潮,更是波澜壮阔……

每日早上九点左右才看见行人,让人觉得每天都是周末的、实在无法与历史上的葡萄牙联系起来的里斯本,终于喧腾起来……连我,也关我什么事似的跟着起哄架秧子、又蹦又叫,拍了许多照片。

那一夜,里斯本成了葡萄牙的国旗之海,那一夜,葡萄牙国旗无所不在地帮助人民群众表达了战胜土耳其的欢乐。

回国时赶上葡萄牙与法国的半决赛,飞机上的视听系统却没有播放这一赛事。我枉费心机地在小电视上来回调频,也没有得到再次欣赏葡萄牙球艺的机会,是不是有点蹊跷?

我乘的可是法国航班。

只在飞机降落北京机场前,机长捎带说道:"如果你们有谁对足球感兴趣的话,这里有个关于足球的消息,法国队胜了葡萄牙队。"

我当即非常不地道地(以我的年龄来说)叫了一声:"噢,No!"不是为输赢,而是为一种足球艺术心痛。

尽管在二〇〇〇年这届"欧洲杯"上,葡萄牙人以三比二的战果,报了英国人在一九六六年伦敦世界杯半决赛上让他们痛失决赛权的一箭之仇;可在这次角逐中,葡萄牙人的征战仍然被一记夺命点球,再一次与决赛阴阳阻隔在半决赛上。

还谈什么球艺高低?分明是命。命是一种无可理论的、浑不吝的东西。

2000 年 6 月 30 日

该 你 了

在我的某个年龄段,提起小时唱过的《夏天里最后一朵玫瑰》那一类东西就回避,以为很多陈旧的缺陷都与那一类东西有关,以至渐渐忘记它们,以为再不会为它们动容。

那天在房间里忙来忙去,忽然一个昂扬的、底气十足的童声从音响中走来,一步一步、从容不迫、越走越近:"夏天里最后一朵玫瑰,还在孤独地开放……"

我停止走动,在沙发上坐下。可不,不论怎么说,这个昂扬明丽的声音和这支老英格兰乐曲让人凝神屏气。你不得不承认,以前有人唱它,以后也还会有人唱它,当我们还在或是已经不在的时候。

我羡慕的其实不是你光滑的、没有皱纹的额头,你的红唇,你的黑发……我羡慕的是你与权威相视时那平静的双目,以及你还有那么多时间可以一次又一次从头开始,你脚丫子底下与目的地之间那条拐弯减少,因而也就短了一点的线,你可以说更多的"不",你并不以为痞子蔡就是珠穆朗玛……

不敢担保自己是否具备臧否他人文字的资格,但我绝对是一个认真的文字阅读者,并始终保持着对文字的热爱。与那杯红葡萄酒一起陪伴我入睡的,常常是一篇好文章、一本好书或是一本好杂志,并且还像几十年前那样,对那些文字充满感谢。第二天一定会打个电话给那文字的主人,那一整天,甚至连着几天,状态、感觉都不错。

有一个算盘常常扒拉着,哪天发了财,一定创办一个文学基金会,具体到死后把审查基金会工作的权力交代给哪位朋友而掂量再三……至今财也没有发成,梦倒是经常做,不是梦见找不到厕所就是梦见捡了钱,不多,总在一二十块周围转悠。不要说创办文学基金会,连"我在马路边捡到一分钱,把它送到警察叔叔手里边"也没有,而是装进了自己的腰包。由此我认定自己不过大俗人一个,一点儿也不"文艺",别说发不了财,即便发财也办不成文学基金会。

随时准备试一试,愣头愣脑地吃过红茶菌,打过鸡血,甩过手,喝过凉水和262,有一次试得上吐下泻几乎虚脱,好了之后永不言悔地再试。也不见得总是失败,比如一种为猫治病的药,对人同样神效。我当然不是鼓励人人打鸡血,不过"试一试"总会带来意外的收获,好比那个上吐下泻、几乎虚脱的收获,谁说不是好收获?

有一件穿开裆裤时的事我说过不止一次,不过我还想再说一遍。

不要以为我的第一篇小说《从森林里来的孩子》,即刻获得第一届全国优秀短篇小说奖就是顺风顺水,那其实是《人民文学》杂志社的退稿。后来得知责任编辑还写了一个裁定作者毫无发展前途,稿件不具备任何小说元素的稿签。

如果我就此认命自己果然毫无指望,不再试投《北京文学》杂志社;如果不是《北京文学》杂志社编辑傅雅雯女士发现它还有可取之处,那么也就没有一个叫作张洁的人,上蹿下跳于当今文坛。即便事隔二十二年,回想转而试投《北京文学》杂志社的举动,都像鬼使神差。

同样一件事,结果可能完全不同,谁也无法预料什么时候绝处逢生,也许这就是于不可能之中"争取"可能的乐趣。

相信没有多少人(包括我),具有杰克·伦敦那样的勇气和毅力,投稿一百四十多次直到成功。所以,相信我,我会认真地向傅雅雯女士学习。

老想对一个需要"别担心,我在你身边"这句话的人,说上这么一句。我有点喜欢这句话,可是老也找不到说它的机会。

2000年11月

另类外语

我读书的时候只有一种外语可学，就是发音非常重、变格非常复杂、连"你"与"您"也有分界明确的六个人称，排列组合成庞大文法群的俄语。加上我学习外语的能力极差，特别表现在文法和单词的记忆上。可想而知那对我是什么样的折磨，只好创造另类俄语以求通过这门课，比如在"星期天"这个单词后面，注上"袜子搁在鞋里"的谐音。想想也算切题，对于学生来说，谁不想在星期天躺在床上不起，把"袜子搁在鞋里"而不是穿上它。因为这个谐音，终于记住这个难记的单字。现在我连俄文有多少个字母都忘记了，可还记得"袜子搁在鞋里"。不过回想起来有点怪，我的发音甚至相当俄国，为什么还用谐音的办法来对付单词，而想不出别的高招？除了智商太低，没有别的理由可以解释。

在美国住久了，免不了想吃中国菜，只好到脏水满地流淌、气味强烈怪异的中国城去吃、去买，那里的卫生情况，与北京的"早市"可有一比。双方说的都是中国话，可是常常落得"鸡对鸭讲"。只好用中介语言英语试一试，才知道也不容易，有时不但听不懂对方说些什么，还闹出许多笑话。

早年移民美国的中国人居住得很集中，在一个特别的环境里，有自己的圈子、自己的语言、自己的中小学校，甚至自己的英语。那是一种带着浓重的中国南部沿海地区口音的英语，或带有中国南部沿海地区口音的谐音英语，除了他们自己，他人很不容易听懂。正像我创造的另类俄语"袜子搁在鞋里"，如果不说明它是"星期天"，谁知道那是什么意思！

印象最深的是在一块招牌上看到"马杀鸡"三个字，后面也没跟英文注释。我以为是一种武器，至少是与耗子药差不多的，比如说消灭蟑螂的毒饵，闹了半天原来说的是按摩（massage）。

在一家点心店的菜单上，看到一种叫作"拿铁"的东西，很像一个军事用语，好比哪个战役的名字。在店里寻视一圈，找了一个可能不会发生"鸡对鸭讲"那种尴尬的人问了一问，噢，才知道是法语 latte 的谐音，那是一种以一份咖啡、四份牛奶或打出泡沫的牛奶调制的法式咖啡。不过这个谐音也太离谱了点。

至于"布录仑"，不过是纽约的一个社区 Brooklyn，听起来真像是一位哥伦布那样了不起的历史人物。

让人耳朵一支棱的"煽色腥"（sensation，耸人听闻），乍一听还以为是部三级黄色片。不过联系到五花八门耸人听闻的消息，难免不与色情相干，还算沾边。

还有"贴士"（taxi），我一直以为是给个红包的意思，再不就是邮票或"创可贴"、止血胶布之类的东西。那么，"喜瑞儿"（cereal）呢？是一种用牛奶冲食、花样百出的早餐麦片，也可以说是美式稀饭，听起来是不是很像一个可爱的小女孩？

其实早在三十年代的上海（甚至可以追溯到更早的时候），就有了很多谐音英语，比如"拿摩温"，茅盾先生的长篇小说《子夜》中就有它的身影。

随着时代的变迁，谐音英语不断更新。据说电视剧（或电影?)《外来妹》中就有新增谐音英语,比如"拉长"(长读 zhang,第三声)。据说是由 line(生产线)发展而来的一个领导级别,指生产线上的领工,与《子夜》里的"拿摩温"有点类同的意思。更不要说"我给你一个'伊妹儿'(E-mail)",多么让人期待!最传神的当属"可口可乐",音相近,意相连。

我对谐音外语的创造力充满了兴趣。不知想过多少次,一旦有时间,收集汇编一本谐音外语字典,加上那个谐音单词给人的想象,也算一种工具书吧?

2001 年 1 月

张洁主要作品索引(1978—2019)

1978 年

短篇小说《从森林里来的孩子》,《北京文艺》第 7 期。

  获 1978 年全国优秀短篇小说奖。

散文《哪里去了,放风筝的姑娘》,《北京文艺》第 11 期。

1979 年

短篇小说《有一个青年》,《北京文艺》第 1 期。

短篇小说《含羞草》,《新体育》第 3 期。

电影文学剧本《寻求》,《电影创作》第 4 期。

散文《挖荠菜》,《人民日报》5 月 16 日;

  《新华月报(文摘版)》第 5 期转载。

短篇小说《非党群众》,《北京文艺》第 6 期。

短篇小说《谁生活得更美好》,《工人日报》7 月 15 日。

  获 1979 年全国优秀短篇小说奖。

电影文学剧本《我们还年轻》,《电影创作》第 8 期。

短篇小说《忏悔——献给不幸的孩子》,《北京文艺》第 8 期。

散文《耕耘播种的人们》,《中国青年报》10 月 13 日。

短篇小说《爱,是不能忘记的》,《北京文艺》第 11 期;
《小说月报》第 2 期、《文汇增刊》第 2 期、
《新华月报(文摘版)》1980 年第 10 期转载。
散文《捡麦穗》,《光明日报》12 月 16 日。

1980 年

短篇小说《我不是个好孩子》,《十月》第 1 期。
散文《梦》,《人民文学》第 1 期;
《新华月报(文摘版)》第 3 期转载。
散文《盯梢》,《收获》第 2 期。
散文《让我忘记》,《北京文学》第 3 期。
散文《白玉兰》,《上海文学》第 3 期。
短篇小说《温暖》,《儿童文学》第 3 期。
散文《怀念关中》,《延河》第 6 期。
短篇小说《场》,《文汇增刊》第 7 期;
《小说选刊》1981 年第 5 期转载。
散文《我也曾抱怨过命运》,《中国青年报》7 月 9 日。
短篇小说《未了录》,《十月》第 5 期。
短篇小说《第六棵白杨树》,《新体育》第 9 期。
创作谈《文学艺术面临着一场突破》,《文艺报》第 9 期。
短篇小说《雨中》,《北京文学》第 10 期。
散文《谢谢你,乌梅》,《人民日报》10 月 2 日。
短篇小说《漫长的路》,《花城》第 6 期。
短篇小说《用二根弦奏完自己的歌》,
《中国青年报》11 月 8 日。
散文《"壁画"》,《新观察》第 12 期。
散文《游罢黄山归》,香港《新晚报》12 月×日。

325

散文《赞明镜判官》,《解放日报》12月7日。

《张洁小说剧本选》,北京出版社。

《爱,是不能忘记的》(小说散文集),广东人民出版社。

1981 年

散文《假如它能够说话……》,香港《新晚报》1月27日。

散文《我的四季》,《人民文学》第2期。

短篇小说《"冰糖葫芦——"》,《文汇增刊》第3期。

短篇小说《波希米亚花瓶》,《花城》第4期。

长篇小说《沉重的翅膀》(连载),《十月》第4期。

散文《我的船》,《文艺报》第15期。

长篇小说《沉重的翅膀》(连载完),《十月》第5期。

影评《为中华民族的荣誉而搏——谈影片〈沙鸥〉的立意》,《文艺报》第20期。

随笔《张洁自述》,花城出版社《当代文学》创刊号。

散文《帮我写出第一篇小说的人——记骆宾基叔叔》,《北京文学》第11期;《新华文摘》1982年第2期转载。

《沉重的翅膀》,人民文学出版社。

1982 年

散文《穿黄背心的小女孩》,2月25日《羊城晚报》。

创作谈《我为什么写〈沉重的翅膀〉》,《读书》第3期。

中篇小说《方舟》,《收获》第2期;

《中篇小说选刊》1983年第1期转载并附创作谈。

散文《我是你们的姐妹》,《丑小鸭》第4期。

散文《我什么都没有想》,《羊城晚报》4月3日。

散文《五色的海》,《羊城晚报》6月13日。

散文《"你是我灵魂上的朋友"》,香港《新晚报》6月14日。

1983年

散文《空中小姐——访美散记》,《解放日报》1月13日;

《新华文摘》第3期转载。

中篇小说《七巧板》,《花城》第1期;

《中篇小说选刊》第4期转载并附创作谈。

散文《库特·冯尼格说:NO!》,《读书》第5期。

散文《访美游记》(包括《保尔哭了》《生意兴隆通四海,财源茂

盛达三江》),《作家》第8期。

短篇小说《来点儿葱,来点儿蒜,来点儿芝麻盐》

(包括《楞格里格楞》《走红的诺比》),《上海文学》第9期。

报告文学《沉思的山峦》,《新观察》第18期。

短篇小说《条件尚未成熟》,《北京文学》第9期;

《小说月报》第11期、《新华文摘》1984年第4期转载。

获1983年全国优秀短篇小说奖。

短篇小说《男子汉的宣言》,《人民文学》第10期。

短篇小说《一只不抓耗子的猫》,《新港》第12期。

散文《那过去的,已然过去》,香港《文汇报》12月15日。

《在那绿草地上》(散文集),中国文联出版公司。

《方舟》(小说散文集),北京出版社。

1984年

短篇小说《"尤八国"体检》,《星火》第1期。

散文《快乐的耗子》,《羊城晚报》2月4日。

中篇小说《串行儿》,《海峡》第 2 期。

创作谈《热情地拥抱生活》,《文艺报》第 5 期。

中篇小说《祖母绿》,《花城》第 3 期；

《小说月报》第 8 期、《中篇小说选刊》第 5 期转载。

获第三届全国优秀中篇小说奖。

短篇小说《尾灯》,《北京文学》第 10 期;《小说选刊》第 12 期、

《小说月报》第 12 期转载。

中篇小说《关于××区××派出所关于×××揭发×××在"文革"中砸抢×民主党派我统战对象社会知名人士×××私人文物玉器金银首饰×××又向法院控告×××诬陷罪之旁证材料经各支部及全体职工讨论情况的汇报》,

《小说家》第 4 期。

短篇小说《山楂树下》,《收获》第 6 期。

散文《友谊地久天长》,香港《文汇报》11 月 4 日。

创作谈《创作思想的新飞跃》,《人民日报》11 月 26 日。

《沉重的翅膀》(修订本),人民文学出版社。

获第二届茅盾文学奖。

《祖母绿》(小说集),中国文联出版公司。

1985 年

散文《心如明镜台——我印象中的冰心妈妈》,

《中国作家》第 1 期。

散文《九死而不悔》,《中学语文教学》第 1 期。

创作谈《不是创作谈》,

《北京师范学院学报》(社会科学版)第 1 期。

随笔《我与〈北京文学〉》,《北京文学》第 5 期。

短篇小说《邻街的窗》,《小说家》第3期。

创作谈《感谢大家》,《文艺报》12月21日。

《祖母绿》(小说集),百花文艺出版社。

1986年

长篇小说《沉重的翅膀》故事梗概,《新华文摘》第2期。

访谈《让文学和时代同步腾飞——就〈沉重的翅膀〉答联邦德国〈明镜〉周刊记者问》,《文学报》第64期。

随笔《写在〈杂拌儿〉之前》《干净的眼睛》《归途》《谱儿》《刘晓庆的可爱》,《北京晚报》3月23、24、25、26、31日;《新华文摘》第6期转载其中三篇。

散文《一个中国女人在欧洲》,《百花洲》第3期。

中篇小说《他有什么病?》,《钟山》第4期;《小说选刊》第11期、《小说月报》第11期、《作品与争鸣》1987年第6期转载。

《新时期中篇小说名作丛书·张洁集》,海峡文艺出版社。

1987年

《你是我灵魂上的朋友》(散文集),百花文艺出版社。

1988年

散文《老寿星》,《人民日报》3月3日。

短篇小说《小说二题(仿××朝文体)》
(包括《横过马路》《鱼饵》),《天津文学》第6期;
《小说选刊》第9期转载《横过马路》。

诗歌《抒情诗五首》,《诗刊》第8期。

散文《醉也难不醉也难》,《团结报》12月×日。
长篇小说《只有一个太阳——一个浪漫的梦想》,
　《文学四季》第2期。

1989年

散文《他不是一个难猜的谜——关于从老哥的闲话》,
　《中国作家》第2期。
短篇小说《最后的高度》,《人民文学》第3期。
散文《长命何用》,《雨花》第3期。
杂文《从裕仁之死说开去》,《新观察》第6期。
散文《来去匆匆》,《消费时报》4月12日刊登。
短篇小说《谋杀》,《作家》第5期;
　《小说选刊》第8期、《小说月报》第10期转载。
短篇小说《脚的骚动》,《天津文学》第6期。

《一个中国女人在欧洲》(散文集),中国华侨出版公司。
《只有一个太阳》,作家出版社。

1991年

短篇小说《柯先生的白天和夜晚》,《上海文学》第1期;
　《小说月报》第3期转载。
中篇小说《日子》,《花城》第2期。
散文《致友人》,《八小时以外》第3期。
散文《没有标题的声音——与无标题音乐无关》,
　《音乐爱好者》第3期。
散文《我最喜欢的是这张餐桌》,《家庭》第7期。
中篇小说《红蘑菇》,《时代文学》第5期;

《小说月报》第 11 期转载。

中篇小说《上火》,《钟山》第 5 期。

1992 年

短篇小说《你玩没玩过官兵抓强盗》,《文艺百家》创刊号。

散文《过不去的夏天》,《西北军事文学》第 5、6 期合刊。

《红蘑菇》(小说集),华艺出版社。

《上火》(小说集),香港天地图书。

1993 年

中篇小说《她吸的是带薄荷味儿的烟》,《椰城》第 1 期;《小说月报》第 6 期转载。

随笔《耳朵长得太大了》,《女友》第 1 期。

散文《潇洒稀粥》,《收获》第 1 期。

随笔《百味——又挂新年历》,《今晚报》1 月 23 日。

随笔《销售大战》,《今晚报》2 月 16 日。

散文《一扇关闭了的门》,《芙蓉》第 2 期。

散文《结果子还是不结果子》,《美文》第 2 期。

散文《母亲的厨房》,《随笔》第 2 期。

散文《大头》,《南方周末》3 月 5 日。

散文《富贵闲人》,《中国检察报》3 月 6 日。

随笔《也是同行》,《今晚报》4 月 1 日。

随笔《"张洁"的苦恼》,《南方周末》4 月 16 日。

随笔《电脑发烧友》,《北京日报》5 月 3 日。

随笔《无地自容》,《今晚报》8 月 10 日。

随笔《把退却变成胜利的行家》,香港《大公报》8 月 18 日。

书序《魅力的徐泓》,《鸭绿江》第9期。
随笔《惊魂"小印度"》,《中国旅游报》9月8日。
随笔《人家说我嫁了个特权》,《南方周末》9月17日。
随笔《太阳的启示》,香港《大公报》10月27日。
长篇散文《世界上最疼我的那个人去了》,
　《十月》第6期,1994年第1期续。
随笔《如果你娶个作家》,《今晚报》12月2日。
随笔《人间正道是沧桑》,《光明日报》12月4日。

《中国当代作家选集·张洁》,人民文学出版社。
《阑珊集》(随笔集),群众出版社。

1994年

散文《幸亏还有它》,《花城》第1期。
随笔《旧话重提》,《南方日报》2月1日。
随笔《有朋友来自远方》《商场恶少》《一个有趣的心理问题》,
　《粤港信息报》2月5日、19日、28日。
随笔《难得潇洒》,《今晚报》2月22日。
随笔《还是天坛好》《这时候你才长大》《能人之上有能人》
　《你真是在天上吗?》《谁为我们养育了烈士》,
　《粤港信息报》3月5日、12日、19日、26日。
随笔《如归》《寻找一条胡同》《坐一次三等车》,
　《粤港信息报》4月2日、9日、16日。
散文《不再清高》,《光明日报》4月6日。
散文《始信万籁俱缘生》,《十月》第3期。
散文《无字我心》,《文艺争鸣》第4期。

《世界上最疼我的那个人去了》,春风文艺出版社。
《来点儿葱,来点儿蒜,来点儿芝麻盐》(小说集),

长江文艺出版社。

《何必当初》(散文集),珠海出版社。

1995年

《张洁海外游记》(散文集),华文出版社。

《无字我心》(随笔集),陕西人民出版社。

1996年

散文《哭我的老儿子》,《收获》第6期。

1997年

《张洁文集》(四卷),作家出版社。

1998年

长篇小说《无字》(第一部),《小说界》第3、4期;

《小说选刊》长篇小说增刊第1期转载。

《无字》(第一部),上海文艺出版社。

《沉重的翅膀》,百花洲文艺出版社。

2000年

短篇小说《.COM》,《作家》第10期;

《小说选刊》第12期转载。

《世界上最疼我的那个人去了》,山东画报出版社。

2001年

《中国国外获奖作家作品集·张洁卷》云南人民出版社。

《张洁作品精选》,长江文艺出版社。

《此生难再》(散文集),广州出版社。
《只有一个太阳》(小说集),时代文艺出版社。

2002 年
《无字》(全三部),北京十月文艺出版社。
  获第六届国家图书奖、第六届茅盾文学奖。
《无字》(第二、三部),
  《小说选刊》长篇小说增刊上半年号转载。

2003 年
短篇小说《听彗星无声地滑行》,《作家》第 7 期。
短篇小说《玫瑰的灰尘》,《北京文学》第 8 期。

2004 年
《沉重的翅膀》,北京十月文艺出版社。

2005 年
《沉重的翅膀》,人民文学出版社。

2006 年
长篇小说《知在》,《收获》第 1 期;
  《长篇小说选刊》第 2 期转载。
短篇小说《四个烟筒》,《人民文学》第 4 期。
散文《回到起点》,《十月》第 5 期。
《世界上最疼我的那个人去了》,人民文学出版社。
《我们这个时代肝肠寸断的表情》(散文随笔集),
  人民文学出版社。

《知在》,北京十月文艺出版社。

2009 年
长篇小说《灵魂是用来流浪的》,《钟山》第 1 期。
短篇小说《一生太长了》,《人民文学》第 11 期;
《小说选刊》第 12 期、《中华文学选刊》2010 年第 1 期、
《北京作家》2010 年第 2 期、《新华文摘》2010 年第 3 期转载。
长篇小说《四只等着喂食的狗》,
《十月》长篇小说专刊第 6 期。

2010 年
创作谈《交叉点上的风景》,《长篇小说选刊》第 3 期。

《四只等着喂食的狗》,人民文学出版社。
《一生太长了》(小说集),人民文学出版社。
《灵魂是用来流浪的》,北京出版社。

2011 年
《无字》(全三部),人民文学出版社。
《她吸的是带薄荷味儿的烟》(小说集),花城出版社。

2012 年
短篇小说《是的,我听见了》,《人民文学》第 12 期。
《张洁文集》(十一卷),人民文学出版社。

2013 年
《祖母绿》(小说集),人民文学出版社。
《我那风姿绰约的夜晚》(小说散文集),人民文学出版社。

《流浪的老狗》(摄影随笔集),译林出版社。

2015 年

散文《就此道别》,《时代文学》(上半月)第 7 期。

2016 年

《张洁散文·捡麦穗》(散文集),浙江文艺出版社。

2017 年

《祖母绿》(小说集),江苏文艺出版社。

2019 年

《我的四季》(散文集),江苏凤凰文艺出版社。

　　1985 年至 1992 年,《沉重的翅膀》有德文、荷兰文、法文、瑞典文、芬兰文、英文、挪威文、丹麦文、英文、俄文、葡萄牙文、西班牙文等译本;《方舟》《只有一个太阳》《爱,是不能忘记的》《祖母绿》等分别有德文、瑞典文、荷兰文、法文、英文、意大利文等译本。

　　1992 年,张洁当选美国艺术文学院荣誉院士。

　　1990 年、2004 年、2014 年分别获得意大利马拉帕蒂国际文学奖、仁惠之星骑士勋章、GIUSEPPE ACERBI 国际文学奖终身成就奖。

《张洁文集》编后记

转眼,距《张洁文集》首次出版,已经十一年了。

得知文集再版,张洁补充了首版后发表的几篇新作,又发现一篇旧作居然被她"斩尾",赶紧查找老杂志补全。

但是,不等新文集问世,她便告别而去,离开了这个给她爱,给她怨,给她愤怒,给她骄傲,又使她超越了这一切的世界。

那以后,在和唐棣邮件往来的过程中,翻到了张洁的最后一封邮件,2021年12月10日:

亲爱的杨柳,

时间过得真快,新的一年又要来了。预祝新的一年阖家安康!

能与你相识、得到你的相帮,是我的幸运。我永记不忘。使我感到安慰的是,即便我离开了这个世界,你和唐棣还会把咱们的友谊继续下去……

想念!

三天后我回信:

亲爱的张洁,刚刚看到你的邮件。好好活着!我们会再见！圣诞快乐！新年快乐！全家安康！

字里行间，都仿佛有某种预感似的。

这几年来，张洁不时说到老、死、遗嘱云云，我只当那是"八〇后"自嘲的口头禅，这些离她还远。没有想到，2022年1月21日，张洁的时间真的停止了。

但是她的文字让我们记住她。读其文，如见其人。

谢谢唐棣，她同意我们的建议，给文集增加了附卷《爱，是不能忘记的》；并且认真地完成了母亲最重要的遗愿——将她的作品做了妥善的托付。谢谢兴安，当年他帮张洁策划出版《流浪的老狗》，现在又帮这本书归队。

时间过得真快，又是一年过去了。

杨　柳

2023年1月